沈从文读库　凌宇 主编

散文卷 四

无从驯服的斑马

沈从文 著

CNS 湖南文艺出版社　VOL.11

图书在版编目（CIP）数据

无从驯服的斑马 / 沈从文著. -- 长沙：湖南文艺出版社，2024.3
（沈从文读库）
ISBN 978-7-5726-1460-6

Ⅰ. ①无… Ⅱ. ①沈… Ⅲ. ①散文集—中国—现代 Ⅳ. ①I266

中国国家版本馆CIP数据核字(2023)第186825号

沈从文读库
无从驯服的斑马
WUCONG XUNFU DE BANMA

作　　者：沈从文
总 策 划：彭　玻
主　　编：凌　宇
执行主编：吴正锋　张　森
出 版 人：陈新文
监　　制：谭菁菁
统　　筹：徐小芳
责任编辑：刘茁松　刘　敏
书籍设计：萧睿子
插　　画：蔡　皋
排　　版：刘晓霞
校对统筹：黄　晓
印制总监：李　阔

出版发行：湖南文艺出版社
（长沙市雨花区东二环一段508号　邮编：410014）
印　　刷：湖南天闻新华印务有限公司
开　　本：880 mm × 1230 mm　1/32
印　　张：11.5
字　　数：201千字
版　　次：2024年3月第1版
印　　次：2024年3月第1次印刷
书　　号：ISBN 978-7-5726-1460-6
定　　价：58.00元
（如有印装质量问题，请直接与本社出版科联系调换）

沈从文读库·序

凌　宇

作为一代文学大师，沈从文在中国现代文学史上，具有举足轻重且无可替代的地位。早在20世纪30年代，沈从文即被鲁迅称为自“五四”新文学以来“最优秀的作家”之一，且被同时代作家视为“北京文坛的重镇”。尽管在1949至1979年间因“历史的误会”，他的文学作品遭遇了被冷漠、贬损，且几乎湮灭的运命，但自20世纪80年代以降，对沈从文及其文学成就的认识，就一直“行情上涨”，并迭经学术界关于沈从文是大家还是名家、是否文学大师之争，其文学史地位节节攀升。如今，随着研究的不断深入与拓展，沈从文已毫无疑问地成为现代文学史上不可绕过的重要存在。湖南文艺出版社拟出的这套《沈从文读库》，共12卷，涵盖沈从文的小说、散文、游记、自传、杂文、文论、诗歌以及书信等，全面展示了沈从文文学创作的丰富面貌。

沈从文的文学成就，首先在于他构筑了堪与福克纳笔下的“约克纳帕塔法”世系相媲美的湘西世界，并以此为原点，对神性——生命的最高层次进行诗性观照与哲性探索。20世纪20年代末至30年代中期，在《神巫之爱》《月下小景》这类浪漫传奇小说和《三三》《萧萧》等诸多乡村小说中，沈从文成功地构建起一个“神之存在，依然如故”的湘西世界。与之对照的，则是以《八骏图》为代表的都市题材作品中所展现的城里人的生存情状。以人性合理与否为基准，沈从文对城里人的生命状态进行批判，并因此将现代社会称作“神之解体”时代。然而，沈从文对人性的思考，并没有停留在“城里人—乡下人”的二元对立框架，在理性层面完成他的都市批判的同时，也完成着他对乡下人的现代生存方式的沉重反思。沈从文以湘西为题材创作的一个重要组成部分如《柏子》《会明》《虎雏》《丈夫》等，都是将乡下人安置在现代社会环境中叙述其命运的必然流程。在《边城》《萧萧》《湘行散记》等作品中，沈从文既保留了对乡下人近乎自然的生命形态的肯定，又立足于启蒙理性角度，书写了这一“不悖乎人性”的生命在现代社会的悲剧命运，一种浓重的乡土悲悯浸润在作品的字里行间。

不过，面对令人痛苦的现实，沈从文既没有如同废名式地从对人生的绝望走向厌世，也没有如同鲁迅式地走向决绝的反传统，他所寻觅的是存在于前现代文明中的具有人类共有价值的文化因子，并希望他笔下人物的正直与热情“保留些本质在年青人的血里或梦里”，以实现民族品德的重造。这一思考，在20世纪40年代达到顶点。面对大多数人重生活轻生命，重现实实利而从不“向远景凝眸”，在一切都被“市侩的人生观”推行之时，沈从文希冀来一次全面的“清洁运动”，用文字作工具，实现民族文化的经典重造。他不仅在抽象层面对生命与自然、美与爱、生与死等进行一系列哲性探寻——这导致他在这一时期创作了《烛虚》《水云》《七色魇》等大量哲思类散文；同时也在具象层面积极介入社会现实，对青年、家庭、战争、文学、政治等具体问题进行探讨——此期杂文和文论数量明显增多。他对生命的思考，也就由最初的湘西自然神性转入对普泛意义上的人类生命神性的探索。他以“美”与“爱”为核心，力图恢复被现代文明压抑的自然生命，在“神之解体”时代重构生命的理想之境，这在某种程度上也使得他的文学思想得以超越当时具体的历史境遇，而指向对民族未来乃至人类生存方式的终极关怀。

1949年后，沈从文将主要精力转入文物研究，但他的文学思考并未止步。他在清华园休养期间的“呓语狂言”，如《一个人的自白》《关于西南漆器及其他》等，是他对自我精神和思想的深入解剖，其风格近似20世纪40年代的抽象类散文。他与张兆和的不少信件，如其中对《史记》的言说，对四川乡村风物的叙述，对文学艺术的看法等，都可视作书信形式的散文。这些文字勾勒出沈从文试图改造自我以适应新社会，与坚守自我、守望生命本来之间矛盾复杂的思想轨迹，这一矛盾既表现在他的文学观上，也体现在他的人生观上。

时至21世纪，科技日新月异，人工智能时代已经到来，然而人类并没因此解决好自身的问题，相反，经历了新冠疫情并进入后疫情时代的人们陷入更大的生存困境。在科技发展到顶峰之时，人类又将何去何从？今天的人们同样面临着沈从文当年所面对的种种问题。而他的诸多思考，如对进入现代工业文明以来人类不断背离自我、背离自然的反思，对现代人“所得于物虽不少，所得于己实不多”的状态的审视，以及强调哲学对科学的补救、对历史作“有情”观照等，都具有一种独特的眼光和前瞻意识，对当下与未来的中国乃至世界依然具有重要的启示。

沈从文曾说，“在一切有生陆续失去意义，本身亦因死亡毫无意义时”，唯有文字能“使生命之光，煜煜照人，如烛如金”。他希冀借助文字的力量，“重新燃起年青人热情和信心”，让高尚的理想在“更年青的生命中发芽生根，郁郁青青”。经典从不过时，相信今天的人们仍能从他的作品中获得启发，有所会心，这也正是出版这套文库的目的所在。

目 录

从文自传

我所生长的地方 3
我的家庭 8
我读一本小书同时又读一本大书 11
辛亥革命的一课 28
我上许多课仍然不放下那一本大书 37
预备兵的技术班 52
一个老战兵 58
辰州（即沅陵） 64
清乡所见 72
怀化镇 76

姓文的秘书 86

女难 92

常德 102

船上 109

保靖 114

一个大王 122

学历史的地方 138

一个转机 144

附记 152

无从驯服的斑马

略传——从文自序 159

一个人的自白 161

一点记录——给几个熟人 182

关于西南漆器及其他

一章自传——一点幻想的发展 204

总结·传记部分 227

总结·思想部分 255

自己来支配自己的命运
——在《湘江文艺》座谈会上的讲话 *290*
无从驯服的斑马 *336*
自剖提纲 *341*
自我评述 *343*
自订年表 *345*

从文自传

我所生长的地方

拿起我这枝笔来，想写点我在这地面上二十年所过的日子，所见的人物，所听的声音，所嗅的气味；也就是说我真真实实所受的人生教育，首先提到一个我从那儿生长的边疆僻地小城时，实在不知道怎样来着手就较方便些。我应当照城市中人的口吻来说，这真是一个古怪地方！只由于两百年前满人治理中国土地时，为镇抚与虐杀残余苗族，派遣了一队戍卒屯丁驻扎，方有了城堡与居民。这古怪地方的成立与一切过去，有一部《苗防备览》记载了些官方文件，但那只是 部枯燥无味的官书。我想把我一篇作品里所简单描绘过的那个小城，介绍到这里来。这虽然只是一个轮廓，但那地方一切情景，却浮凸起来，仿佛可用手去摸触。

一个好事人，若从一百年前某种较旧一点的地图上去寻找，当可在黔北，川东，湘西，一处极偏僻的角隅上，发现了一个名为“镇筸”的小点。那里同别的小点一样，事实上应当有一个城市，在那城市中，安顿下三五千人口。不过一切城市的存在，大部分皆在交通，物产，经济活动情形下面，成为那个城市枯荣的因缘，这一个地方，却以另外一个意义无所依附而独立存在。试将那个用粗糙而坚实巨大石头砌成的圆城，作为中心，向四方展开，围绕了这边疆僻地的孤城，约有四千到五千左右的碉堡，五百以上的营汛。碉堡各用大石块堆成，位置在山顶头，随了山岭脉络蜿蜒各处走去，营汛各位置在驿路上，布置得极有秩序。这些东西在一百七十年前，是按照一种精密的计划，各保持相当距离，在周围数百里内，平均分配下来，解决了退守一隅常作蠢动的边苗叛变的。两世纪来满清的暴政，以及因这暴政而引起的反抗，血染赤了每一条官路同每一个碉堡。到如今，一切完事了，碉堡多数业已毁掉了，营汛多数成为民房了，人民已大半同化了。落日黄昏时节，站到那个巍然独在万山环绕的孤城高处，眺望那些远近残毁碉堡，还可依稀想见当时角鼓火炬传警告急的光景。这地方到今日，已因为变成另外一种军事重心，一切皆用一种迅速的姿势，在改变，在进步，同时这种进步，也就正消灭到过去一切。

凡有机会追随了屈原溯江而行那条长年澄清的沅水，向上游去的旅客和商人，若打量由陆路入黔入川，不经古夜郎国，不经永顺龙山，都应当明白“镇筸”是个可以安顿他的行李最可靠也最舒服的地方。那里土匪的名称不习惯于一般人的耳朵。兵卒纯善如平民，与人无侮无扰。农民勇敢而安分，且莫不敬神守法。商人各负担了花纱同货物，洒脱单独向深山中村庄走去，与平民作有无交易，谋取什一之利。地方统治者分数种：最上为天神，其次为官，又其次才为村长同执行巫术的神的侍奉者。人人洁身信神，守法爱官。每家俱有兵役，可按月各自到营上领取一点银子，一份米粮，且可从官家领取二百年前被政府所没收的公田耕耨播种。城中人每年各按照家中有无，到天王庙去杀猪，宰羊，磔狗，献鸡，献鱼，求神保佑五谷的繁殖，六畜的兴旺，儿女的长成，以及作疾病婚丧的禳解。人人皆很高兴担负官府所分派的捐款，又自动的捐钱与庙祝或单独执行巫术者。一切事保持一种淳朴习惯，遵从古礼；春秋二季农事起始与结束时，照例有年老人向各处人家敛钱，给社稷神唱木傀儡戏。旱暵祈雨，便有小孩子共同抬了活狗，带上柳条，或扎成草龙，各处走去。春天常有春官，穿黄衣各处念农事歌词。岁暮年末居民便装饰红衣傩神于家中正屋，捶大鼓如雷鸣，苗巫穿鲜红如血衣服，吹镂银牛角，拿铜刀，踊跃歌舞娱神。城中的住民，多当时派遣移来的戍卒屯丁，此外则有江西人在此卖布，福建人在此卖烟，广东人在此卖药。地方由少数读书人与多数军官，在政治上与婚姻上两面的结合，产生一个上层阶级，这阶级一方面用一种保守稳健的政策，长时期管理政治，一方面支配了大部分属于私有的土地；而这阶级的来源，却又仍然出于当年的戍卒屯丁。地方城外山坡上产桐树杉树，矿坑中有朱砂水银，松林里生菌子，山洞中多硝。城乡全不缺少勇敢忠诚适于理想的兵士，与温柔耐劳适于家庭的妇人。在军校阶级厨房中，出异常可口的菜饭，在伐树砍柴人口中，出热情优美的歌声。

地方东南四十里接近大河，一道河流肥沃了平衍的两岸，多米，多橘柚。西北二十里后，即已渐入高原，近抵苗乡，万山重叠，大小重叠的山中，大杉树以长年深绿逼人的颜色，蔓延各处。一道小河从高山绝涧中流出，汇集了万山细流，沿了两岸有杉树林的河沟奔驶而过，农民各就河边编缚竹子作成水车，引河中流水，灌溉高处的山田。河水长年清澈，其中多鳜鱼，鲫鱼，鲤鱼，大的比人脚板还大。河岸上那些人家里，常常可以见到白脸长身见人善作媚笑的女子。小河水流环绕“镇筸”北城下驶，到一百七十里后方汇入辰河，直抵洞庭。

这地方又名凤凰厅，到民国后便改成了县治，名凤凰县。辛亥革命后，湘西镇守使与辰沅道皆驻节在此地。地方居民不过五六千，驻防各处的正规兵士却有七千。由于环境的不同，直到现在其地绿营兵役制度尚保存不废，为中国绿营军制唯一残留之物。

我就生长到这样一个小城里，将近十五岁时方离开。出门两年半回过那小城一次以后，直到现在为止，那城门我还不再进去过。但那地方我是熟习的。现在还有许多人生活在那个城市里，我却常常生活在那个小城过去给我的印象里。

我的家庭

咸同之季，中国近代史极可注意之一页，曾左胡彭所领带的湘军部队中，筸军有个相当的位置。统率筸军转战各处的是一群青年将校，最著名的为田兴恕。当时同伴数人，年在二十以内，同时得到满清提督衔的仿佛有四位，其中有一沈洪富，便是我的祖父。这青年军官二十二岁左右时，便曾作过一度云南昭通镇守使。同治二年又作过贵州总督，到后因创伤回到家中，终于便在家中死掉了。这青年军官死去时，所留下的一分光荣与一分产业，使他后嗣在本地方占了一个优越的地位。

就由于存在本地军人口中那一分光荣，引起了后人对军人家世的骄傲，我的父亲生下地时，祖母所期望的事，是家中再来一个将军。家中所期望的并不曾失望，自体魄与气度两方面说来，我爸爸生来就不缺少一个将军的风仪。硕大，结实，豪放，爽直，一个将军所必需的种种本色，爸爸无不兼备，爸爸十岁左右时，家中就为他请了武术教师同老塾师，学习作将军所不可少的技术与学识。但爸爸还不曾成名以前，我的祖母却死去了。那时正是庚子联军入京的第三年。当庚子年大沽失守，镇守大沽的罗提督自尽殉职时，我的爸爸便正在那里作他身边一员裨将。那次战争据说毁去了我家中产业的一大半。由于爸爸的爱好，家中一些较值钱的宝货常放在他身边，这一来便完全失掉了。战事既已不可收拾，北京失陷后，爸爸回到了家乡。第三年祖母死去。祖母死时我刚活到这世界上四个月。那时我头上已经有两个姐姐，一个哥哥。没有庚子的拳乱，我爸爸不会回来，我也不会存在。关于祖母的死，我仿佛还依稀记得我被谁抱着在一个白色人堆里转动，随后还被搁到一个桌子上去。我家中自从祖母死后十余年内不曾死去一人，若不是我在两岁以后做梦，这点影子便应当是那时唯一的记忆。

我的兄弟姊妹共九个，我排行第四，除去幼年殇去的姊妹，现在生存的还有五个，计兄弟姊妹各一，我应当在第三。

我的母亲姓黄，年纪极小时就随同我一个舅父在军营中生活，所见事情很多，所读的书也似乎较爸爸读的稍多。我等兄弟姊妹的初步教育，便全是这个瘦小，机警，富于胆气与常识的母亲担负的。我的教育得于母亲的不少，她告我认字，告我认识药名，告我决断；做男子极不可少的决断。我的气度得于父亲影响的较少，得于妈妈的也较多。

我读一本小书同时又读一本大书

我能正确记忆到我小时的一切，大约在两岁左右。我从小到四岁左右，始终健全肥壮如一只小豚。四岁时母亲一面告给我认方字，外祖母一面便给我糖吃，到认完六百生字时，腹中生了蛔虫，弄得黄瘦异常，只得每天用草药蒸鸡肝当饭。那时节我即已跟随了两个姊姊，到一个女先生处上学。那人既是我的亲戚，我年龄又那么小，过那边去念书，坐在书桌边读书的时节较少，坐在她膝上玩的时间或者较多。

到六岁时我的弟弟方两岁，两人同时出了疹子，时正六月，日夜皆在吓人高热中受苦，又不能躺下睡觉，一躺下就咳嗽发喘，又不要人抱，抱时全身难受，我还记得我同我那弟弟两人当时皆用竹簟卷好，同春卷一样，竖立在屋中阴凉处。家中人当时业已为我们预备了两具小小棺木；搁在院中廊下，但十分幸运，两人到后居然全好了。我的弟弟病后雇请了一个壮实高大的苗妇人照料，照料得法，他便壮大异常。我因此一病，却完全改了样子，从此不再与肥胖为缘了。

六岁时我已单独上了私塾。如一般风气，凡是私塾中给予小孩子的虐待，我照样也得到了一分。但初上学时我因为在家中业已认字不少，记忆力从小又似乎特别好，故比较其余小孩，可谓十分幸福。第二年后换了一个私塾，在这私塾中我跟从了几个较大的学生，学会了顽劣孩子抵抗顽固塾师的方法，逃避那些书本去同一切自然相亲近。这一年的生活形成了我一生性格与感情的基础。我间或逃学，且一再说谎，掩饰我逃学应受的处罚。我的爸爸因这件事十分愤怒，有一次竟说若再逃学说谎，便当实行砍去我一个手指。我仍然不为这话所恐吓，机会一来时总不把逃学的机会轻轻放过。当我学会了用自己眼睛看世界一切，到一切生活中去生活时，学校对于我便已毫无兴味可言了。

我爸爸平时本极爱我，我曾经有一时还作过我那一家的中心人物。稍稍害点病时，一家人便光着眼睛不即睡眠，在床边服侍我，当我要谁抱时谁就伸出手来。家中那时经济情形很好，我在物质方面所享受到的，比起一般亲戚小孩似乎皆好得多。我的爸爸既一面只作将军的好梦，一面对于我却怀了更大的希望。他仿佛早就看出我不是个军人，不希望我作将军，却告给我祖父的许多勇敢光荣的故事，以及他庚子年间所得的一分经验。他以为我不拘作什么事，总之应比作个将军高些。第一个赞美我明慧的就是我的爸爸。可是当他发现了我成天从塾中逃出到太阳底下同一群小流氓游荡，任何方法都不能拘束这颗小小的心，且不能禁止我狡猾的说谎时，我的行为实在伤了这个军人的心。同时那小我四岁的弟弟，因为看护他的苗妇人照料十分得法，身体养育得强壮异常，年龄虽小，便显得气派宏大，凝静结实，且极自尊自爱，故家中人对我感到失望时，对他便异常关切起来。这小孩子到后来也并不辜负家中人的期望，二十二岁时便作了步兵上校。至于我那个爸爸，却在蒙古，东北，西藏，各处军队中混过，民国二十年时还只是一个上校，把将军希望留在弟弟身上，在家乡从一种极轻微的疾病中便瞑目了。

我有了外面的自由，对于家中的爱护反觉处处受了牵制，因此家中人疏忽了我的生活时，反而似乎使我方便了一些。领导我逃出学塾，尽我到日光下去认识这大千世界微妙的光，稀奇的色，以及万汇百物的动静，这人是我一个张姓表哥。他开始带我到他家中橘柚园中去玩，到各处山上去玩，到各种野孩子堆里去玩，到水边去玩。他教我说谎，用一种谎话对付家中，又用另一种谎话对付学塾，引诱我跟他各处跑去。即或不逃学，学塾为了担心学童下河洗澡，每度中午散学时，照例必在每人手心中用朱笔写一大字，我们尚依然能够一手高举，把身体泡到河水中玩个半天，这方法也亏那表哥想出的。我感情流动而不凝固，一派清波给予我的影响实在不小。我幼小时较美丽的生活，大部分都与水不能分离。我的学校可以说是在水边的。我认识美，学会思索，水对我有极大的关系。我最初与水接近，便是那荒唐表哥领带的。

现在说来，我在作孩子的时代，原本也不是个全不知自重的小孩子。我并不愚蠢。当时在一班表兄弟中和弟兄中，似乎只有我那个哥哥比我聪明，我却比其他一切孩子解事。但自从那表哥教会我逃学后，我便成为毫不自重的人了。在各样教训各样方法管束下，我不欢喜读书的性情，从塾师方面，从家庭方面，从亲戚方面，莫不对于我感觉得无多希望。我的长处到那时只是种种的说谎。我非从学塾逃到外面空气下不可，逃学过后又得逃避处罚，我最先所学，同时拿来致用的，也就是根据各种经验来制作各种谎话。我的心总得为一种新鲜声音，新鲜颜色，新鲜气味而跳。我得认识本人生活以外的生活。我的智慧应当从直接生活上得来，却不需从一本好书一句好话上学来。似乎就只这样一个原因，我在学塾中，逃学纪录点数，在当时便比任何一人都高。

离开私塾转入新式小学时，我学的总是学校以外的，到我出外自食其力时，我又不曾在我职务上学好过什么。二十年后我“不安于当前事务，却倾心于现世光色，对于一切成例与观念皆十分怀疑，却常常为人生远景而凝眸”，这分性格的形成，便应当溯源于小时在私塾中的逃学习惯。

自从逃学成为习惯后，我除了想方设法逃学，什么也不再关心。

有时天气坏一点，不便出城上山里去玩，逃了学没有什么去处，我就一个人走到城外庙里去，那些庙里总常常有人在殿前廊下绞绳子，织竹簟，做香，我就看他们做事。有人下棋，我看下棋。有人打拳，我看打拳。甚至于相骂，我也看着，看他们如何骂来骂去，如何结果。因为自己既逃学，走到的地方必不能有熟人，所到的必是较远的庙里。到了那里，既无一个熟人，因此什么事皆只好用耳朵去听，眼睛去看，直到看无可看听无可听时，我便应当设计打量我怎么回家去的方法了。

来去学校我得拿一个书篮。逃学时还把书篮挂到手肘上，这就未免太蠢了一点。凡这么办的可以说是不聪明的孩子。许多这种小孩子，因为逃学到各处去，人家一见就认得出，上年纪一点的人见到时就会说：逃学的人，你赶快跑回家挨打去，不要在这里玩。若无书篮可不必受这种教训。因此我们就想出了一个方法，把书篮寄存到一个土地庙里去，那地方无一个人看管，但谁也用不着担心他的书篮。小孩子对于土地神全不缺少必需的敬畏，都信托这木偶，把书篮好好的藏到神座龛子里去，常常同时有五个或八个，到时却各人把各人的拿走，谁也不会乱动旁人的东西。我把书篮放到那地方去，次数是不能记忆了的，照我想来，搁的最多的必定是我。

逃学失败被家中学校任何一方面发觉时，两方面总得各挨一顿打，在学校得自己把板凳搬到孔夫子牌位前，伏在上面受笞。处罚过后还要对孔夫子牌位作一揖，表示忏悔。有时又常常罚跪至一根香时间。我一面被处罚跪在房中的一隅，一面便记着各种事情，想象恰如生了一对翅膀，凭经验飞到各样动人事物上去。按照天气寒暖，想到河中的鳜鱼被钓起离水以后拨剌的情形，想到天上飞满风筝的情形，想到空山中歌呼的黄鹂，想到树木上累累的果实。由于最容易神往到种种屋外东西上去，反而常把处罚的痛苦忘掉，处罚的时间忘掉，直到被唤起以后为止，我就从不曾在被处罚中感觉过小小冤屈。那不是冤屈。我应感谢那种处罚，使我无法同自然接近时，给我一个练习想象的机会。

家中对这件事自然照例不大明白情形，以为只是教师方面太宽的过失，因此又为我换一个教师。我当然不能在这些变动上有什么异议。现在说来我倒又得感谢我的家中，因为先前那个学校比较近些，虽常常绕道上学，终不是个办法，且因绕道过远，把时间耽误太久时，无可托词。现在的学校可真很远很远了，不必包绕偏街，我便应当经过许多有趣味的地方了。从我家中到那个新的学塾里去时，路上我可看到针铺门前永远必有一个老人戴了极大的眼镜，低下头来在那里磨针。又可看到一个伞铺，大门敞开，作伞时十几个学徒一起工作，尽人欣赏。又有皮靴店，大胖子皮匠天热时总腆出一个大而黑的肚皮（上面有一撮毛！），用夹板上鞋。又有剃头铺，任何时节总有人手托一个小小木盘，呆呆的在那里尽剃头师傅刮头。又可看到一家染坊，有强壮多力的苗人，踹在凹形石碾上面，站得高高的，偏左偏右的摇荡。又有三家苗人打豆腐的作坊，小腰白齿头包花帕的苗妇人，时时刻刻口上都轻声唱歌，一面引逗缚在身背后包单里的小苗人，一面用放光的铜勺舀取豆浆。我还必需经过一个豆粉作坊，远远的就可听到骡子推磨隆隆的声音，屋顶棚架上晾满白粉条。我还得经过一些屠户肉案桌，可看到那些新鲜猪肉砍碎时尚在跳动不止。我还得经过一家扎冥器出租花轿的铺子，有白面无常鬼，蓝面魔鬼，鱼龙，轿子，金童玉女，每天且可以从他那里看出有多少人接亲，有多少冥器，那些定做的作品又成就了多少，换了些什么式样，并且还常常停顿一两分钟，看他们贴金，傅粉，涂色。

我就欢喜看那些东西，一面看一面明白了许多事情。

每天上学时，照例手肘上挂了那个竹篮，里面放两本破书，在家中虽不敢不穿鞋，可是一出了大门，即刻就把鞋脱下拿到手上，赤脚向学校走去。不管如何，时间照例是有多余的，因此我总得绕一节路玩玩。若从西城走去，在那边就可看到牢狱，大清早若干人从那方面带了脚镣从牢中出来，派过衙门去挖土。若从杀人处走过，昨天杀的人还不收尸，一定已被野狗把尸首咋碎或拖到小溪中去了，就走过去看看那个糜碎了的尸体，或拾起一块小小石头，在那个污秽的头颅上敲打一下，或用一木棍去戳戳，看看会动不动。若还有野狗在那里争夺，就预先拾了许多石头放在书篮里，随手一一向野狗抛掷，不再过去，只远远的看看，就走开了。

既然到了溪边，有时候溪中涨了小小的水，就把裤管高卷，书篮顶在头上，一只手扶书篮一只手照料裤子，在沿了城根流去的溪水中走去，直到水深齐膝处为止。学校在北门，我出的是西门，又进南门，再绕从城里大街一直走去。在南门河滩方面我还可以看一阵杀牛，机会好时恰好正看到那老实可怜畜牲放倒的情形。因为每天可以看一点点，杀牛的手续同牛内脏的位置不久也就被我完全弄清楚了。再过去一点就是边街，有织簟子的铺子，每天任何时节皆有几个老人坐在门前用厚背的钢刀破篾，有两个小孩子蹲在地上织簟子。（这种事情在学校门边也有，我对于这一行手艺，所明白的种种，现在说来似乎比写字还在行。）又有铁匠铺，制铁炉同风箱皆占据屋中，大门永远敞开着，时间即或再早一些，也可以看到一个小孩子两只手拉着风箱横柄，把整个身子的分量前倾后倒，风箱于是就连续发出一种吼声，火炉上便放出一股臭烟同红光。待到把赤红的热铁拉出搁放到铁砧上时，这个小东西，赶忙舞动细柄铁锤，把铁锤从身背后扬起，在身面前落下，火花四溅的一下一下打着。有时打的是一把刀，有时打的是一件农具。有时看到的又是用一把凿子在未淬水的刀上起去铁皮，有时又是把一条薄薄的钢片嵌进熟铁里去。日子一多，关于任何一件机器的制造秩序我也不会弄错了。边街又有小饭铺，门前有个大竹筒，插满了用竹子削成的筷子，有干鱼同酸菜，用钵头装满放在门前柜台上，引诱主顾上门，意思好像是说：“吃我，随便吃我，好吃！”每次我总仔细看看，真所谓过屠门而大嚼。

我最欢喜天上落雨，一落了小雨，若脚下穿的是布鞋，即或天气正当十冬腊月，我也可以用恐怕湿却鞋袜为辞，有理由即刻脱下鞋袜赤脚在街上走路。但最使人开心事，还是落过大雨以后，街上许多地方已被水所浸没，许多地方阴沟中涌出水来，在这些地方照例常常有人不能过身，我却赤着两脚故意向深水中走去。若河中涨了点水，照例上游会漂流得有木头，傢具，南瓜同其他东西，就赶快到横跨大河的桥上去看热闹。桥上必已经有人用长绳系了自己的腰身，在桥头上呆着，注目水中，有所等待，看到有一段大木或一件值得下水的东西浮来时，就踊身一跃，骑到那树上，或傍近物边，把绳子缚定，自己便快快的向下游岸边泅去。另外几个在岸边的人把水中人援助上岸后，就把绳子拉着，或缠绕到大石上大树上去，于是第二次又有第二人来在桥头上等候。我欢喜看人在泅水里扳罾，巴掌大的活鱼在网中蹦跳。一涨了水照例也就可以看这种有趣味的事情。照家中规矩，一落雨就得穿上钉鞋，我可真不愿意穿那种笨重钉鞋。虽然在半夜时有人从街巷里过身，钉鞋声音实在好听，大白天对于钉鞋我依然毫无兴味。

若在四月落了点小雨，山地里田塍上各处皆是蟋蟀声音，真使人心花怒放。在这些时节，我便觉得学校真没有意思，简直坐不住，总得想方设法逃学上山去捉蟋蟀。有时没有什么东西安置这小东西，就走到那里去，把第一只捉到手后又捉第二只，两只手各有一只后，就听第三只。本地蟋蟀原分春秋二季，春季的多在田间泥里草里，秋季的多在人家附近石罅里瓦砾中，如今既然这东西只在泥层里，故即或两只手心各有一匹小东西后，我总还可以想方设法把第三只从泥土中赶出，看看若比较手中的大些，即开释了手中所有，捕捉新的，如此轮流换去，一整天方捉回两只小虫。城头上有白色炊烟，街巷里有摇铃铛卖煤油的声音，约当下午三点左右时，赶忙走到一个刻花板的老木匠那里去，很兴奋的同那木匠说：

“师傅师傅，今天可捉了大王来了！”

那木匠便故意装成无动于中的神气，仍然坐在高凳上玩他的车盘，正眼也不看我的说：“不成，要打打得赌点输赢！”

我说：“输了替你磨刀成不成?”

“嗨，够了，我不要你磨刀，上次磨凿子还磨坏了我的家伙！”

这不是冤枉我的一句话，我上次的确磨坏了他的一把凿子。不好意思再说磨刀了，我说：

“师傅，那这样办法，你借给我一个瓦盆子，让我自己来试试这两只谁能干些好不好？”我说这话时真怪和气，为的是他以逸待劳，不允许我还是无办法。

那木匠想了想，好像莫可奈何的样子：“借盆子得把战败的一只给我，算作租钱。”

我满口答应：“那成那成。”

于是他方离开车盘，很慷慨的借给我一个泥罐子，顷刻之间我也就只剩下一只蟋蟀了。这木匠看看我捉来的虫还不坏，必向我提议：“我们来比比，你赢了，我借你这泥罐一天；你输了，你把这蟋蟀输给我：办法公平不公平？”我正需要那么一个办法，连说公平公平，于是这木匠进去了一会儿，拿出一只蟋蟀来同我一斗，不消说，三五回合我的自然又败了。他用的蟋蟀照例却常常是我前一天输给他的。那木匠看看我有点颓丧，明白我认识那匹小东西，担心我生气时一摔，一面赶忙收拾盆罐，一面带着鼓励我神气笑笑的说：

“老弟，老弟，明天再来，明天再来！你应当捉好的来，走远一点。明天来，明天来!”

我什么话也不说，微笑着，出了木匠的大门，回家了。

这样一整天在为雨水泡软的田塍上乱跑，回家时常常全身是泥，家中当然一望而知，于是不必多说，沿老例跪一根香，罚关在空房子里，不许哭，不许吃饭。等一会儿我自然可以从姊姊方面得到充饥的东西，悄悄的把东西吃下以后，我也疲倦了，因此空房中即或再冷一点，老鼠来去很多，一会儿就睡着，再也不知道如何上床的事了。

即或在家中那么受折磨，到学校去时又免不了补挨一顿板子，我还是在想逃学时就逃学，决不为经验所恐吓。

有时逃学又只是到山上去偷人家园地里的李子枇杷，主人拿着长长的竹杆子大骂着追来时，就飞奔而逃，逃到远处一面吃那个赃物，一面还唱山歌气那主人。总而言之，人虽小小的，两只脚跑得很快，什么茨棚里钻去也不在乎，要捉我可捉不到，就认为这种事很有趣味。

可是只要我不逃学，在学校里我是不至于像其他那些人受处罚的。我从不用心念书，但我从不在应当背诵时节无法对付。许多书总是临时来读十遍八遍，背诵时节却居然琅琅上口，一字不遗。也似乎就由于这分小小聪明，学校把我同一般人的待遇，更使我轻视学校。家中不了解我为什么不想上进，不好好的利用自己聪明用功，我不了解家中为什么只要我读书，不让我玩。我自己总以为读书太容易了点，把认得的字记记那不算什么希奇。最希奇处应当是另外那些人，在他那分习惯下所做的一切事情。为什么骡子推磨时得把眼睛遮上？为什么刀得烧红时在水里一淬方能坚硬？为什么雕佛像的会把木头雕成人形，所贴的金那么薄又用什么方法作成？为什么小铜匠会在一块铜板上钻那么一个圆眼，刻花时刻得整整齐齐？这些古怪事情太多了。

我生活中充满了疑问，都得我自己去找寻答解。我要知道的太多，所知道的又太少，有时便有点发愁。就为的是白日里太野，各处去看，各处去听，还各处去嗅闻：死蛇的气味，腐草的气味，屠户身上的气味，烧碗处土窑被雨以后放出的气味，要我说来虽当时无法用言语去形容，要我辨别却十分容易。蝙蝠的声音，一只黄牛当屠户把刀剸进它喉中时叹息的声音，藏在田塍土穴中大黄喉蛇的鸣声，黑暗中鱼在水面拨剌的微声，全因到耳边时分量不同，我也记得那么清清楚楚。因此回到家里时，夜间我便做出无数希奇古怪的梦。这些梦直到将近二十年后的如今，还常常使我在半夜里无法安眠，既把我带回到那个“过去”的空虚里去，也把我带往空幻的宇宙里去。

在我面前的世界已够宽广了，但我似乎就还得一个更宽广的世界。我得用这方面弄到的知识证明那方面的疑问。我得从比较中知道谁好谁坏。我得看许多业已由于好询问别人，以及好自己幻想，所感觉到的世界上的新鲜事情，新鲜东西。结果能逃学我逃学，不能逃学我就只好做梦。

照地方风气说来，一个小孩子野一点的照例也必需强悍一点，因此各处方能跑去。各处跑去皆随时会有一样东西在无意中扑到你身边来，或是一只凶恶的狗，或是一个顽劣的人。无法抵抗这点袭击，就不容易各处自由放荡。一个野一点的孩子，即或身边不必时时刻刻带一把小刀，也总得带一削光的竹块，好好的插到裤带上；遇机会到时，就取出来当作军器，尤其是到一个离家较远的地方去看木傀儡戏，不准备厮杀一场简直不成。你能干点，单身往各处去，有人挑战时还只是一人近你身边来恶斗，若包围到你身边的顽童人数极多，你还可挑选同你精力不大相差的一人；你不妨指定其中之一个说：

“要打吗？你来。我同你来。”

到时也只那一个人拢来，被他打倒，你活该，只好伏在地上尽他压着痛打一顿。你打倒了他，他活该，你把他揍够后你当时可以自由走去，谁也不会追你，只不过说句“下次再来”罢了。

可是你根本上若就十分怯弱，即或结伴同行，到什么地方去时，也会有人特意挑出你来殴斗，应战你得吃亏，不答应你得被仇人与同伴两方面奚落，顶不经济。

感谢我那爸爸给了我一分勇气，人虽小，到什么地方去我总不吓怕。到被人围上必需打架时，我能挑出那些同我不差多少的人来，我的敏捷同机智，总常常占点上风。有时气运不佳，无意中被人摔倒，我还会有方法翻身过来压到别人身上去。在这件事上我只吃过一次亏，不是一个小孩，却是一只恶狗，把我攻倒后，咬伤了我一只手。我走到任何地方去皆不怕谁，同时又换了好些私塾，各处皆有些同学，并且互相皆逃过学，便有无数朋友，因此也不会同人打架了。可是自从被那只恶狗攻过一次以后，到如今我却依然十分怕狗。

至于我那地方的大人，用单刀在大街上决斗本不算回事。事情发生时，那些有小孩子在街上玩的母亲，也不过说：“小杂种，站远一点，不要太近!”嘱咐小孩子稍稍站开点儿罢了。但本地军人互相砍杀虽不出奇，行刺暗算却不作兴。这类善于殴斗的人物，在当地另成一组，豁达大度，谦卑接物，为友报仇，爱义好施，且多非常孝顺。但这类人物为时代所陶冶，到民五以后也就渐渐消灭了，虽有些青年军官还保存那点风格，风格中最重要的一点洒脱处，却为了军纪一类影响，大不如前辈了。

我有三个堂叔叔，皆住在城南乡下，离城四十里左右。那地方名黄罗寨，出强悍的人同猛鸷的兽，我爸爸三岁时在那里差一点险被老虎咬去，我四岁左右，到那里第一天，就看见乡下人抬了一只死虎进城，给我留下极深刻的印象。

我还有一个表哥，住在城北十里地名长宁哨的乡下，从那里再过十里便是苗乡。表哥是一个紫色脸膛的人，一个守碉堡的战兵。我四岁时被他带到乡下去过了三天，二十年后还记得那个小小城堡黄昏来时鼓角的声音。

这战兵在苗乡有点势力，很能喊叫一些苗人。每次来城时，必为我带一只小鸡或一点别的东西。一来为我说苗人故事，临走时我总不让他走。我欢喜他，觉得他比乡下叔父有趣。

辛亥革命的一课

有一天我那表哥又从乡下来了，见了他使我非常快乐。我问他那些水车，那些碾坊，又问他许多我在乡下所熟习的东西。可是我不明白，这次他竟不大理我，不大同我亲热。他只成天出去买白带子，自己买了许多不算，还托我四叔买了许多。家中搁下两担白带子，还说不大够用。他同我爸爸又商量了很多事情，我虽听到却不很懂是什么意思。其中一件便是把三弟同大哥派阿妍送进苗乡去，把我大姊二姊送过表哥乡下那山洞里去。爸爸即刻就遵照表哥的计划办去，母亲当时似乎也承认这么办较安全方便。在一种迅速处置下，四人当天离开家中同表哥上了路。表哥去时挑了一担白带子，我疑心他想开一个铺子，方用得着这样多带子。

当表哥一行人众动身时，爸爸问表哥“明夜来不来?”那一个就回答说:“不来，怎么成事? 我的事还多得很!”

我知道表哥的许多事中，一定有一件事是为我带那匹花公鸡，那是他早先答应过我的。因此就插口说：

“你来，可别忘记答应我那个东西！”

当我两个姊姊一个哥哥一个弟弟同那苗妇人躲进苗乡时，我爸爸问我：

“你怎么样？跟阿妍进苗乡去，还是跟我在城里？”

“什么地方热闹些？”我意思只是向热闹处走。

“不要这样问，我明白你的意思，你要在城里看热闹，就留下来莫过苗乡吧。”

听说同我爸爸留在城里，我真欢喜。我记得分分明明，第二天晚上，叔父红着脸在灯光下磨刀的情形，真十分有趣。一时走过仓库边看叔父磨刀，一时又走到书房去看我爸爸擦枪。家中人既走了不少，忽然显得空阔许多，我平时似乎胆量很小，到这天也不知道吓怕了。我不明白行将发生什么事情，但却知道有一件很重要的新事快要发生。我满屋各处走去，又傍近爸爸听他们说话，他们每个人脸色都不同往常安详，每人说话皆结结巴巴。几个人一面检察枪支，一面又常常互相来一个莫名其妙的微笑，我也就跟着他们微笑。

我看到他们在日光下做事，又看到他们在灯光下商量，那长身叔父一会儿跑出门去，一会儿又跑回来悄悄的说一阵，我装作不注意的神气，算计到他出门的次数。这一天他一共出门九次，到最后一次出门时，我跟他身后走出到屋廊下，我说：

“四叔，怎么的，你们是不是预备杀仗?”

“咄，你这小东西，还不去睡，回头要猫儿吃你。”

于是我便被一个丫头拖到上边屋里去，把头伏到母亲腿上，一会儿就睡了。

这一夜中城里城外发生的事我全不清楚。等到我照常醒来时，只见全家中各个人皆脸儿白白的，在那里悄悄的说些什么。大家问我昨夜听到什么没有，我只是摇头。我家中似乎少了几个人，数了一下，几个叔叔全不见了，男的只我爸爸一个人，坐在他那唯一专利的太师椅上，低下头来一句话不说。我记起了杀仗的事情，我问他：

“爸爸，爸爸，你究竟杀过仗了没有?”

“小东西，莫乱说，夜来我们杀败了！全军人马覆灭，死了几千人!”

正说着，高个儿叔父从外面回来了，满头是汗，结结巴巴的说：衙门从城边已经抬回了四百一十个人头，一大串耳朵，七架云梯，一些刀，一些别的东西。对河还杀得更多，烧了七处房子，现在还不许上城去看。

爸爸听说有四百个人头，就向叔父说：

“你快去看看，躲韩在里边没有。赶快去，赶快去。”

躲韩就是我那黑而且胖的表兄，我明白他昨天晚上也在城外杀仗后，心中十分关切。听说衙门口有那么多人头，还有一大串人耳朵，正与我爸爸平时为我说到的杀长毛故事相合，我又欢乐又吓怕，兴奋得脸白白的，简直不知道怎么办。洗过了脸，我方走出房门，看看天气阴阴的，像要落雨的神气，一切皆很黯淡。街口平常照例可以听到卖糕人的声音，以及各种别的叫卖声音，今天却异常清静，似乎过年一样。我想得到一个机会出去看看，我最关心的是那些我从不曾摸过的人头。一会儿，我的机会便来了，长身四叔跑回来告我爸爸，人头里没有躲韩的头。且说衙门口人多着，街上铺子皆奉令开了门，张家老爷也上街看热闹了。因此我爸爸便问我：

“小东西，怕不怕人头，不怕就同我出去。”

“不，我想看看人头。”

于是我就在道尹衙门口平地上看到了一大堆肮脏血污人头，还有衙门口鹿角上，辕门上，也无处不是人头。从城边取回的几架云梯，全用新竹子作成（就是把这新从山中砍来的竹子，横横的贯了许多木棍）。云梯木棍上也悬挂许多人头，看到这些东西我实在希奇，我不明白为什么要杀那么多人。我不明白这些人因什么事就被把头割下。我随后又发现了那一串耳朵，那么一串东西，一生真再也不容易见到过的古怪东西！叔父问我："小东西，你怕不怕？"我回答得极好，我说"不怕"。我听了多少杀仗的故事，总说是"人头如山，血流成河"，看戏时也总据说是"千军万马分个胜败"，却除了从戏台上间或演秦琼哭头时可看到一个木人头放在朱红盘子里，此外就不曾看到过一次真的杀仗砍下什么人头。现在却有那么一大堆血淋淋的从人颈脖上砍下的东西。我并不怕，可不明白为什么这些人就让兵士砍他们，有点疑心，以为这一定有了错误。

为什么他们被砍，砍他们的人又为什么？心中许多疑问，回到家中时问爸爸，爸爸只说这是"造反"，也不能给我一个满意的答复。我当时以为爸爸那么伟大的人，天上地下知道不知多少事，居然也不明白这件事，倒真觉得奇怪。到现在我才明白这事永远在世界上不缺少，可是谁也不能够给小孩子一个最得体的回答。

这革命原是城中绅士早已知道，用来对付两个衙门，同那些外路商人，攻城以前先就约好了的。但临时却因军队方面谈的条件不妥误了大事。

革命算已失败了，杀戮还只是刚在开始。城防军把防务布置周密妥当后，就分头派兵下乡去捉人，捉来的人只问问一句两句话，就牵出城外去砍掉。平常杀人照例应当在西门外，现在造反的人既从北门来，因此应杀的人也就放在北门河滩上杀戮。当初每天必杀一百左右，每次杀五十个人时，行刑兵士还只是二十，看热闹的也不过三十左右。有时衣也不剥，绳子也不捆缚。就那么跟着赶去的。常常听说有被杀的站得稍远一点，兵士以为是看热闹的人就忘掉走去。被杀的差不多全从乡下捉来，胡胡涂涂不知道是些什么事。因此还有一直到了河滩被人吼着跪下时，方明白行将有什么新事，方大声哭喊惊惶乱跑，刽子手随即赶上前去那么一阵乱刀砍翻的。

这愚蠢的杀戮继续了约一个月，方渐渐减少下来。或者因为天气既很严冷，不必担心到它的腐烂，埋不及时就不埋，或者又因为还另外有一种示众意思，河滩的尸首总常常躺下四五百。

到后人太多了，仿佛凡是西北苗乡捉来的人皆得杀头。衙门方面把文书禀告到抚台时，大致说的就是苗人造反，因此照规矩还得剿平这一片地面上的人民。捉来的人一多，被杀的头脑简单异常，无法自脱，但杀人那一方面却似乎有点寒了心。几个本地有力的绅士，也就是暗地里同城外人讲通却不为官方知道的人，便一同向宪台请求有一个限制，经过一番选择，该杀的杀，该放的放。每天捉来的人既有一百两百，差不多全是无辜的农民，既不能全部开释，也不忍全部杀头，因此选择的手续，便委托了本地人民所敬信的天王，把犯人牵到天王庙大殿前，在神前掷竹筊，一仰一覆的顺筊，开释，双仰的阳筊，开释，双覆的阴筊，杀头。生死取决于一掷，应死的自己向左走去，该活的自己向右走去。一个人在一分赌博上既占去便宜三分之二，因此应死的谁也不说话，就低下头走去。

我那时已经可以自由出门，一有机会就常常到城头上去看对河杀头，每当人已杀过赶不及看那一砍时，便与其他小孩比赛眼力，一二三四屈指计数那一片死尸的数目，或者又跟随了犯人，到天王庙看他们掷筊。看那些乡下人，如何闭了眼睛把手中一付竹筊用力抛去，有些人到已应当开释时还不敢睁开眼睛。又看着些虽应死去还想念到家中小孩与小牛猪羊的，那分颓丧那分对神埋怨的神情，真使我永远忘不了。

我刚好知道“人生”时，我知道的原来就是这些事情。

第二年三月本地革命成功了，各处悬上白旗，写个

“汉”字，算是对革命军投了降，革命反正的兵士结队成排在街上巡游，镇守使，道尹，知县，已表示愿意走路，地方一切皆由绅士出面来维持，我爸爸便即刻成为当地要人了。

那时节我哥哥弟弟同两个姊姊，全从苗乡接回来了。家中无数军人来来往往。院子中坐满了人。在一群陌生人中，我发现了那个紫黑脸膛的表哥。他并没有死去，背了一把单刀，朱红牛皮的刀鞘上描着黄金色双龙抢宝的花纹。他正在同别人说那一夜走近城边的情形。我悄悄地告诉他：“我过天王庙看犯人掷筊，想知道犯人中有不有你，可见不着。”那表哥说：“他们手短了些，捉不着我。现在应当我来打他们了。”当天全城人过天王庙开会时，我爸爸正在台上演说经过，那表哥他当真就爬上台去打了县知事一个嘴巴，使得到会人都笑闹不已，演说也无法继续。

革命使我家中也起了变化，爸爸与一个姓吴的竞选过长沙的会议代表失败，心中十分不平，赌气出门往北京去了。爸爸这一去，直到十二年后当我从湘边下行时，在辰州地方又见过他一面，从此以后便再也见不着了。

我爸爸在竞选失败离开家乡那一年，我最小的一个九妹，刚好出世三个月。

革命后地方不同了一点，绿营制度没有改变多少，屯田制度也没有改变多少。地方有军役的，依然各因等级不同，按月由本人或家中人到营上去领取食粮与碎银，守兵当值的，到时照常上衙门听候差遣。衙门前钟鼓楼每到晚上仍有三五个吹鼓手奏乐。但防军组织分配稍微不同了，军队所用器械不同了，地方官长不同了。县知事换了本地人，镇守使也换了本地人。当兵的每个家中大门边钉了一小牌，载明一切，且各因兵役不同，木牌种类也完全不同。

但革命印象在我记忆中不能忘记的，却只是关于杀戮那几千无辜农民的几幅颜色鲜明的图画。

民三左右地方新式小学成立，民四我进了新式小学。

我上许多课仍然不放下那一本大书

我改进了新式小学后，学校不背诵经书，不随便打人，同时也不必成天坐上桌边，每天不只可以在小院子中玩，互相扭打，先生见及，也不加以约束，七天照例又还有一天放假，因此我不必再逃学了。可是在那学校照例也就什么都不曾学到。每天上课时照例上上，下课时就遵照大的学生指挥，找寻大小相等的人，到操坪中去打架。一出门就是城墙，我们便想法爬上城去，看城外对河的景致。上学散学时，便如同往常一样，常常绕了多远的路，去看看那些木工手艺人新雕的佛像，贴了多少金。看看那些铸钢犁的人，一共出了多少新货。或者什么人家孵了小鸡，也常常不管远近必跑去看看。一到星期日，我在家中写了十六个大字后，就一溜出门，一直到晚，方回家中。

半年后家中母亲相信了一个亲戚的建议，以为应从城内第二初级小学换到城外第一小学，这件事实行后更使我方便快乐。新学校临近高山，校屋前后各处是树，同学又多，当然十分有趣。到这学校我仍然什么也不学得，字也不认多少，可是我倒学会了爬树。几个人一下课就各自检选一株合抱大梧桐树，看谁先爬到顶。我从这方面便认识约三十种树木的名称。因为爬树有时跌下或扭伤了脚，拉破了手，就跟同学去采药，又认识了十来种草药。我开始学会了钓鱼，总是上半天学钓半天鱼。我学会了采笋子，采蕨菜。后山上到春天各处是兰花，各处是可以充饥解渴的刺莓，在竹篁里且有无数雀鸟，我便跟他们认识了许多雀鸟且认识许多果树。去后山约一里左右，又有一个制瓷器的大窑，我们便常常过那里去看人制造一切瓷器，看一块白泥在各样手续下成为一个饭碗，或一件别种用具的情形。

学校环境使我们在校外所学的实在比校内课堂上多十倍，但在学校也学会了一件事，便是各人用刀在座位板下镌雕自己的名字。又因为学校有做手工的白泥，我们却用白泥摹塑教员的肖像，且各为取一怪名。绵羊，耗子，老土地菩萨，还有更古怪的称呼！在这些事情上我的成绩照例比学校功课好一点，但自然不能得到任何奖励。

照情形看来，我已不必逃学，但学校既不严格，四个教员恰恰又有我两个表哥在内，想要到什么地方去时，我便请假。看戏请假，钓鱼请假，甚至于几个人到三里外田坪中去看人割禾，也向老师请假。

那时我家中每年还可收取租谷三百石左右，到秋收时，我便同叔父或其他年长亲戚，往二十里外的乡下去，监视佃夫督促临时雇来的工人割禾。等到田中成熟禾穗已空，新谷装满白木浅缘方桶时便把新谷倾倒到大晒谷簟上来，与佃夫相对平分，其一半应归佃夫所有的，由他们去处置，我们把我家应得那一半，雇人押运回家。在那里最有趣处是可以辨别各种禾苗，认识各种害虫，学习捕捉蚱蜢分别蚱蜢。同时学用鸡笼去罩捕水田中的肥大鲤鱼鲫鱼，把鱼捉来即用黄泥包好塞到热灰里去煨熟分吃。又向佃户家讨小小斗鸡，且认识种类，准备带回家来抱到街上去寻找别人公雏作战。又从小农人处学习抽稻草心织小篓小篮，剥桐木皮作卷筒哨子，用小竹子作唢呐。有时捉得一个刺猬，有时打死一条大蛇，又有时还可跟叔父让佃户带到山中去，把雉媒抛出去，吹嗯哨招引野雉，鸟枪里装上一把散碎铁砂同黑色土药，猎取这华丽骄傲的禽鸟。

为了打猎，秋末冬初我们还常常去佃户家。我最欢喜的是猎取野猪同黄麂，看他们下围，跟着他们乱跑，有一次还被他们捆缚在一株大树高枝上，看他们把受惊的黄麂从树下追赶过去。我又看过猎狐，眼看着一对狡猾野兽在一株大树根下转，到后这东西便变成了我叔父的马褂。

学校既然不必按时上课，其余的时间我们还得想出几件事情来消磨，到下午三点才能散学。几个人爬上城去，坐在大铜炮上看城外风光，一面拾些石头奋力向河中掷去，这是一个办法。另外就是到操场一角砂地上去拿顶翻斤斗，每个人轮流来作这件事，不溜刷的便仿照技术班办法，在那人腰身上缚一条带子，两个人各拉一端，翻斤斗时用力一抬，日子一多，便无人不会翻斤斗了。

因为学校有几个乡下来的同学，身体壮大异常，便有人想出好主意，提议要这些乡下人装成马匹，让较小的同学跨到马背上去，同另一匹马上另一员勇将来作战，在上面扭成一团，直到跌下地后为止。这些作马匹的同学，总照例非常忠厚可靠，在任何情形下皆不卸责。作战总有受伤的，不拘谁人头面有时流血了，就抓一把黄土，将伤口敷上，全不在乎似的。我常常设计把这些人马调度得十分如法，他们服从我的编排，比一匹真马还驯服规矩。

放学时天气若还早一些，几个人不是上城去坐，就常常沿了城墙走去。有时节出城去看看，有谁的柴船无人照料，看明白了这只船的的确确无人时，几人就匆忙跳上了船，很快的向河中心划去。等一会那船主人来时，若在岸上和和气气地说：

“兄弟，兄弟，你们把船划回来。我得回家！”

遇到这种和平人时，我们也总得十分和气把船划回来，各自跳上了岸，让人家上船回家。若那人性格暴躁点，一见自己小船为一群胡闹的小将把它送到河中打着圈儿转，心中十分忿怒，大声的喊骂，说出许多恐吓无理的野话，那我们便一面回骂着，一面快快的把船向下游流去，尽他叫骂也不管它，到下游时几个人上了岸，就让这船搁在浅滩上不再理会了。有时刚上船坐定，即刻便被船主人赶来，那就得有一分儿担当经验了。船主照例知道我们受不了什么簸荡，抢上船头，把身体故意向左右连续倾侧不已，因此小船就在水面胡乱颠簸，一个无经验的孩子担心身体会掉到水中去，必惊骇得大哭不已。但有了经验的人呢，你估计一下，先看看是不是逃得上岸，若已无可逃避，那就好好的坐在船中，尽那乡下人的磨炼，拚一身衣服给水湿透，你不慌不忙，只稳稳的坐在船中，不必作声告饶，也不必恶声相骂，过一会儿那乡下人看看你胆量不小，知道用这方法吓不了你，他就会让你明白他的行为不过是一种带恶意的玩笑，这玩笑到时应当结束了，必把手叉上腰边，向你微笑，抱歉似的微笑。

“少爷，够了，请你上岸！”

于是几个人便上岸了。有时不凑巧，我们也会为人用小桨竹篙一路追赶着打我们，还一路骂我们，只要逃走远一点点，用什么话骂来，我们照例也就用什么话骂回去，追来时我们又很快的跑去。

那河里有鳜鱼，有鲫鱼，有小鲇鱼，钓鱼的人多向上游一点走去。隔河是一片苗人的菜园，不涨水，从跳石上过河，到菜园里去看花买菜心吃的次数也很多。河滩上各处晒满了白布同青菜，每天还有许多妇人背了竹笼来洗衣，用木棒杵在流水中捶打，回声訇訇的从东城墙脚下应出。

天热时，到下午四点以后，满河中都是赤光光的身体。有些军人好事爱玩，还把小孩子，战马，看家的狗，同一群鸭雏，全部都带到河中来。有些人父子数人同来。大家皆在激流清水中游泳，不会游泳的便把裤子泡湿，扎紧了裤管，向水中急急的一兜，捕捉了满满的一裤空气，再用带子捆好，便成了极合用的水马，有了这东西，即或全不会漂浮的人，也能很勇敢的向水深处泅去。到这种人多的地方，照例不会被水淹死的，一出了什么事，大家皆很勇敢的救人。

我们洗澡可常常到上游一点去，那里人既很少，水又极深，对我们才算合式。这件事自然得瞒着家中人。家中照例总为我担忧，惟恐一不小心就会为水淹死。每天下午既无法禁止我出去玩，又知道下午我不会到米厂上去同人赌骰子，那位对于管拘我侦察我十分负责的大哥，照例一到饭后我出门不久，他也总得到城外河边一趟。人多时不能从人丛中发现我，就沿河去注意我的衣服，在每一堆衣服上来一分注意，一见到我的衣服，一句话不说，就拿起来走去，远远的坐到大路上，等候我要穿衣时来同他会面。衣裤既然在他手上，我不能不见他了，到后只好走上岸来，从他手上把衣服取到手，两人沉沉默默的回家，回去不必说什么，只准备一顿打。可是经过两次教训后，我即或仍然在河中洗澡，也就不至于再被家中人发现了。我可以搬些石头把衣压着，只要一看到他从城门洞边大路走来时，必有人告给我，我就快快的泅到河中去，向天仰卧，把全身泡在水中，只浮出一张脸一个鼻孔来，尽岸上那一个搜索也不会得到什么结果。有些人常常同我在一处，哥哥认得他们，看到了他们时，就唤他们：

"熊澧南，印鉴远，你见我兄弟吗?"

那些同学便故意大声答着：

"我们不知道，你不看看衣服吗?"

"你们不正是成天在一堆胡闹吗?"

"是呀，可是现在谁知道他在那一片天底下?"

"他不在河里吗?"

"你不看看衣服吗? 不数数我们的数目吗?"

这好人便各处望望，果然不见我的衣裤，相信我那朋友的答复不是句谎话，于是站在河边欣赏了一阵河中景致，又弯下腰拾起两个放光的贝壳，用他那双常若含泪发愁的艺术家眼睛赏鉴了一下，或坐下来取出速写簿，随意画两张河景的素描，口上嘘嘘打着唿哨，又向原来那条路上走去了。等他走去以后，我们便来模仿我这个可怜的哥哥，互相反复着前后那种答问。"熊澧南，印鉴远，看见我兄弟吗?""不知道，不知道，你自己不看看这里一共有多少衣服吗?""你们成天在一堆!""是呀! 成天在一堆，可是谁知道他现在到那儿去了呢?"于是互相浇起水来，直到另一个逃走方能完事。

有时这好人明知道我在河中，当时虽无法擒捉，回头却常常隐藏在城门边，坐在苗妇人小茅棚里，很有耐心的等待着，等到我十分高兴的从大路上同几个朋友走近身时，他便风快的同一只公猫一样，从那小棚中跃出，一把攫住了我衣领。于是同行的朋友就大嚷大笑，伴送我到家门口，才自行散去，不过这种事也只有三两次，我从经验上既知道这一着棋时，我进城时便常常故意慢一阵，有时且绕了极远的东门回去。

我人既长大了些，权利自然也多些了，在生活方面我的权利便是即或家中明知我下河洗了澡，只要不是当面被捉，家中可不能用爬搔皮肤方法决定我的应否受罚了。同时我的游泳自然也进步多了，我记到我能在河中来去泅过三次，至于那个名叫熊澧南的，却大约能泅过五次。

下河的事若在平常日子，多半是晚饭以后才去。如遇星期日，则常常几人先一天就邀好，过河上游一点棺材潭的地方去，泡一个整天，泅一阵水又摸一会鱼，把鱼从水中石底捉得，就用枯枝在河滩上烧来当点心。有时那一天正当附近十里二十里苗乡场集，就空了两只手跑到那地方去，玩一个半天。到了场上后，过卖牛处看看他们讨论价钱的样子，又过卖猪处看看那些大猪小猪，又到赌场上去看看那些乡下人一只手抖抖的下注，替别人担一阵心。又到卖山货处去，用手摸摸那些豹子老虎的皮毛，且听听他们谈到猎取这野物的种种经验。又到卖鸡处去，欣赏欣赏那些大鸡小鸡，我们皆知道什么鸡战斗时厉害，什么鸡生蛋极多。我们且各自把那些斗鸡毛色记下来，因为这些鸡照例当天全将为城中来的兵士和商人买去，五天以后就会在城中斗鸡场出现。我们间或还可在敞坪中看苗人决斗，用扁担或双刀互相拚命。小河边到了场期，照例来了无数小船，无数竹筏，竹筏上且常常有长眉秀目脸儿极白奶头高肿的青年苗族女人，用绣花大衣袖掩着口笑，使人看来十分舒服。我们来回走二三十里路，各个人两只手既是空空的，因此在场上什么也不能吃。间或谁一个人身上有一两枚铜元，就到卖狗肉摊边去割一块狗肉，蘸些咸水，平均分来吃吃。或者无意中谁一个在人丛中碰着了一位亲长，被问道："吃过点心吗?"大家正饿着，互相望了会儿，羞羞怯怯的一笑。那人知道情形了，便说："这成吗?不喝一杯还算赶场吗?"到后自然就被拉到狗肉摊边去，切一斤两斤肥狗肉，分割成几大块，各人来那么一块，蘸了盐水往嘴上送。

机会不好不曾碰到这么一个慷慨的亲戚，我们也依然不会瘪着肚皮回家。沿路有无数人家的桃树李树，果实全把树枝压得弯弯的，等待我们去为它们减除一分担负！还有多少黄泥田里，红萝卜大得如小猪头，没有我们去吃它，赞美它，便始终委屈在那深土里！除此以外路塍上无处不是莓类同野生樱桃，大道旁无处不是甜滋滋的枇杷，无处不可得到充饥果腹的东西。口渴时无处不可以随意低下头去喝水。即或任何东西没得吃，我们还是十分高兴，就为的是乡场中那一派空气，一阵声音，一分颜色，以及在每一处每一项生意人身上发出那一股臭味，就够使我们觉得满意！我们用各样官能吃了那么多东西，即使不再用口来吃喝也很够了。

到场上去我们还可以看各样水碾水碓，并各种形式的水车。我们必得经过好几个榨油坊，远远的就可以听到油坊中打油人唱歌的声音。一过油坊时便跑进去，看看那些堆积如山的桐子，经过些什么手续才能出油。我们只要稍稍绕一点路，还可以从一个造纸工作场过身，在那里可以看他们利用水力捣碎稻草同竹筱，用细篾帘子勺取纸浆作纸。我们又必需从一些造船的河滩上过身，有万千机会看到那些造船工匠在太阳下安置一只小船的龙骨，或把粗麻头同桐油石灰嵌进缝罅里补治旧船。

总而言之，这样玩一次，就只一次，也似乎比读半年书还有益处。若把一本好书同这种好地方尽我检选一种，直到如今我还觉得不必看这本用文字写成的小书，却应当去读那本用人事写成的大书。

我不明白我为什么就学会了赌骰子，大约还是因为每早上买菜，总可剩下三五个小钱，让我有机会傍近用骰子赌输赢的糕类摊上面。起始当三五个人蹲到那些戏楼下，把三粒骰子或四粒骰子或六粒骰子抓到手中，奋力向大土碗掷去，跟着它的变化喊出种种专门名词时，我真忘了自己也忘了一切。那富于变化的六骰子赌，七十二种“快”“臭”，一眼间我皆能很得体的喊出它的得失。谁也不能在我面前占去便宜，谁也骗不了我。自从精明这一项事情以后，我家里这一早上若派我出去买菜，我就把买菜的钱去作注，同一群小无赖在一个有天棚的米厂上玩骰子，赢了钱自然全部买东西吃，若不凑巧全输掉时，就跑回来悄悄的进门找寻外祖母，从她手中把买菜的钱得到。

但这是件冒险的事，家中知道后可得痛打一顿，因此赌虽然赌，总只下一个铜子的注，赢了拿钱走去，输了也不再来，把菜少买一些，总可敷衍下去。

由于赌术精明我不大担心我输赢。我倒最希望玩个半天结果无输无赢。我所担心的只是正玩得十分高兴，忽然后领一下子为一只强硬有力的手攫定，一个哑哑的声音在我耳边响着：

“这一下捉到你了，这一下捉到你了！”

先是一惊。想挣扎可不成。既然捉定了，不必回头，我就明白我被谁捉到，且不必猜想，我就知道我回家去应受些什么款待，于是提了菜篮让这个仿佛生下来给我作对的人把我揪回去。这样过街可真无脸面，因此不是请求他放和平点抓着我一只手，总是在他不着意的情形下，忽然挣脱先行跑回家去，准备他回来时受罚。

每次在这件事上我受的罚都似乎略略过分了些，总是把一条绣花的白腰带缚定两手，系在空谷仓里，用鞭子打几十下，上半天不许吃饭，或是整天不许吃饭。亲戚中看到觉得十分可怜，便以为哥哥不应当这样虐待弟弟。但这样不顾脸面的去同一些乞丐赌博，给了家中多少气怄，我是不知道的。

我从那方面学会了些下等野话，在亲戚中身份似乎也就低了些。只是当十五年后，我能够用我各方面的经验写点故事时，这些粗话野话，却给了我许多帮助，增加了故事中人物的生命。

革命后本地设了女学校，我两个姊姊皆被送过女学校读书。我那时也欢喜过女学校去玩，就因为那地方有些新奇的东西。学校外边一点，有个做小鞭炮的作坊，从起始用一根细钢条，卷上了纸，送到木机上一搓，吱的一声就成了空心的小管子，再如何经过些什么手续，便成了燃放时巴的一声的小爆仗，被我看得十分熟习。我借故去瞧姊姊时总在那里看他们工作。我还可看他们烘焙火药，碓舂木炭，筛硫磺，配合火药的原料，因此明白制烟火用的药同制爆仗用的药，硝磺的分配分量如何不同。

一到女学校时，我必跑到长廊下去，欣赏那些平时不易见到的织布机器。那些机器钢齿轮互相衔接，一动它时全部皆转动起来，且发出一种异样陌生的声音，听来我总十分欢喜。我平时是个怕鬼的人，但为了欣赏这些机器，黄昏中我还敢在这儿逗留，直到她们大声呼喊各处找寻时，我才从廊下跑出。

当我转入高小那年，正是民国六年，我们那地方为了上年受蔡锷讨袁战事的刺激，感觉军队非改革不能自存，因此本地镇守署方面，设了一个军官团，前为道尹后改屯务处方面，也设了一个将弁学校。另外还有一个教练兵士的学兵营，一个教导队。小小的城里多了四个军事学校，一切皆用较新方式训练，地方因此气象一新。由于常常可以见到这类青年学生结队成排在街上走过，本地的小孩，以及一些小商人，皆觉得学军事较有意思。有人与军官团一个教官作邻居的，要他在饭后课余教教小孩子，先在大街上操，到后却借了附近的军官团操场使用，顷刻之间便招集了一百人左右。

有同学在里面受过训练来的，精神比起别人来特别强悍，我们觉得奇怪。这同学就告我们一切，且问我愿不愿意去。并告我到里面后，每两月可以考选一次，配吃一分口粮，作守兵的，就可以补上名额当兵。在我生长那个地方，当兵不是耻辱。本地的光荣原本是从过去无数男子的勇敢搏来的。谁都希望当兵，因为这是年轻人一条出路，也正是年轻人唯一的出路。同学说及进技术班时，我就答应试来问问我的母亲，看看母亲的意见，这将军的后人，是不是仍然得从步卒出身。

那时节我哥哥已过热河找寻父亲去了，我因不受拘束，生活已日益放肆，母亲正想不出处置我的方法，因此一来，将军后人就决定去作兵役的候补者了。

预备兵的技术班

家中听说我一到那边去，既有机会考一分口粮，且明白里面规矩极严，以为把我放进去受预备兵的训练，实在比让我在外面撒野较好。即或在学校免不了有从天桥掉下的危险，但有人亲眼看到掉下来，总比无人照料，到那些空山里从高崖上摔下为好，因此当时便答应了。

我把这消息告给学校那个梁班长时，军衣还不曾缝好，他就带我去见了一次教官。我第一次见到那个挺着胸脯的人，实在有点害怕，但我却因为听说他的杠杆技术曾经得过全省锦标，能够在天桥上竖蜻蜓用手来回走四次，又能在杠杆上打大车轮至四十来次，简直是个新式徐良，因此虽畏惧他却也欢喜他。

这教官给我第一次印象不坏，并且此后的印象也十分好，他对于我似乎也很满意。先看我人那么小，排队总在最后一名，在操场中作“跑步”时便把我剔出，到“正步走”“向后转”走时，我的步子较小一点，又想法让我不吃亏。但经过十天后，我的能力和勇敢，就得到他完全的承认，做任何事应当大家去作的，我头上也总派到一分了。

我很感谢那教官，由于他那分严厉，逼迫我学会了一种攀杠杆的技术，到后来还用这点技术救过我自己一次生命的危险。我身体到后在军队中去混了那么久，那一次重重的伤寒病四十天的高热，居然能够支持下来，未必不靠从技术班训练好的一个结实体格所帮助。我的性格方面永远保持到一点坚实军人的风味，不管作什么总去作，不大关心成败，似乎也就是那将近一年的训练养成的。

我进到了那军役补习组后，方知道原来在学校作班长的梁凤生，在技术班也还是我们的班长。我在里面得他的帮助可不少。一进去时的单人教练，他就作了我的教师，当每人到小操场的砂地上学习打斤斗时，用腰带束了我的腰，两个人各用手紧紧的抓着那根带子，好在我正当把两只手垫到地面，想把身体翻过去再一下挺起时，他就赶忙用手一拉，使我不要扭坏腰腿。有时我攀上杠杆，用膀子向后反挂，预备来一次背车，在旁小心照料的也总是他。有时我不小心摔到砂地上，跌哑了喉，想说话无论如何怎样用力再也说不出口，一为他见及，就赶忙搀起我来，扶着我乱跑，必得跑过好一阵，我口方说得出话。

这人在学校书既读得极好，每次考试总得第一，过技术班来成绩也非常好。母亲是一个寡妇，守着三个儿子，替人缝点衣服过日子。这同学散操以后，便跑回去，把那个装了无数甘蔗，业已分配得上好的篮子，提上街到各处去卖，把甘蔗卖完便赚回三五十个小钱。可是这人虽然为了三五十个钱，每个晚上皆得大街小巷的走去，倘在任何地方一遇到同学好友时，总一句话不说，走到你身边来，把二节值十文一段的甘蔗，忽然一下塞到你的手里，风快的就跑掉了。我遇到他这样两次，心中真感动得厉害。我并不想那甘蔗吃，却因为他那种慷慨大方处，白日见他时简直使我十分害羞。

这朋友虽待得我很好，可是在学校方面，我最好的一个同学却是个姓陈的。在技术班方面，好朋友也姓陈，名继瑛。这个陈继瑛家只隔我家五户，他每天同我一把晚饭吃过后，就各人穿了灰布军服，在街上气昂昂的并排走出城去。每出城到门洞边时，卖牛肉的屠户，正在收拾他的业务，总故意逗我们，喊叫我们作“排长”。一个守城的老兵也总故意做一个鬼脸，说两句无害于事的玩笑话。两人心中以为这是小事，我们上学的原因，为的是将来做大事，这些小处当然用不着关心。

当时我们所想的实在与这类事不同，他只打量作团长，我就只想进陆军大学。即或我爸爸希望作一将军终生也作不到，但他把祖父那一分光荣，用许多甜甜的故事输入到这荒唐顽皮的小脑子里后，却引起了很大的影响。书本既不是我所关心的东西，国家又革了命，我知道中状元已无可希望，却俨然有一个将军的志气。家中别的什么教育都不给我，所给的也恰恰是我此后无多大用处的。可是爸爸给我的教育，却对于我此后生活的转变，以及在那个不利于我读书的生活中支持，真有很大的益处。体魄不甚健实的我，全得爸爸给我那分骄傲，使我在任何困难情形中总不气馁，任何得意生活中总不自骄，比给我任何数目的财产，也似乎更可贵重。

当营上的守兵有了几名缺额，我们那一组应当分配一名时，我照例去考过一次，考试的结果当然失败。但我总算把各种技术演习了那么一下。也在小操场杠杆上做挂腿上，翻上，再来了十个背车。又蹿了一次木马，走了一度天桥，且从平台上拿了一个大顶，再丢手侧身倒掷而下。又在大操场指挥一个小队，作正步，跑步，跪下，卧下，种种口令，完事时还跑到阅兵官面前用急促的声音完成一种报告。操演时因为有镇守使同许多军官在场，临事虽不免有点慌张，但一切举动做得还不坏，不跌倒，不吃砂，不错误手续。且想想，我那时还是一个十三岁半的孩子！这次结果守兵名额虽然被一位美术学校的学生田大哥得去了，大家却不难过。(这人在我们班里作了许久大队长，各样皆十分来得。这人若当时机会许可他到任何大学去读书，一定也可做个最出色的大学生。若机会许可他上外国去学艺术，在绘画方面的成就，会成一颗放光的星子。可是到后来机会委屈了他，环境限止了他，自己那点自足骄傲脾气也妨碍了他，十年后跑了半个中国，还是在一个少校闲曹的位置上打发日月。)当时各人虽没有得到当兵的荣耀，全体却十分快乐。我记得那天回转家里时，家中人问及一切，竟对我亲切的笑了许久。且因为我得到过军部的奖语，仿佛便以为我未来必有一天可做将军，为了欢迎这未来将军起见，第二天杀了一只鸡，鸡肝鸡头全为我独占。

第二回又考试过一次，那守兵的缺额却为一个姓舒的小孩子占去了，这人年龄和我不相上下，各种技术皆不如我，可是却有一分独特的胆量，能很勇敢的在一个两丈余高的天桥上，翻倒斤斗掷下，落地时身子还能站立，因此大家仍无话说。这小孩子到后两年却害热病死了。

第三次的兵役给了一个名“田棒捶”的，能跳高，撑篙跳会考时第一，这人后来当兵出防到外县去，也因事死掉了。

我在那里考过三次，得失之间倒不怎么使家中失望。家中人眼看着我每天能够把军服穿得整整齐齐的过军官团上操，且明白了许多军人礼节，似乎上了正路，待我也好了许多。可是技术班全部组织，差不多皆为那教官一人所主持，全部精神也差不多全得那教官一人所提起，就由于那点稀有精神，使那位镇守使看中了意，当他卫队团的营副出了缺时，我们那教官便被调去了。教官一去，学校也自然无形解散了。

这次训练算来大约是八个月左右，因为起始在吃月饼的八月，退伍是开桃花的三月。我记得那天散操回家，我还在一个菜园里摘了一大把桃花。

那年我死了一个第二的姊姊，她比我大两岁，美丽，骄傲，聪明，大胆，在一行九个兄弟姊妹中，这姊姊比任何一个都强过一等。她的死也就死在那分要好使强的性格上。

一个老战兵

当时在补充兵的意义下，每日受军事训练的，本城计分三组，我所属的一组为城外军官团陈姓教官办的，那时说来似乎高贵一些。另一组在城里镇守使衙门，归镇守使署卫队杜连长主持，名分上便较差些。这两处皆用新式入伍训练。还有一处归我本街一个老战兵滕四叔所主持，用的是旧式教练。新式教练看来虽十分合用，钢铁的纪律把每个人皆造就得自重强毅，但实在说来真无趣味。且想想，一群小孩子，最大的不过十七岁，较小的还只十二岁，一下操场总是两点钟，一个跑步总是三十分钟，姿势稍有不合就是当胸一拳，服装稍有疏忽就是一巴掌。盘杠杆，从平台上拿顶，向木马上扑过，一下子掼到地上时，哼也不许哼一声儿。过天桥时还得双眼向前平视，来回作正步通过，野外演习时，不管是水是泥喊卧下就得卧下，这规矩真不大同本地小孩性格相宜。可是旧式的那一组，他们却太潇洒了。他们学的是翻斤斗，打藤牌，舞长稍，耍齐眉棍。我们穿一色到底的灰衣，他们却穿各色各样花衣。他们有描花皮类的方盾牌，藤类编成的圆盾牌，有弓箭，有标枪，有各种华丽悦目的武器。他们或单独学习，或成对厮打，各人可各照自己意见去选择。他们常常是一人手持盾牌单刀，一人使关刀或戈矛，照规矩练“大刀取耳”“单戈破牌”或其他有趣厮杀题目。两人一面厮打一面大声喊“砍”“杀”“摔”“坐”，应当归谁翻一个斤斗时，另一个就用敏捷的姿势退后一步，让出个小小地位，应当归谁败下时，战败的跌倒时也有一定的章法，做得又雅致又活泼。作教师的在身旁指点，稍有了些错误，自己就占据到那个地位上去示范，为他们纠正错误。

这教师就是个奇人趣人，不拘向任何一方翻斤斗时，毫不用力，只需把头一偏，即刻就可以将身体在空中打一个转折。他又会爬树，极高的桅子，顷刻之间就可上去。他又会拿顶，在城墙雉堞上，在城楼上，在高桅半空棋料上，无地无处不可以身体倒竖把手当成双脚，来支持很久的时间。他又会泅水。任何深处皆可以一氽子到底，任何深处皆可泅去。他又会摸鱼，钓鱼，叉鱼，有鱼的地方他就可以得鱼。他又明医术，谁跌碰伤了手脚时，随手采几样路边草药，捣碎敷上，就可包好。他又善于养鸡养鸭，大门前常有许多高贵种类的斗鸡。他又会种花，会接果树，会用泥土捏塑人像。

这旧式的一组能够存在，且居然能够集收许多子弟，实在说来，就全为的是这个教练的奇材异能。他虽同那么一大堆小孩子成天在一处过日子，却从不拿谁一个钱，也从不要公家津贴一个钱，他只属于中营的一个老战兵，他作这件事也只因为他欢喜同小孩子在一处。全城人皆喊他为“滕师傅”，他却的的确确不委屈这一个称呼。他样样来得懂得，并且无一事不精明在行，你要骗他可不成，你要打他你打不过他。最难得处就是他比谁都和气，比谁都公道。但由于他是一个不识字的老战兵，见“额外”“守备”这一类小官时，也得谦谦和和的喊一声“总爷”，同时他不单教小孩子打拳，有时还鼓励小孩子打架，他不只教他们摆阵，甚至于还教他们洗澡赌博，因此家中有规矩点的小孩，却不大到他这里来，到他身边来的，多数是些寒微人家子弟。

他家里藏了漆朱红花纹的牛皮盾牌，带红缨的标枪，镀银的方天画戟，白檀木的齐眉棍。他家中有无数的武器，同时也有无数的玩具；有锣，有鼓，有笛子胡琴，渔鼓简板，骨牌纸牌，无不齐全。大白天，家中照例常常有人唱戏打牌，如同一个聚乐部。到了应当练习武艺时，弟子儿郎们便各自扛了武器到操坪去。天气炎热不练武，吃过饭后就带领一群小孩，并一笼雏鸭，拿了光致致的小鱼叉，一同出城下河去教练小孩子泅水，且用极优美姿势钻进深水中去摸鱼。

在我们新式操练两组里，谁犯了事，不问年龄大小，不是当胸一拳，就是罚半点钟立正，或一个人独自绕操场跑步一点钟。可是在他们这方面，就不作兴这类苛刻处罚。一提到处罚，他们就嘲笑这是种“洋办法”，事情由他们看来十分好笑。至于他们的错误，改正错误的，却总是那师傅来一个示范的典雅动作，相伴一个微笑。犯了事，应该处罚，也总不外是罚他泅过河一次，或类似有趣味的待遇，在处罚中即包含另一种行为的奖励。我们敬畏老师，一见教官时就严肃了许多，也拘束了许多。他们则爱他的师傅，一近身时就潇洒快乐了许多。我们那两组学到后来得学打靶，白刃战的练习，终点是学科中的艰深道理，射击学，筑城学，以及种种不顺耳与普通生活无关系的名词。他们学到后来却是驰马射箭，再多学些便学摆阵，人穿了五彩衣服，扛了武器和旗帜，各自随方位调动，随金鼓声进退。我们永远是枯燥的，把人弄呆板起来，对生命不流动的，他们却自始至终使人活泼而有趣味，学习本身同游戏就无法分开。

本地武备补充训练既分三处，当时从学的，最合于事实的希望，大部只盼得一个守兵的名额。我们新式操练成绩虽不坏，可是有守兵出缺实行考试时，还依然让那老战兵所教练的旧式一组得去名额最多。即到十六年后的现在，从三处出身的军官，精明，能干，勇敢，负责，也仍然是一个从他那儿受过基础教育的张姓团长，最在行出色。

当时我同那老战兵既同住一条街上，家中间或有了什么小事，还得常常请他帮点忙。譬如要点药，或做点别的事，总少不了他。可是家中却不许我跟这战兵在一处，还是要我扛了一枝长长的青竹子，出城过军官团去学习撑篙跳，让班长用拳头打胸脯，大约就为的是担心我跟这样俗气的人把习惯弄坏。但家中却料不到十来年后，在军队中好几次危险，我用来自救救人的知识，便差不多全是从那老战兵学来的！

在我那地方，学识方面使我敬重的是我一个姨父，带兵方面使我敬重的是本地一个统领官，做人最美技能最多，使我觉得他富于人性十分可爱的，是这个老战兵。

家中对于我的放荡既缺少任何有效方法来纠正，家中正为外出的爸爸卖去了大部分不动产，还了几笔较大的债务，景况一天比一天坏下去。加之二姊死去，因此母亲看开了些，以为与其让我在家中堕入下流，不如打发我到世界上去学习生存。在各样机会上去做人，在各种生活上去得到知识与教训。当我母亲那么打算了一下，决定了要让我走出家庭到广大社会中去竞争生存时，就去向一个杨姓军官谈及，便得到了那方面的许可，应允尽我用补充兵的名义，同过辰州驻防。我自己还正好泡在河水里，试验我从那老战兵学来的沉入水底以后的耐久力，与仰卧水面的上浮力。这天正是七月十五中元节，我记得分明，到河边还为的是拿了些纸钱同水酒白肉奠祭河鬼，照习俗这一天谁也不敢落水，河中清静异常。纸钱烧过后，却把酒倒到水中去，把肉吃尽，脱了衣裤，独自一人在清清的河水中拍浮了约两点钟左右。

七月十六日那天早上，我就背了小小包袱，离开了本县学校，开始混进一个更广泛的学校了。

辰州（即沅陵）

离开了家中的亲人，向什么地方去，到那地方去又做些什么，将来便有些什么希望，我一点儿也不知道。我还只是十四岁稍多点一个孩子，这分年龄似乎还不许可我注意到与家中人分离的痛苦。我又那么欢喜看一切新奇东西，听一切新奇声响，且那么渴慕自由，所以初初离开本乡时，深觉得无量快乐。

可是一上路却有点忧愁了。同时上路的约三百人，我没有一个熟人。我身体既那么小，背上的包袱却似乎比本身还大。到处是陌生面孔，我不知道日里同谁吃饭，且不知道晚上同谁睡觉。听说当天得走六十里路，才可到有大河通船舶的地方，再坐船向下行。这么一段长路照我过去经验说来，还不知道是不是走得到。家中人担心我会受寒，在包袱中放了过多的衣服，想不到我还没享受这些衣服的好处以前，先就被这些衣服累坏了。

尤其使我吓怕的，便是那些坐在轿子里的几个女孩子，和骑在白马上几个长官，这些人我全认得他们，他们已仿佛不再认识我。由于身分的自觉，当无意中他们轿马同我走近时，我实在又害怕又羞怯。为了逃避这些人的注意，我就同几个差弁模样的年轻人，跟在一伙脚夫后面走去。后来一个脚夫看我背上包袱太大了一点，人可太小了一点，便许可我把包袱搭到他较轻的一头去。我同时又与一个中年差遣谈了话，原来这人是我叔叔一个同学。既有了熟人，又双手洒脱的走空路，毫不疲倦的，黄昏以前我们便到了一个名叫高村的大江边了。

一排篷船泊定在水边，大约有二十余只，其中一只较大的还悬了一面红绸帅字旗。各个船头上全是兵士，各人皆在寻觅着指定的一船。那差遣已同我离开了，我便一个人背了那个大包袱，怯怯的站到岸上，随后向一只船旁冲去，轻轻的问：“有地方吗？大爷。”那些人总说：“满了，你自己看，全满了！你是第几队的？”我自己就不知道自己应分在第几队，也不知道去问谁。有些没有兵士的船看来仿佛较空的，他们要我过去问问，又总因为船头上站得有穿长衣的师爷参谋，他们的神气我实害怕，不敢冒险过去问问。

天气看看渐渐的夜了下来，有些人已经在船头烧火煮饭，有些人已蹲着吃饭，我却坐在岸边大石上，发呆发愁，想不出什么办法。那时阔阔的江面，已布满了薄雾，有野鹜䴔䴖之类接翅在水面向对河飞去，天边剩余一抹深紫。见到这些新奇光景，小小心中来了一分无言的哀戚，自己便微笑着，揉着为长途折磨坏了的两只脚。

一会儿又看见个差遣，差遣也看到我了。

“啊，你这个人，怎么不上船呀?”

“船上全满了，没有地方可上去的。”

“船上全满了，你说！你那么拳头大的小孩子，放大方点，什么地方不可以徛进去。来，来，我的老弟，这里有的是空地方!”

我见了熟人高兴极了。听他一说我就跟了他到那只船上去，原来这还是一只空船！不过这船舱里舱板也没有，上面铺的只是一些稀稀的竹格子，船摇动时就听到舱底积水汤汤的流，到夜里怎么睡觉？正想同那差遣说我们再去找找看，是不是别的地方当真还可照他用的那个粗俚字眼徛进去，一群留在后边一点本军担荷篷帐的伕子赶来了，我们担心一走开，回头再找寻这样一个船舱也不容易，因此就同这些伕子挤得紧紧的住下来。到吃饭时有人各船上来喊叫，因为取饭的原因，我却碰到了一个军械处的熟人，我于是换了一个船，到军械船上住下，一会儿便异常舒服的睡熟了。

船上所见无一事不使我觉得新奇，二十四只大船有时衔尾下滩，有时疏散散浮到那平潭里，两岸时时刻刻在一种变化中，把小小的村落，广大的竹林，黑色的悬崖，一一收入眼底。预备吃饭时，长潭中各把船只任意溜去，那分从容那分愉快处，实在感动了我。摇橹时满江浮荡着歌声。我就看这些，听这些，把家中人暂时完全忘掉了。四天以后，我们的船编成一长排，停泊在辰州城下的河岸边。

又过了两天，我们已驻扎在总爷巷一个旧衙门里，一分新的日子便开始了。

墙壁各处是膏药，地下各处是瓦片同乱草；草中留下成堆黑色的粪便，这就是我第一次进衙门的印象。于是轮到了我们来着手扫除了，作这件事的共计二十人，我便是其中一个。大家各在一种异常快乐情形下，手脚并用整整工作了一个日子，居然全部弄清爽了。庶务处又送来了草荐同木板，因此在地面垫上了砖头，把木板平铺上去，摊开了新作的草荐，一百个人便一同躺到这草荐上，把第一个夜晚打发走了。

到地后，各人应当有各人的事，作补充兵的，只需要大清早起来操跑步，操完跑步就单人教练，把手肘向后抱着，独自在一块地面上，把两只脚依口令起落，学慢步走。下午无事可作，便躺在草荐上唱“大将南征”的军歌。每个人皆结实单纯，年纪大的约二十二岁，年纪小的只十三岁，睡硬板子的床，吃粗粝陈久的米饭，却在一种沉默中活着下来。我从本城技术班学来那分军事知识，很有好处，使我为日不多就做了班长。

直到现在我还不明白为什么当时有些兵士不能随便外出，有些人又可自由出入。照我想来则大约系城里人可以外出，乡下人可以外出却不敢外出。

我记得我的出门是不受任何限制的，但每早上操过跑步时，总得听苗人吴姓连长演说：“我们军人，原是卫国保民。初到这来客军极多，一切要顾脸面。外出时节制服应当整齐，扣子扣齐，腰带弄紧，裹腿缠好。胡来乱为的，要打屁股。”说到这里时，于是复大声说：“听到了么?”大家便说：“听到了。”既然答应全已听到，就散开了。当时因犯事被按在石地上打板子的，就只有营中火夫，兵士却因为从小地方开来，十分怕事，谁也不敢犯罪，不作兴挨打。

我很满意那个街上，一上街触目皆十分新奇。我最欢喜的是河街，那里使人惊心动魄的是有无数小铺子，卖船缆，硬木琢成的活车，小鱼篓，小刀，火镰，烟嘴。满地皆是有趣味的物件。我每次总去蹲到那里看一个半天，同个绅士守在古董旁边一样恋恋不舍。

城门洞里有一个卖汤圆的，常常有兵士坐在那卖汤圆人的长凳上，把热热的汤圆向嘴上送去，间或有一个本营里官佐过身，得照规矩行礼时，便一面赶忙放下那个土花碗，把手举起，站起身来含含胡胡的喊“敬礼”。那军官见到这种情形，有时也总忍不住微笑。这件事碰头最多的还是我，我每天总得在那里吃一回汤圆，或坐下来看过往行路人！

我又常常同那团长看马的张姓马夫，牵马到朝阳门外大坪里去放马，把长长的缰绳另一端那个檀木钉，钉固在草坪上，尽马各处走去，我们就躺到草地上晒太阳，说说各人所见过的大蛇大鱼。又或走近教会中学的城边去，爬上城墙，看看那些中学生打球。又或过有树林处去，各自选定一株光皮梧桐，用草揉软作成一个圈套，挂在脚上，各人爬到高处桠枝上坐坐，故意把树摇荡一阵。

营里有三个小号兵同我十分熟习，每天他们必到城墙上去吹号，过城外河坝去吹号，我便跟他们去玩。有时我们还爬到各处墙头上去吹号，我不吹号却能打鼓。

我们的工课固定不变的，就只是每天早上的跑步。跑步的用处是在追人还是在逃亡，谁也不很分明。照例起床号吹过不久就吹点名号，一点完名跟着下操坪，到操场里就只是跑步。完事后，大家一窝蜂子向厨房跑去，那时节豆芽菜一定已在大锅中沸了许久，大甑笼里的糙米饭也快好了。

我们每天吃的总是豆芽菜汤同糙米饭，每到礼拜天那天，每人就吃一次肉，各人名下有一块肥猪肉，分量四两，是从豆芽汤中煮熟后再捞出的。

到后我们把枪领来了。

除了跑步无事可作，大家就只好在太阳下擦枪，用一根细绳子缚上一些布条，从枪膛穿过，绳子两端各缚定在廊柱上，于是把枪一往一来的拖动。那时候的枪名有下列数种，单响，九子，五子；单响分广式，猪槽两种，五响分小口紧，双筒，单筒，拉筒，盖板五种。也有说“日本春田”“德国盖板”的，但不通俗。兵士只知道这种名称。填写枪械表时也照这样写上。

我们既编入支队司令的卫队，除了司令官有时出门拜客，选派二十三十护卫外，无其他服务机会。某一次保护这生有连鬓胡子的司令官过某处祝寿，我得过五毛钱的奖赏，算是我最先一次得到国家的钱。

那时节辰州地方组织了一个湘西政府。驻扎了三个部队，军人首脑其一为军政长凤凰人田应诏，其一为民政长芷江人张学济，另外一个却是黔军旅长后来回黔作了省长的卢焘，与之对抗的是驻兵常德身充旅长的冯玉祥。这一边军队既不向下取攻势，那一边也不敢向上取攻势，各人就只保持原有地盘，等待其他机会。

单是湘西一隅，除客军一混成旅外，集中约十万人。我们部队是游击第一支队，属于靖国联军第二军，归张学济管辖。全辰州地方约五千家户口，各部分兵士大致就有两万。当时军队虽十分庞杂，各军联合组织得有宪兵稽察处，故还不至于互相战争。不过当时发行钞票过多，每天兑现时必有小孩同妇人被践踏死去。每天给领军米，各地方部队为争夺先后，互相殴打伤人，在那时也极平常。

一次军事会议的结果，上游各县重新作了一度分配，划定若干防区，军队除必需一部分沿河驻扎防卫下游侵袭外，其余照指定各县城驻防清乡。由于特殊原因，第一支队派定了开过那总司令官的家乡芷江去剿匪。

清乡所见

据传说快要清乡去了，大家莫不喜形于色。开差时每人发了一块现洋钱，我便把钱换成铜元，买了三双草鞋，一条面巾，一把名为“黄鳝尾”的小尖刀，刀靶还缚了一片绸子，刀鞘还是朱红漆就的。我最快乐的就是有了这样一把刀子，似乎一有了刀子可不愁什么了。我于是仿照那苗人连长的办法，把刀插到裹腿上去，得意扬扬的到城门边吃了一碗汤圆，说了一阵闲话，过两天便离开辰州了。

我们队伍共约两团，先是坐小船上行，大约走了七天，到我第一次出门无法上船的地方，再从旱路又走三天，便到了沅州所属的东乡榆树湾。这一次我们既然是奉命来到这里清乡，因此沿路每每到达一个寨堡时，就享受那堡中有钱地主用蒸鹅肥腊肉的款待，但在山中小路上，却受了当地人无数冷枪的袭击。有一次当我们从两个长满小竹的山谷狭径中通过时，拍的一声枪响，我们便倒下了一个。听到了枪声，见到了死人，再去搜索那些竹林时，却毫无什么结果。于是把枪械从死去的身上卸下，砍了两根大竹子缚好，把他抬着，一行人又上路了。二天路程中我们部队又死去了两个，但到后我们却杀了那地方人将近两千。

到地后我们便与清乡司令部一同驻扎在天后宫楼上。一到第二天，各处团总来见司令供办给养时，同时就用绳子缚来四十三个老实乡下人，当夜过了一次堂，每人照呈案的罪名询问了几句，各人按罪名轻重先来一顿板子，一顿夹棍，有二十七个在刑罚中画了供，用墨涂在手掌上取了手模，第二天，我们就簇拥了这二十七个乡下人到市外田坪里把头砍了。

第一次杀了将近三十个人，第二次又杀了五个。从此一来就成天捉人，把人从各处捉来时，认罪时便写上了甘结，承认缴纳清乡子弹若干排，或某种大枪一枝，再行取保释放。无力缴纳捐款，或仇家乡绅方面业已花了些钱运动必需杀头的，就随随便便列上一款罪案，一到相当时日，牵出市外砍掉。认罪了的虽名为缴出枪械子弹，其实则无枪无弹，照例作价折钱，枪每枝折合一百八十元，子弹每排一元五角，多数是把现钱派人挑来。钱一送到，军需同副官点验数目不错后，当时就可取保放人。

关于杀人的纪录日有所增，我们却不必出去捉人，照例一切人犯大多数由各乡区团总地主送来。我们有时也派人把团总捉来，罚他一笔钱又再放他回家。地方人民既非常蛮悍，民三左右时一个黄姓的辰沅道尹，在那里杀了约两千人，民六黔军司令王晓珊，在那里又杀了三千左右，现时轮到我们的军队作这种事，前后不过杀一千人罢了！

那地方上行去沅州县城约九十里，下行去黔阳县城约六十里。一条河水上溯可至黔省的玉屏，下行经过湘西重要商埠的洪江可到辰州。

那地方照例五天一集，到了这一天便有猪牛肉和其他东西可买。我们用钱雇来的本地侦探，且常常到市集热闹人丛中去，指定了谁是土匪处派来的奸细，于是捉回营里去一加搜查，搜出了一些暗号，认定他是从土匪方面派来的探事奸细时，即刻就牵出营门，到那些乡下人往来最多的桥头上，把奸细头砍下来，在地面流一滩腥血。人杀过后，大家欣赏一会儿，或用脚踢那死尸两下，踹踹他的肚子，仿佛做完了一件正经工作，有别的事情的，便散开做事去了。

住在这地方共计四个月，有两件事在我记忆中不能忘去，其一是当场集时，常常可以看到两个乡下人因仇决斗，用同一分量同一形色的刀互砍，直到一人躺下为止，我看过这种决斗两次，他们方法似乎比我那地方所有的决斗还公平。另外一件是个商会会长年纪极轻的女儿，得病死去埋葬后，当夜便被本街一个卖豆腐的年轻男子，从坟墓里挖出，背到山洞中去睡了三天，方又送回坟墓去。到后来这事为人发觉时，这打豆腐的男子，便押解过我们衙门来，随即就地正法了。临刑稍前一时，他头脑还清清楚楚，毫不胡涂，也不嚷吃嚷喝，也不乱骂，只沉默的注意到自己一只受伤的脚踝。我问他："脚被谁打伤的？"他把头摇摇，仿佛记起一件极可笑的事情，微笑了一会，轻轻的说："那天落雨，我送她回去，我也差点儿滚到棺材里去了。"我又问他："为什么你做这件事？"他依然微笑，向我望了一眼，好像当我是个小孩子，不会明白什么是爱的神气，不理会我，但过了一会，又自言自语的轻轻的说："美得很，美得很。"另一个兵士就说："疯子，要杀你了，你怕不怕？"他就说："这有什么可怕的。你怕死吗？"那兵士被反问后有点害羞了，就大声恐吓他说："癫狗肏的，你不怕死吗？等一会儿就要杀你这癫子的头！"那男子于是又柔弱的笑笑，便不作声了。那微笑好像在说："不知道谁是癫子。"我记得这个微笑，十余年来在我印象中还异常明朗。

怀化镇

四个月后我们移防到另一个地名怀化的小乡镇住下。这地方给我的印象，影响我的感情极其深切。这地方一切，在我《从文子集》里一篇题作《我的教育》的记载里，说得还算详细。我到了这个地方，因为勉强可以写几个字，那时填造枪械表正需要一些写字的人，有机会把生活改变了一个方式，因此在那领饷清册上，我便成为上士司书了。

我在那地方约一年零四个月，大致眼看杀过七百人。一些人在什么情形下被拷打，在什么状态下被把头砍下，我皆懂透了。又看到许多所谓人类做出的蠢事，简直无从说起。这一分经验在我心上有了一个分量，使我活下来永远不能同城市中人爱憎感觉一致了。从那里以及其他一些地方，我看了些平常人不看过的蠢事，听了些平常人不听过的喊声，且嗅了些平常人不嗅过的气味；使我对于城市中人在狭窄庸懦的生活里产生的作人善恶观念，不能引起多少兴味，一到城市中来生活，弄得忧郁强悍不像一个“人”的感情了。

我所到的地方原来不过只是六百户左右一个小镇，地方唯一较大的建筑是一所杨姓祠堂，于是我们一来便驻扎到这个祠堂中。

这里有一个官药铺，门前安置一口破锅子，有半锅黑色膏药，锅旁贴着干枯了的蛇，壁虎，蜈蚣，等等，表示货真价实。常常有那么一个穿上青洋板绫马褂，二马居蓝青布衫子，红珊瑚球小帽子的人，站在大门前边，一见到我们过路时，必机械似的把两手摊开，腰背微微弯下，和气亲人的向我们说：

“副爷，副爷，请里边坐，膏药奉送，膏药奉送。”

因为照例作兵士的总有许多理由得在身体不拘某一部分贴上一张膏药，并且各样病症似乎也都可由膏药治好，所以药铺表示欢迎驻军起见，管事的常常那么欢迎我们，并且膏药锅边总还插上一个小小纸招，写着：

欢迎清乡部队，新摊五毒八宝膏药，奉送不取分文。

既然有了这种优待，兵士火夫到那里去贴膏药的自然也不乏其人。我方明白为什么戏楼墙壁上膏药特别多的理由，原来有不要钱买的膏药，无怪乎大家竞贴膏药了。

那个豆腐作坊门前常是一汪黑水，黑水里又涌起些白色泡沫，常常有五六只肮脏大鸭子，把个嫩红的嘴巴插到泡沫里去，且喋呷出一种声音来。

那个南货铺有冰糖红糖，有海带蜇皮，有陈旧的芙蓉酥同核桃酥，有大麻饼与小麻饼。铺子里放了无数放乌金光泽的大陶瓮，上面贴着剪金的福字寿字。有成束的干粉条，又有成束的咸面，皆用皮纸包好，悬挂在半空中，露出一头让人见到。

那个烟馆门前常常坐了一个年纪四十来岁的妇人，扁扁的脸上擦了很厚一层粉，眉毛扯得细细的，故意把五倍子染绿的家机布裤子，提得高高的，露出水红色洋袜子来。见兵士同火夫过身时，就把脸掉向里面，看也不看，表示贞静，若过身的穿着长衣或是军官，她便很巧妙的做一个眼风，把嘴角略动，且故意娇声娇气喊叫屋中男子，为她做点事情。我同兵士走过身时，只看到她的背影，同营副走过时，就看到她的正面了。这点人性的姿态，我当时就很能欣赏它，注意到这些时，始终没有丑恶的感觉，只觉得这是“人”的事情。我一生活下来太熟习这些“人”的事情了。

我们部队到那地方除了杀人似乎无事可作。我们兵士除了看杀人，似乎也是没有什么可作的。

由于过分寂寞，杀人虽不是一种雅观的游戏，本部队官佐中赶到行刑地去鉴赏这种事情的实在很不乏人。有几个副官同一个上校参谋，我每次到场时，他们也就总站在那桥栏上看热闹。

到杀人时，那个学问超人的军法长，常常也马马虎虎的宣布了一下罪状，在预先写好的斩条上，勒一笔朱红，一见人犯被兵士簇拥着出了大门，便匆匆忙忙提了长衫衣角，拿起光亮白铜水烟袋，从后门菜园跑去，赶先走捷径到离桥头不远一个较高点的土墩上，看人犯到桥头大路上跪下时砍那么一刀。

若这一天正杀了人，那被杀的在死前死后又有一种出众处，或招供时十分快爽，或临刑时颜色不变，或痴痴呆呆不知事故，或死后还不倒地，于是副官处，卫队营，军需处，参谋军法秘书处，总有许久时间谈到这个被杀的人有趣味地方，或又辗转说到关于其他时节种种杀戮故事。杀人那天如正值场期，场中有人卖猪肉牛肉，刽子手照例便提了那把血淋淋的大刀，后面跟着两个火夫，抬一只竹箩，每到一个屠桌前可割三两斤肉，到后把这一箩筐猪肉牛肉各处平分，大家便把肉放到火炉上去炖好，烧酒无限制的喝着。等到各人皆有点酒意时，就常常偏偏倒倒的站起来，那么随随便便的扬起筷子，向另一个正蹲着吃喝的同事后颈上一砍，于是许多人就扭成一团，大笑大闹一阵。醉得厉害一些的，倒到地下谁也不管，只苦了那些小副兵，必得同一只狗一样守着它的主人，到主人醒来时方能睡去。

地方逢一六赶场，到时副官处就派人去摆赌抽头，得钱时，上至参谋，下至传达，人人有分。

大家有时也谈谈学问。几个高级将校，各样学识皆像个有知识的军人，有些做过一两任知事，有些还能做做诗，有些又到日本留过学。但大家都似乎因为所在地方不是说学问的地方，加之那姓杨的司令官又不识字，所以每天大家就只好陪司令官打打牌，或说点故事，烧烧鸦片烟，喝一杯烧酒。他们想狗肉吃时，就称赞我上一次作的狗肉如何可口，且总以为再来那么一次试试倒不坏。我便自告奋勇，拿了钱即刻上街。几个上级官佐自然都是有钱的，每一次罚款，他们皆照例有一分，摆赌又有一分，他们的钱得来就全无用处。不说别人，单是我一点点钱，也就常常不知道怎么去花！因此有时只要听到他们赞美了我烹调的手腕后，我还常常不告给他们，就自己跑出去把狗肉买得，一个人拿过修械处打铁炉上去，把那一腿狗肉皮肤烧烧，再同一个小副兵到溪边水里去刮尽皮上的焦处，砍成小块，用钵头装好，上街去购买各样作料，又回到修械处把有铁丝贯耳的瓦钵，悬系打铁炉上面，自己努力去拉动风箱，直到把狗肉炖得稀烂。晚饭摆上桌子时，我方要小副兵把我的创作搬来，使每个人的脸上皆写上一个惊讶的微笑，各人的脸嘴皆为这一钵肥狗肉改了样子。于是我得意了，我便异常快乐的说："来，来，试一试，今天的怎么样！"我那么忙着，赤个双脚跑上街去又到冰冷的溪水里洗刮，又守在风箱边老半天，究竟为的是什么？就为的是临吃饭时惊讶他们那么一下！这些将校也可真算得是懂幽默，常常从楼上眼看着我手上提了狗肉，知道我正在作这件事时，只装作不知道，对于我应办的公文，那秘书官却自己来动手。见我向他们微笑，他们总故意那么说："天气这样坏，若有点狗肉大家来喝一杯，真不错！"说了他们又互相装成抱歉的口吻说："上一次真对不起小师爷，请我们的客忙了他一天。"他们说到这里时就对我望着，仿佛从我微笑时方引起一点疑心，方带着疑问似的说："怎么，怎么，小师爷你难道又要请客了么？这次可莫来了，再来我们就不好意思了！"可是，我笑笑，跑了。他们明白这件事，他们也没有什么不好意思。我虽然听得出他们的口吻，懂得他们的做作，但我还是欢喜那么做东请客。

就因为这点性格，名义上作的是司书，实际上每五天一场，我总得作一回厨子。大约当时我焖狗肉的本领较之写字的本领实在也高一着，我的生活兴味，对于作厨子办菜，又似乎比写点公函呈文之类更相近。

我间或同这些高等人物走出村口，往山脚下乡绅家里去吃蒸鹅喝家酿烧酒，间或又同修械处小工人上山采药摘花，找寻山果。我们各人会用篠竹做竖笛，在一支短竹上钻四个圆圆的眼儿，另一端安置一个扁扁的竹膜哨子，就可吹出新婚嫁女的唢呐声音。胡笳曲中的"娘送女""山坡羊"等等，我们无一不可以合拍吹出。我们最得意处也就是四五个人各人口中含了那么一个东西向街上并排走去，呜呜喇喇声音引起许多人注意，且就此吹进营门。住在戏楼上人，先不知道是谁作的事，各人皆争着把一个大头从戏楼窗口伸出，到后明白只是我们的玩意儿时，一面大骂我们一面也就笑了许久。大致因为大家太无事可作，所以他们不久反而来跟我们学习吹这个东西，有一姓杨的参谋，便常常拿了这种绿竹小管，依傍在楼梯边吹它，一吹便是半天。

我们又常常在晚上拿了火炬镰刀到小溪里去砍鱼，用鸡笼到田中去罩鱼。且上山装套，设阱捕捉野狸同黄鼠狼。把黄鼠狼皮整个剥来，用米糠填满它的空处，晒干时用它装零件东西。

我有一次无意中还在背街发现了一个融铁工厂。

当我发现了那个制铁处以后，就常常一个人跑到那里去，看他们工作。因此明白那个地方制铁分四项手续，第一收买从别处担来的黄褐色原铁矿，七个小钱一斤，按分量算账。其次把买来的铁矿每一层矿石夹一层炭，再在上面压一大堆矿块，从下面升火让它慢慢的燃。第三等到六七天后矿已烘酥冷却，再把它同木炭放到黄泥作成可以倾侧的炉子里面去，一个人把炉旁风箱拉动，送空气进炉腹，等到铁汁已融化时，就把炉下一个泥塞子敲去，把黑色矿石渣先爬出来，再把炉倾侧，放光的白色融液，泻出到划成方形的砂地上，再过一会白汁一凝结，便成生铁板了。末了再把这些铁板敲碎放到煤火的炉上去烧红，用锤打成方条，便成为运出本地到各地去的熟铁了。我一到这里来就替他们拉风箱，风箱拉动时作出一种动人的吼声，高巍巍的炉口便喷起一股碧焰，使人耳目十分愉快。用一阵气力在这圆桶形风箱上面，不到一刻就可看到白色放光闪着火花的铁汁从缺口流出，这工作也很有意义的。若拉了一阵风箱，亲眼看过倾泻一次铁汁，我回去时便极高兴的过修械处告给那几个小工人，又看他们拉风箱打铁。我常常到修械处，我欢喜那几个小工人，我欢喜他们勇敢而又快乐的工作。我最高兴的是看他们那个麻子主任，高高的坐在一堆铁条上面，一面唱《孟姜女哭长城》，一面调度指挥三个小孩子的工作。他们或者裸着瘦瘦的膊子，舞动他们的铁锤，或用鱼头钻在铁盘上钻眼，或把敷了酱的三角形新钢镳，烧红时放到盐水里一淬，或者什么事也不作，只是蹲成一团，围到一大钵狗肉，各人用小土碗喝酒，向那麻子“师傅长师傅短”的随意乱说乱笑。说到“作男子的不勇敢可不像男子”时，那师傅若多喝了一杯，时间虽到了十一月，为了来一个证明，总说：

“谁愿意作大丈夫谁同我下溪里泅一阵水！”

到后必是师徒四人一齐从后门出去。到溪水里去乱浇一阵水，闹一阵，光着个上身跑回来，大家哈哈笑个半天。有一次还多了一个人，因为我恰恰同他们喝酒，我也就作了一次“大丈夫”。

在部中可看到的还很多，间或有什么火夫犯了事，值日副官就叫他到大堂廊下，臭骂一顿，喊：“护兵，打这狗杂种一百！”于是那火夫知道是要打他了，便自动卸了裤子，爬在冷硬的石阶上，露出一个黑色的大脏臀，让板子拍拍的打，把数目打足，站起来提着裤头荷荷的哭着走了。

白日里出到街市尽头处去玩时，常常还可以看见一幅动人的图画，前面几个兵士，中间一个十二三岁的小孩子，挑了两个人头，这人头便常常是这小孩子的父亲或叔伯，后面又是几个兵，或押解一两个双手反缚的人，或押解一担衣箱，一匹耕牛。这一行人众自然是应当到我们总部去的，一见到时我们便跟了去。

晚上拷打时，常常看到他们用木棒打犯人脚下的螺丝骨，这刑罚是垫在一块方铁上执行的，二十下左右就可把一只脚的骨髓敲出。又用香火薰鼻子，用香火烧胸胁。又用铁棍上"地绷"，啵的一声把脚扳断，第二天上午就拖了这人出去砍掉。拷打这种无知乡民时，我照例得坐在一旁录供，把那些乡下人在受刑不过情形中胡胡乱乱招出的口供，记录在一角公文纸上。末后兵士便把那乡下人手掌涂了墨，在公文末尾空白处按个手迹，这些东西末了还得归我整理，再交给军法官存案。

姓文的秘书

当我已升作司书常常伏在戏楼上窗口边练字时，从别处地方忽然来了一个趣人，作司令部的秘书官。这人当时只能说他很有趣，现在想起他那个风格，也作过我全生活一颗钉子，一个齿轮，对于他有可感谢处了。

这秘书先生小小的个儿，白脸白手，一来到就穿了青缎马褂各处拜会。这真是稀奇事情。部中上下照例全不大讲究礼节，吃饭时各人总得把一只脚跷到板凳上去，一面把菜饭塞满一嘴，一面还得含含胡胡骂些野话。不拘说到什么人，总得说：

“那杂种，真是……”

这种辱骂并且常常是一种亲切的表示，言语之间有了这类语助辞，大家谈论就仿佛亲爱了许多。小一点且常喊小鬼，小屁眼客，大一点就喊吃红薯吃糟的人物，被喊的也从无人作兴生气。如果见面只是规规矩矩寒暄，大家倒以为是从京里学来的派头，有点“不堪承教”了。可是那姓文的秘书到了部里以后，对任何人都客客气气的，即或叫副兵，也轻言细语，同时当着大家放口说野话时，他就只微微笑着。等到我们熟了点，单是我们几个秘书处的同事在一处时，他见我说话，凡属自称必是“老子”，他把头摇着：

“啊呀呀，小师爷，你人还那么一点点大，一说话也老子长老子短！”

我说：“老子不管，这是老子的自由。”可是我看看他那和气的样子，我有点害羞起来了。便解释我的意见：“这是说来玩的，不损害谁。”

那秘书官说：

“莫玩这个，你聪明，你应当学好的，世界上有多少好事情可学！”

我把头偏着说：

“那你为老子说说，老子再看看什么样好就学什么吧。”

因为我一面说话一面看他，所以凡是说到“老子”时总不得不轻声一点，两人谈到后来，不知不觉就成为要好的朋友了。

我们的谈话也可以说是正在那里互相交换一种知识，我从他口中虽得到了不少知识，他从我口中所得的也许还更多一点。

我为他作狼嗥，作老虎吼，且告诉他野猪脚迹同山羊脚迹的分别，我可从他那里知道火车叫的声音轮船叫的声音，以及电灯电话的样子。我告他的是一个被杀的头如何沉重，那些开膛取胆的手续应当如何把刀在腹部斜勒，如何从背后踢那么一脚，他却告我美国兵英国兵穿的衣服，且告我鱼雷艇是什么，氢气球是什么；他对于我所知道的种种觉得十分新奇，我也觉得他所明白的真真古怪。

这种交换谈话各人皆仿佛各有所得，故在短短的时间中，我们便成就了一种最可纪念的友谊。他来到了怀化后，先来几天因为天气不大好，不曾清理他的东西。三天后出了太阳，他把那行李箱打开时，我看到他有两本厚厚的书，字那么细小，书却那么厚实，我竟吓了一跳。他见我为那两本书发呆，就说：

“小师爷，这是宝贝，天下什么都写在上面，你想知道的各样问题，全部写得有条有理。”

这样说来更使我敬畏了。我用手摸摸那书面，恰恰看到书脊上两个金字，我说：

“《辞源》，《辞源》。”

“正是《辞源》。你且问我不拘一样什么古怪的东西，我立刻替你找出。”

我想了想，一眼望到戏楼下诸葛亮三气周瑜的浮雕木刻，我就说：“诸葛孔明卧龙先生怎么样？”他即刻低下头去，前面翻翻后面翻翻，一会儿就被他翻出来了。到后另外又翻了一件别的东西。我快乐极了。他看我自己动手乱翻乱看，恐怕我弄脏了他的书，就要我下楼去洗手再来看。我相信了他的话，洗过了手还乱翻了许久。

因为他见我对于他这一本宝书爱不释手，就问我看过报没有。我说：“老子从不看报，老子不想看什么报。”他却从他那《辞源》上翻出“老子”一条来，我方知道老子就是太上老君，太上老君竟是真有的人物。我不再称自己做太上老君，我们却来讨论报纸了。于是同另一个老书记约好，三人各出四毛钱，订一份《申报》来看，报钱买成邮花寄往上海后，报还不曾寄来，我就仿佛看了报，且相信他的话，报纸是了不得的东西，我且俨然就从报纸上学会许多事情了。这报纸一共定了两个月，我似乎从那上面认识了好些生字。

这秘书虽把我当个朋友看待，可是我每天想翻翻他那本宝书可不成。他把书好好放在箱子里，他对这书显然也不轻视的。既不能成天翻那本书，我还是只能看看《秋水轩尺牍》，或从副官长处一本一本的把《西游记》借来看看。办完公事不即离开白木桌边时，从窗口望去正对着戏台，我就用公文纸头描画戏台前面的浮雕。我的一部分时间，跟这人谈话，听他说下江各样东西，大部分时间，还是到外边无限制的玩。但我梦里却常常偷翻他那宝书，事实上也间或有机会翻翻那宝书。氢气是什么，《淮南子》是什么，参议院是什么，就多半从那本书上知道的。

驻扎到这里来名为清乡，实际上便是就食。从湘西方面军队看来，过沅州清乡，比较据有其他防地占了不少优势，当时靖国联军第二军实力尚厚，故我们部队能够得到这片地土。为时不久，靖国联军一军队伍节制权由田应诏转给了他的团长陈渠珍后，一二军的势力有了消长。二军杂色军队过多，无力团结，一军力图自强，日有振作。作民政长兼二军司令的张学济，在财政与军事两方面，支配处置皆发生了困难，第一支队清乡除杀人外既毫无其他成绩，军誉又极坏，因此防地发生了动摇。当一军陈部从麻阳开过，本部感受压迫时，既无法抵抗，我们便在一种极其匆忙中退向下游。于是仍然是开拔，用棕衣包裹双脚，在雪地里跋涉，又是小小的船浮满了一河。五天后我又到辰州了。

军队防区既有了变化，杂牌军队有退出湘西的模样，二军全部皆用“援川”名义，开过川东去就食。我年龄由他们看来，似乎还太小了点，就命令我同一个老年副官长，一个跛脚副官，一个吃大烟的书记官，连同二十名老弱兵士，留在后方的留守部。

军队开走后，我除了每三天关闭誊写一分报告，以及在月底造一留守处领饷清册呈报外，别的便无事可作。街市自从二军开拔后，似乎也清静多了。我每天仍然常常到那卖汤圆处去坐坐，间或又到一军学兵营看学兵下操。或听副官长吩咐，与一个兵士为他过城外水塘边去钓蛤蟆，把那小生物弄回部里给他下酒。

女 难

我欢喜辰州那个河滩，不管水落水涨，每天总有个时节在那河滩上散步。那地方上水船下水船虽那么多，由一个内行眼中看来，就不会有两只相同的船。我尤其欢喜那些从辰溪一带载运货物下来的高腹昂头“广舶子”，一来总斜斜的孤独的搁在河滩黄泥里，小水手从那上面搬取南瓜，茄子，成束的生麻，黑色放光的圆瓮。那船在暗褐色的尾梢上，常常晾得有朱红裤褂，背景是黄色或浅碧色一派清波，一切皆那么和谐，那么愁人。

美丽总是愁人的。我或者很快乐，却用的是发愁字样。但事实上每每见到这种光景，我总默默的注视许久。我要人同我说一句话，我要一个最熟的人，来同我讨论这些光景。可是这一次来到这地方，部队既完全开拔了，事情也无可作的，玩时也不能如前一次那么高兴了。虽仍然常常到城门边去吃汤圆，同那老人谈谈，看看街，可是能在一堆玩，一处过日子，一阵子说话的，已无一个人。

我感觉到我是寂寞的。记得大白天太阳很好时，我就常常爬到墙头上去看驻扎在考棚的卫队玩。有时又跑到井边去，看人家轮流接水，看人家洗衣，看他们作豆芽菜的浇水进桶里去。我坐在那井栏一看就是半天。有时来了一个挑水的老妇人，就帮着这妇人做做事，把桶递过去，把瓢递过去。我有时又到那靠近学校的城墙上去，看那些教会学生玩球，或互相用小小绿色柚子抛掷，或在那坪里追赶扭打。我就坐在城墙上看热闹，间或他们无意中把球踢上城时，学生们懒得上城捡取，总装成怪和气的样子：

“小副爷，小副爷，帮个忙，把我们皮球抛下来。”

我便赶快把球拾起，且仿照他们把脚尖那么一踢，于是那皮球便高高的向空中蹿去，且很快的落到那些年轻学生身边了。那些人把赞许与感谢安置在一个微笑里，有的还轻轻的呀了一声，看我一眼，即刻又竞争皮球去了。我便微笑着，照旧坐下来看别人的游戏，心中充满了不可名言的快乐。我虽作了司书，因为穿的还是灰布袄子，故走到什么地方去，别人总是称呼我作“小副爷”。我就在这些情形中，以为人家全不知道我身分，感到一点秘密的快乐。且在这些情形中，仿佛同别个世界里的人也接近了一点。我需要的就是这种接近。

可是不到一会，那学校响了上堂铃，大家一窝蜂散了，只剩下一个圆圆的皮球在草坪角隅，墙边不知名的繁花正在谢落，天空静静的，我望到日头下自己的扁扁影子，有说不出的无聊。我得离开这个地方，得沿了城墙走去。有时在城墙上见一群穿了花衣的女人从对面走来，小一点的女孩子远远的一看到我，就“三姐二姐”的乱喊，且说“有兵有兵”，意思便想回头走去。我那时总十分害羞，赶忙把脸向雉堞缺口向外望去，好让这些人从我身后走过，心里却又对于身上的灰布军衣有点抱歉。我以为我是读书人，不应当被别人厌恶。可是我有什么方法使不认识我的人也给我一分尊敬？我想起那册厚厚的《辞源》，想起三个人共同订的那一分《申报》，还想起《秋水轩尺牍》。

就在这一类隐隐约约的刺激下，我有时回到部中，坐在用公文纸裱糊的桌面上，发愤去写细字，一写便是半天。

时间过去了，春天夏天过去了，且重新又过年了。川东鄂西的消息来得够坏。只听说我们军队在川边已同当地神兵接了火，接着就说得退回湖南，第三次消息来时，却说我们军队全部都覆灭了，营长，团长，旅长，军法长，秘书长，参谋长完全皆被杀了。这件事最初不能完全相信，作留守的老副官长就亲自跑过二军留守部去问，到时那边正接到一封详细电报，把我们总司令部如何被人袭击，如何占领，如何残杀的事，一一说明。拍发电报的就正是我的上司。他幸运先带一团人过湘境龙山布防，因此方不遇难。

好，这一下可好！熟人全杀尽了，兵队全打散了，这留守处还有什么用处？自从得到了详细报告后，五天之中我们便领了遣散费，各人带了护照各自回家。

回到家中约在八月左右。一到十二月，我又离开家中过沅州。家中实在蹲不住，军队中不成，还得另想生路，沅州地方应当有机会。那时正值大雪，既出了几次门，有了出门的经验，把生棕衣毛松松的包裹到两只脚，背了个小小包袱，跟着我一个亲戚的轿后走去，脚倒全不怕冻。雪实在大了点，山路又窄，有时跌到了雪坑里去，便大声喊呼，必得那脚夫把扁担来援引方能出险。可是天保佑，跌了许多次数我却不曾受伤。走了四天到地以后我暂住在一个舅父家中，不久舅父作了警察所长，我就作了那小小警察所的办事员。办事处在旧县衙门，我的职务只是每天抄写违警处罚的条子。隔壁是个典狱署，每夜皆可听到监狱里犯人受狱中老犯拷掠的呼喊。警察署也常常捉来些偷鸡摸狗的小窃，一时不即发落，便寄存到牢狱里去，因此每天黄昏将近牢狱里应当收封点名时，照例我也得同一个巡官，拿一本点名册，跟着进牢狱里去，点我们这边寄押人犯的名。点完名后，看着他们那方面的人把重要犯人一一加上手镣，必需套枷的还戴好方枷，必需固定的还把他们系在横梁铁环上，几个人方走出牢狱。

警察署不久从地方财产保管处接收了本地的屠宰税，我这办事员因此每天又多了一分职务。每只猪抽收六百四十文的税捐，我便每天填写税单。另外派了人去查验，恐怕那查验的舞弊不实，我自己也得常常出来到全城每个屠案桌边看看。这分职务有趣味处倒不是查出多少漏税的行为，却是我可以因此见识许多事情。我每天得把全城跑到，还得过一个长约一里在湘西方面说来十分著名的长桥，往对河地方去看看。各个店铺里的人俱认识我，同时我也认识他们。成衣铺，银匠铺，南纸店，丝烟店，不拘走到什么地方，便有人向我打招呼，我随处也照例谈谈玩玩。这些商店主人照例就是本地绅士，常常同我舅父喝酒，也知道许多事情皆得警察所帮忙，因此款待我很不坏。

另外还有个亲戚，在本地又是一个大拇指人物，有钱，有势，从知事起任何人物任何军队皆对他十分尊敬，从不敢稍稍得罪他。这个亲戚对于我的能力，也异常称赞。

那时我的薪水每月只有十二千文，一切事倒做得有条不紊。

大约正因为舅父同另外那个亲戚每天做诗的原因，我虽不会做诗，却学会了看诗。我成天看他们作诗，替他们抄诗，工作得很有兴致。因为盼望所抄的诗被人嘉奖，我开始来学写小楷字。因为空暇的时间仍然很多，恰恰那亲戚家中有两大箱商务印行的《说部丛书》，这些书便轮流作了我最好的朋友。我记得迭更司的《冰雪因缘》《滑稽外史》《贼史》这三部书，反复约占去了我两个月的时间。我欢喜这种书，因为它告给我的正是我所要明白的。它不如别的书说道理，它只记下一些现象。即或它说的还是一种很陈腐的道理，但它却有本领把道理包含在现象中。我就是个不想明白道理却永远为现象所倾心的人。我看一切，却并不把那个社会价值搀加进去，估定我的爱憎。我不愿向价钱上的多少来为百物作一个好坏批评，却愿意考查它在我官觉上使我愉快不愉快的分量。我永远不厌倦的是“看”一切。宇宙万汇在动作中，在静止中，我皆能抓定她的最美丽与最调和的风度，但我的爱好却不能同一般目的相合。我不明白一切同人类生活相联结时的美恶，另外一句话说来，就是我不大能领会伦理的美。接近人生时我永远是个艺术家的感情，却绝不是所谓道德君子的感情。可是，由于社会人与人的关系产生的各种无固定性的流动的美，德性的愉快，责任的愉快，在当时从别人看来，我也是毫无瑕疵的。我玩得厉害，职分上的事仍然做得极好。

那时节我的母亲同姊妹，已把家中房屋售去，剩下几千块钱，既把老屋售去不大好意思在本城租人房子住下，且因为我事情作得很好，沅州的亲戚又多，便坐了轿子来到沅州，我们一同住下。本地人只知道我家中是旧家，且以为我们还能够把钱拿来存放钱铺里，我又那么懂事明理有作有为，那在当地有势力的亲戚太太，且恰恰是我母亲的妹妹，因此无人不同我十分要好，母亲也以为一家的转机快到了。

假若命运不给我一些折磨，允许我那么把岁月送走，我想象这时节我应当在那地方做了一个小绅士，我的太太一定是个略有财产商人的女儿，我一定做了两任知事，还一定做了四个以上孩子的父亲。照情形看来，我的生活是应当在那么一个公式里发展的。这点打算不是现在的想象，当时那亲戚就说到了。因为照他意思看来，我最好便是作他的女婿，所以别的人请他向我母亲询询对于我的婚事意见时，他总说得慢一点。

不意事业刚好有些头绪，那作警察所长的舅父，却害肺病死掉了。

因他一死，本地捐税抽收保管改为一个新的团防局，我得到职务上“不疏忽”的考语，仍然把职务接续下去，改到了新的地方，作了新机关的收税员。改变以后情形稍稍不同的，我得每天早上一面把票填好，一面还得在十点后各处去查查。不久在那团防局里我认识了十来个绅士，却同时认识一个白脸长身的小孩子。由于这小孩子同我十分要好，半年后便有一个脸儿白白的身材高的女孩印象，把我生活完全弄乱了。

我是个乡下人，我的月薪已从十二千增加到十六千，我已从那些本地乡绅方面学会了刻图章，写草字，做点半通不通的五律七律，我年龄也已经到了十七岁。在这样情形下，一个样子诚实聪明懂事的年轻人，和和气气邀我到他家中，去看他的姐姐，请想想，我结果怎么样。

乡下人有什么办法，可以抵抗这命运所摊派的一分？

当那在本地翘大拇指的亲戚，隐隐约约明白了这件事情时，当一些乡绅知道了这件事情时，每个人都劝告我不要这么傻。有些本来看中了我，同我常常作诗的绅士，就向我那有势力的亲戚示意，愿意得到这样一个女婿。那亲戚于是把我叫去，当着我的母亲，把四个女孩子提出来问我看谁好就定谁。四个女孩子中就有我一个表妹。老实说来，我当时也还明白四个女孩子生得皆很体面，比另外那一个强得多，全是在平时不敢希望得到的好女孩子。可是上帝的意思与魔鬼的意思两者必居其一，我以为我爱了另外那个白脸女孩子，且相信那白脸男孩子的谎话，以为那白脸女孩子也正爱我。一分离奇的命运，行将把我从这种庸俗生活中攫去，再安置到此后各样变故里，因此我当时同我那亲戚说："那不成，我不作你的女婿，也不作店老板的女婿。我有计划，得自己照我自己的计划作去。"什么计划？真只有天知道。

我母亲什么也不说，似乎早知道我应分还得受多少折磨，家中人也免不了受许多磨难的样子，只是微笑。那亲戚便说："好，那我们看，一切有命，莫勉强。"

那时节正是三月，四月中起了战事，八百土匪把一个小城团团围住，在城外各处放火，四百左右驻军同一百左右团丁站在城墙上对抗，到夜来流弹满天交织，如无数紫色小鸟振翅，各处皆喊杀连天。三点钟内城外即烧去了七百栋房屋。小城被围困共计四天，外县援军赶到方解了围。这四天中城外的枪炮声我一点儿也不关心，那白脸孩子的谎话使我只知道有一件事情，就是我已经被一个女孩子十分关切，我行将成为他的亲戚。我为他姊姊无日无夜作旧诗，把诗作成他一来时便为我捎去。我以为我这些诗必成为不朽作品，他说过，他姊姊便最欢喜看我的诗。

我家中那点余款本来归我保管存放的。直到如今，我还不明白为什么那白脸孩子今天向我把钱借去，明天即刻还我，后天再借去，大后天又还给我，结果算去算来却有一千块钱左右的数目，任何方法也算不出用它到什么方面去。这钱居然无着落了。但还有更坏的事。

到这时节一切全变了，他再不来为我把每天送他姊姊的情诗捎去了，那件事情不消说也到了结束时节了。

我有点明白，我这乡下人吃了亏。我为那一笔巨大数目着了骇，每天不拘作任何事都无心情。每天想办法处置，却想不出比逃走更好的办法。

因此有一天，我就离开那一本账簿，同那两个白脸姊弟，四个一见我就问我“诗作得怎么样”的理想岳丈，四双眼睛漆黑身长苗条发辫极大的女孩印象，以及我那个可怜的母亲同姊妹走了。为这件事情，我母亲哭了半年。这老年人不是不原谅我的荒唐，因我不可靠用去了这笔钱而流涕；却只为的是我这种乡下人的气质，到任何处总免不了吃亏，而想来十分伤心。

常德

我本预备到北京的，但去不成。我本想走得越远越好，正以为我必得走到一个使人忘却了我的存在，种种过失，也使自己忘却了自己种种痴处蠢处的地方，方能够再活下去。可是一到常德后，便有个人把我留下了。

到常德后一时什么事也不能作，只住在每天连伙食共需三毛六分钱的小客栈里打发日子，因此最多的去处还依然同上年在辰州军队里一样，一条河街占去了我大部分生活。辰州河街不过几家作船上人买卖的小茶馆，同几家与船上人作交易的杂货铺，常德的河街可不同多了。这是一条长约两里的河街，有客栈，有花纱行，有油行，有卖船上铁锚铁链的大铺子，有税局，有各种会馆与行庄。这河街既那么长又那么复杂，长年且因为被城中人担水把地面弄得透湿的，我每天来回走个一回两回，又在任何一处随意蹲下欣赏当时那些眼前发生的新事，以及照例存在的一切，日子很快的也就又夜下来了。

那河街既那么长，我最中意的是名为麻阳街的一段。那里一面是城墙，一面是临河而起的一排陋隘逼窄的小屋。有烟馆同面馆，有卖绳缆的铺子，有杂货字号，有屠户，有铸铁锚与琢硬木活车以及贩卖小船上应用器具的小铺子。又有小小理发馆，走路的人从街上过身时，总常常可见到一些大而圆的脑袋，带了三分呆气在那里让剃头师傅用刀刮头，或偏了头搁在一条大腿上，在那里向阳取耳。有几家专门供船上划船人开心的妓院，常常可以见到三五个大脚女人，身穿蓝色印花洋布衣服，红花洋布裤子，粉脸油头，鼻梁根扯得通红，坐在门前长凳上剥朝阳花子，见有人过路时就迷笑迷笑，且轻轻的用麻阳人腔调唱歌。这一条街上龌浊不过，一年总是湿漉漉的不好走路，且一年四季总不免有种古怪气味。河中还泊满了住家的小船，以及从辰河上游洪江一带装运桐油牛皮的大船。上游某一帮船只拢岸时，这河街上各处都是水手，只看到这些水手手里提了干鱼，或扛了大南瓜，到处走动，各人皆忙匆匆的把从上游本乡带来的礼物送给亲戚朋友。这街上又有些从河街小屋子里与河船上长大的小孩子，大白天三三五五捧了红冠公鸡，身前身后跟了一只肥狗，街头街尾各处找寻别的公鸡打架。一见了什么人家的公鸡时，就把怀里的鸡远远抛去，各占据着那堆积在城墙脚下的木料下观战。自己公鸡战败时，就走拢去踢别的公鸡一脚出气。或者因点别的什么事，同伙两人互骂了一句娘，看看谁也不能输那一口气，就在街中很勇敢的揪打起来，缠成一团揉到烂泥里去。

那街上卖糕的必敲竹梆，卖糖的必打小铜锣，这些人在引起别人注意方法上，皆知道在过街时口中唱出一种放荡的调子，同女人身体某一些部分相关。街上又常常有妇女坐在门前矮凳上大哭乱骂，或者用一把菜刀，在一块木板上一面砍一面骂那把鸡偷去宰吃了的人。那街上且常常可以看到穿了青羽缎马褂，新浆洗过蓝布长衫的船老板，带了很多礼物来送熟人。街头中又常常有唱木头人戏的，当街靠城架了场面，在一种奇妙处置下，当当当当蓬蓬当的响起锣鼓来，许多人便张大了嘴看那个傀儡戏，到收钱时却一哄而散。

那街上有个茶馆，一面临街，一面临河，旁边甬道下去就是河码头，从各小船上岸的人多从这甬道上下，因此来去的人也极多。船上到夜来各处全是灯，河中心有许多小船各处摇去，弄船人拖出长长的声音卖烧酒同猪蹄子粉条。我想象那个粉条一定不坏，很愿意有一个机会到那小船上去吃点什么，喝点什么，但当然办不到。

我到这街上来来去去，看这些人如何生活，如何快乐又如何忧愁，我也就仿佛同样得到了一点生活意义。

我又间或跑向轮船码头去看那些从长沙从汉口来的小轮船，趸船一角怯怯的站住，看那些学生模样的青年和体面女人上下船，看那些人的样子，也看那些人的行李。间或发现了一个人的皮箱上贴了许多上海北京各地旅馆的标志，我总悄悄的走过去好好的研究它一番，估计这人究竟从那儿来。内河小轮船刚一抵岸，在我这乡巴老的眼下实在是一个奇观。

我间或又爬上城去，在那石头城上兜一个圈子，一面散步，一面且居高临下的欣赏那些傍了城墙脚边住家的院子里一切情形。在近北门一方面，地邻小河，每天照例有不少染坊工人，担了青布白布出城过空场上去晒晾，又有军队中人放马，又可看到埋人，又可看鸭子同白鹅。一个人既然无事可作，因此到城头看过了城外的一切，还觉得有点不足时，出城到那些大场里去找染坊工人与马夫谈话，情形也就十分平常。我虽然已经好像一个读书人了，可是事实上一切精神却更近于一个兵士，到他们身边时，我们谈到的问题，实在就比我到一个学生身边时可谈的更多。就现在说来，我同任何一个下等人就似乎有很多方面的话可谈，他们那点感想，那点观念，也大多数同我一样，皆从实生活取证来的。可是若同一个大学教授谈话，他除了说从书本上学来的那一套心得以外，就是说从报纸上学来的他那一分感想，对于一个人的成分，总似乎缺少一点什么似的。可说的也就很少很少了。

我有时还跟随一队埋人的行列，走到葬地去，看他们下葬时所用的一些手续与我那地方的习俗如何不同。

另外那件使我离开原来环境逃亡的事，我当然没有忘记，我写了些充满忏悔与自责的书信回去，请求母亲的原恕，母亲知道我并不自杀，于是来信说："已经作过了的错事，没有不可原恕的道理。你自己好好的做事，我们就放心了。"接到这些信时，我便悄悄到城墙上去哭。因为我想象得出，这些信由母亲口说姊姊写到纸上时，两人的眼泪一定是挂在脸上的。

我那时也同时听到了一个消息，就是那白脸孩子的姊姊，下行读书，在船上却被土匪抢入山中做押寨夫人去了。得到这消息后，我便在那小客店的墙壁上写下两句别人的诗，抒写自己的感慨："佳人已属沙吒利，义士今无古押衙。"义士虽无古押衙，其实过不久这女孩就从土匪中花了一笔很可观的数目赎了出来，随即同一个黔军团长结了婚。但团长不久又被枪毙，这女人便进到沅州本地的天主堂作洋尼姑去了。

我当然书也不读，字也不写，诗也无心再作了。

那时我的所以留在常德不动，就因为上游九十里的桃源县，有一个清乡指挥部，属于我本地军队，这军队也就是当年的靖国联军第一军的一部分。那指挥官节制了三个支队，本人虽是个贵州人，所有高级官佐却大半是我的同乡。朋友介绍我到那边去，以为做事当然很容易。那时节何键正作骑兵团长，归省政府直辖，贺龙作支队司令，归清乡指挥统辖，部队全驻防桃源县。我得到了介绍信之后，就拿了去会贺龙，又去晋谒熟人，向清乡指挥部谋差事。可是两处虽有熟人却毫无结果。书记差遣一类事情既不能作，我愿意当兵，大家又总以为我不能当兵。不过事情虽无结果，熟人在桃源的既很多，我却可以常常坐小轮船过桃源来玩了。那时有个表弟正从上面委派下来作译电，我一到桃源时，就住在他那里。两人一出外还仍然是到河边看来往船只。我离开那个清乡军队已两年，再看看这个清乡军队，一切可完全变了。枪械，纪律，完全不同过去那么马虎，每个兵士都仿佛十分自重，每个军官皆服装整齐凸着胸脯在街上走路，平时无事兵士全不能外出，职员们办公休息各有定时；军队印象使我十分感动。

那指挥官虽自行伍出身，一派文雅的风度，却使人看不出他的本来面目，笔下既异常敏捷，做事又富有经验，好些日子听别人说到他时就使我十分倾心。因此我那时就只想：若能够在他那儿当一名差弁，也许比作别的事更有意思。可是我尽这样在心中打算了很久，却终不能得到一个方便机会。

船 上

住在那小旅馆实在不是个办法，每天虽只三毛六分钱，四个月以来欠下的钱很像个大数目了。欠账太多了，非常怕见内老板，每天又必得同她在一桌吃饭。她说的话我可以装作不懂，可是仍然留在心上，挪移不开。桃源方面差事既没有结果，那么，不想个办法，我难道就作旅馆的伙计吗？恰好那时有一只押运军服的帆船，正预备上行，押运人就是我哥哥一个老朋友，我也同他在一堆吃过喝过。一个作小学教员的亲戚，答应替我向店中办个交涉，欠账暂时不说，将来发财再看。在桃源的那个表弟，恰好也正想回返本队，因此三人就一同坐了这小船上驶。我的行李既只是一个用面粉口袋改作的小小包袱，所以上船时实在洒脱方便。

船上装满了崭新棉布军服，把军服摊开，就躺到那上面去，听押船上行的曾姓朋友，说过去生活中种种故事，我们一直在船上过了四十天。

这曾姓朋友读书不多，办事却十分在行，军人风味的勇敢，爽直，正如一般筸人的通性，因此说到任何故事时，也一例能使人神往意移。他那时年纪不会过二十五岁，却已赏玩了四十名左右的年青黄花女。他说到这点经验时，从不显出一分自负的神气，不骄傲，不矜持。他说这是他的命运，是机缘的凑巧。从他口中说出的每个女子，皆仿佛各有一分不同的个性，他却只用几句最得体最风趣的言语描出。我到后来写过许多小说，描写到某种不为人所齿及的年轻女子的轮廓，不至于失去她当然的点线，说得对，说得美，就多数得力于这个朋友的叙述。一切粗俗的话语，在一个直爽的人口中说来，却常常是妩媚的。这朋友最爱说的就是粗野话，总仿佛不用口去亲女人下体时，就得用口来说它。在我作品中，关于丰富的俗语与双关比譬言语的应用，从他口中学来的也不少。（这人就是《湘行散记》中那个戴水獭皮帽子大老板。）

我临动身时有一块七毛钱，那豪放不羁的表弟却有二十块钱，但七百里航程还只走过八分之一时，我们所有的钱却已完全花光了。把钱花光后我们仍然有说有笑，各人躺在温暖软和的棉军服上面，说粗野的故事，喝寒冷的北风，让船儿慢慢拉去，到应吃饭时，便用极厉害的辣椒在火中烧焦蘸盐下饭。

船只因为得随同一批有兵队护送的货船同时上行，一百来只大小不等的货船，每天皆同时拔锚，同时抛锚，故景象十分动人。但辰河滩水既太多，行程也就慢得极可以。任何一只船出事时皆得加以援助，一出事总就得停顿半天。天气又冷，河水业已下落，每到滩上河槽容船处都十分窄，船夫在这样天气下，还时时刻刻得下水中拉纤，故每天即或毫无阻碍也只能走三十里。送船兵士到了晚上有一部分人得上岸去放哨，大白天则全部上岸跟着船行，所以也十分劳苦。这些兵士经过上司的命令，送一次船一个钱也不能要，就只领下每天二毛二分钱的开差费，但人人却十分高兴，一遇船上出事时，就去帮助船夫，作他们应作的事情。

我们为了减轻小船的重量，也常常上岸走去，不管如何风雪，如何冷，在河滩上跟着船夫的脚迹走去，遇他们落水，我们便从河岸高山上绕道走去。

常德到辰州四百四十里，我们一行便走了十八天，抵岸那天恰恰是正月一日，船傍城下时已黄昏，三人空手上岸，走到市街去看了一阵春联，从一个屠户铺子经过，我正为他们说及四年前见到这退伍兵士屠户同人殴打，如《水浒》上的镇关西，谁也不是他的对手。恰恰这时节我们前面一点就抛下了一个大爆竹，訇的一声，吓了我们一跳。那时各处虽有爆竹的响声，但曾姓朋友却以为这个来得古怪。看看前面不远又有人走过来，就拖我们稍稍走过了屠户门前几步，停顿了一下，那两个商人走过身时，只见那屠户家楼口小门里，很迅速的又抛了一个爆竹下来，又是訇的一声，那两个商人望望，仿佛知道这件事，赶快走开了。那曾姓朋友说："这狗杂种故意吓人，让我们去拜年吧。"还来不及阻止，他就到那边拍门去了。一面拍门一面和气异常的说："老板，老板，拜年，拜年！"一会儿有个人来开门，把门开时，曾姓朋友一望，就知道这人是镇关西，便同他把手拱拱，冷不防在那高个子眼鼻之间就是结结实实一拳，那家伙大约多喝了杯酒，一拳打去就倒到烛光辉煌的门里去了。只听到哼哼乱骂，但一时却爬不起来，且有人在楼上问什么什么，那曾姓朋友便说："狗肏的，把爆竹从我头上丢来，你认错了人。老子打了你，有什么话说，到中南门河边送军服船上来找我，我名曾祖宗。"一面说，一面便取出一个名片向门里抛去，拉着我们两人的膀子，哈哈大笑迈步走了。

我们倒以为那个镇关西会赶来的，因此各人随手还拾了些石头，须备来一场恶斗，谁知身后并无人赶来。上船后，尚以为当时虽不赶来，过不久定有人在泥滩上喊曾芹轩，叫他上岸比武。这朋友腹部临时还缚了一个软牛皮大抱肚，选了一块很合手的湿柴，表弟同我却各人拿了好些石块，预备这屠户来说理。也许一拳打去那家伙已把鼻子打塌了，也许听到寻事的声音是镇筸人，知道不大好惹，且自己先输了理，故不敢来第二次讨亏吃了，因此我们竟白等了一个上半夜。这个年也就在这类可笑情形中过了。第二天一早，船又离开辰州河岸，开进辰河支流的北河了。

从辰州上行，我们仍然沿途耽搁，走了十四天，在离目的地七十里的一个滩上，轮到我们的船出险了。船触大石后断了缆。右半舷业已全碎，五分钟后就满了水，恰好船只装的是军服，一时不即沉没，我们便随了这破船，急水中漂浮了约三里，那时船上除了我们三人，就只一个拦头工人一个舵手。水既激急，所以任何方法总不能使船安全泊岸。然而天保佑，到后居然傍近浅处了。慢慢的十几个拉纤的船夫赶来了，兵士赶来了，大家什么话也不说，只互相对望干笑。于是我们便爬到岸边高崖上去，让船中人把搁在浅处的碎船篷板拆下，在河滩上做起一个临时棚子，预备过夜。其余船只因为两天后已可到地，就不再等我们，全部把船开走了。本地虽无土匪，却担心荒山中有野兽，船夫们烧了两大堆火，我们便在那个河滩上听了一夜滩声，过了一个元宵。

保靖

目的地到达后，我住在一个做书记的另一表弟那里。无事可作等事作，照本地话说名为“打流”。这名词在吃饭时就见出了意义。每天早晚应吃饭时，便赶忙跑到各位老同事老同学处去，不管地方，不问情由，一有吃饭机会总不放过机会。这些人有作书记的，每月大约可得五块到十块钱，有作副官的，每月大约可得十二块到十八块钱。还有作传达的，数目比书记更少。可是在这种小小数目上，人人却能尽职办事，从不觉得有何委屈，也仍然是在日光下笑骂吃喝，仍然是有热有光的打发每一个日子。职员中肯读书的，还常常拿了书到春天太阳下去读书。预备将来考入军官学校的，每天大清早还起来到卫队营去附操，一般高级军官，生活皆十分拮据，吃粗粝的饭，过简陋的日子，然而极有朝气，全不与我三年前所见的军队相像。一切都得那个精力弥满的统领官以身作则，擘画一切，调度一切，使各人能够在职务上尽力，不消沉也不堕落。这统领便是先一时的靖国联军一军司令，直到现在，还依然在湘西抱残守阙，与一万余年轻军人同过那种甘苦与共的日子。

当时我的熟人虽多，地位都很卑下，想找工作却全不能靠谁说一句话。我记得那时我只希望有谁替我说一句话，到那个军人身边去作一个护兵。且想即或不能作这人的护兵，就作别的官佐护兵也成。因此常常从这个老朋友处借来一件干净军服，从另一个朋友又借了条皮带，从第三个又借了双鞋子，大家且替我装扮起来，把我打扮得像一个有教育懂规矩的兵士后，方由我那表弟带我往军法处，参谋处，秘书处，以及其他地方，拜会那些高级办事员，先在门边站着，让表弟进去呈报。到后听说要我进去了，一走进去时就霍的立一个正，作着各样询问的答复，再在一张纸上写几个字。只记着“等等看，我们想法”，就出来了。可是当时竟毫无结果，都说可以想法，但谁也不给一个切实的办法。照我想来其所以失败的原因，大体还是一则作护兵的多用小苗人和乡下人，做事吃重点，用亲戚属中子侄，做事可靠点。二则他们都认识我爸爸，不好意思让我来为他们当差。我既无办法可想，又不能去亲自见见那位统领官，一坐下来便将近半年。

这半年中使我亲亲切切感到几个朋友永远不忘的友谊，也使我好好的领会了一个人当他在失业时萎悴无聊的心情。但从另外一方面说来，我却学了不少知识，凭一种无挂无碍到处为生的感情，接近了自然的秘密。我爬上一个山，傍近一条河，躺到那无人处去默想，漫无涯涘去作梦，所接近的世界，似乎皆更是一个结实的世界。

生活虽然那么糟，性情却依旧那么强，有一次因个小小问题，与那表弟吵了几句，半夜里不高兴再在他床上睡觉了，一时又无处可去，就走到一个养马的空屋里，爬到有干草同干马粪香味的空马槽里睡了一夜，到第二天去拿那小包袱告辞时，两人却又讲了和，笑着揉到地上扭打了一阵。但我那表弟却更有趣味。在另外一个夜里，与一个同事说到一件小事，互相争持不下时，就向那人说："您不服吗，我两人出去打一架！看看！"那人便老老实实同他披了衣服出去，到黑暗无人的菜园里，扭打了一阵，践踏坏了一大堆白菜，各人滚了一身泥，鼻青眼肿悄悄回到住处，一句话也不说。第二天上饭桌时，才为人从脸目间认出夜里情形来，互相便坦白的大笑，同时也就照常成为好朋友了。这一群年轻人大致都那么勇敢直爽，十分可爱，但十余年来，却有大半早从军官学校出身作了小军官，在历次小小内战上牺牲腐烂了。

当时我既住到那书记处，几月以来所有书记原本虽不相识，到后也自然都熟透了。他们忙时我便为他们帮帮忙，写点不重要的训令和告示，一面算帮他们的忙，一面也算我自己玩。有一次正在写一件信札，为一个参谋处姓熊的高级参谋见到，问我是什么名义。我以为应分受责备了，心里发慌，轻轻的怯怯的说："我没有名义，我是在这里玩的。帮他们忙写这个文件！"到后那书记官却为我说了一句公道话，告给那参谋，说我帮了他们很多的忙。问清楚了姓名，因此把我名单开上去，当天我就作了四块钱一月的司书。我作了司书，每天必到参谋处写字，事作完时就回到表弟处吃饭睡觉。

事业一有了着落，我很迅速的便在司书中成为一个特出的书记了。我比他们字写得实在好些。抄写文件时上面有了错误处，我能纠正那点笔误。款式不合有可斟酌处，我也看得出，说得出。我的几个字使我得到了较优越的地位，因此更努力写字。机会既只许可我这个人在这方面费去大部分时间同精力，我也并不放下这点机会。我得临帖，我那时也就觉得世界上最使人敬仰的是王羲之。我常常看报，原只注意有正书局的广告，把一点点薪水聚集下来，谨谨慎慎藏到袜统里，或鞋底里，汗衣也不作兴有两件，但五个月内我却居然买了十七块钱的字帖。

一分惠而不费的赞美，带着点幽默微笑："老弟，你字真龙飞凤舞，这公文你不写谁也就写不了！"就因为这类话语，常常可以从主任那瘪瘪口中听到，我于是当着众人业已熄灯上床时，还常常在一盏煤油灯下，很细心地用《曹娥碑》字体誊录一角公文或一分报告。

各种生活营养到我这个魂灵，使它触着任何一方面时皆若有一闪光焰。到后来我能在桌边一坐下来就是八个钟头，把我生活中所知道所想到的事情写出，不明白什么叫作疲倦，这分耐力与习惯，都出于我那作书记的命运。

我不久因工作能力比同事强，被调到参谋处服务了。

书记处所在地方，据说是彭姓土司一个妃子所住的花楼。新搬去住的参谋处，房子梁架还是年前从一个梁姓苗王处抬来的，笨大的材头，笨大的柱子，使人一见就保留一种希奇印象。四个书记每天有训令命令抄写时，就伏在白木作成的方桌上抄写，不问早晚多少，以写完为止。文件太多了一点，照例还可调取其他部分的书记来帮忙，有时不必调请，照例他们也会赶来很高兴帮忙。把公事办完时，若那天正是十号左右发饷的日子，各人按照薪水多少不等，各领得每月中三分之一的薪饷，同事朋友必各自派出一分钱，亲自去买狗肉来炖，或由任何人做东，上街去吃面。若各人身边皆空空的，恰恰天气又很好，就各自手上拿一木棒，爬上后山顶上去玩，或往附近一土坡上去玩。那后山顶高约一里，并无什么正路，从险峻处爬到顶上时，却可以看许多地方。我们也就只是看那么一眼，不管如何困难总得爬上去。土坡附近常常有号兵在那里吹号，四周埋葬了许多小坟，每天差不多总有一起小棺材，或蒲包裹好的小小尸首，送到这地方来埋葬。当埋葬时，远近便蹲了无数野狗同小狼，埋人的一走，这坟至多到晚上，就被这群畜生爬开，小尸首便被吃掉了。这地方狼的数量不知道为什么竟那么多，既那么多为什么又不捕捉，这理由不易明白。我们每次到那小坡上去，总得带 大棒，就为的是恐怕被狼袭击，有木棒可以自卫。这畜生大白天见人时也并不逃跑，只静静的坐在坟头上望着你，眼睛光光的，牙齿白白的，你不惹它它也不惹你。等待你想用石头抛过去时，它却在石头近身以前，飞奔跑去了。

这地方每到夜间，当月晦阴雨时，就可听远远近近的狼嗥，声音好像伏在地面上，水似的各处流，低而长，忧郁而悲伤。间或还可听到后山的虎叫，昂的一声，谷中回音可延长许久。有时后山虎豹来人家猪圈中盗取小猪，从小猪锐声叫喊情形里，还可分分明明的知道山中野兽，从何处回山，经过何处。大家都已在床铺上听惯了这种声音，也不吃惊，也不出奇。可是由于虎狼太多，虽窗下就有哨兵岗位，但各人皆担心当真会有一天从窗口跃进一只老虎或一只豺狼，我们因此每夜总小心翼翼把窗门关好。这办法也并非毫无好处，有一次果然就有两只狼来爬窗子，两个背靠背放哨的兵士，深夜里又不敢开枪，用刺刀拟定这畜生时，据说两只狼还从从容容大模大样的并排走去。

我的事情既不是每天都很多很多，因此一遇无事可作时，几个人也常常出去玩。街上除了看洋袜子，白毛巾，为军士用的服装，和价值两元一枚的镀金表，别的就没有什么可引起我们注意的。逢三八赶场，在三八两天方有杂货百物买卖。因此我们最多勾留的地方，还是那个河边。河边有一个码头，长年湾泊五十号左右小木船。上面一点是个税局，扯起一面大大的幡旗。有一只方头平底渡船，每天把那些欢喜玩耍的人打发过河去，把马夫打发过河去，把跑差的兵士打发过河去，又装载了不少从永顺来的商人，及由附近村子里来作小买卖的人，从对河撑回，那河极美丽，渡船也美丽。

我们有时为了看一个山洞，寻一种药草，甚至于抖一口气，也常常走十里八里，到隔河大岭上跑个半天。对河那个大岭无所不有，也因为那山岭，把一条河显得更加美丽了。

我们虽各在收入最少卑微的位置上作事，却生活得十分健康。有时即或胡闹，把所有点点钱完全花到一些最可笑事情方面去，生活也仍然是健康的。我们不大关心钱的用处，为的是我们正在生活，有许多生活，本来只需我们用身心去接近，去经验，却不必用一笔钱或一本书来作居间介绍。

但大家就是那么各人守住在自己一分生活上，甘心尽日月把各人拖到坟墓里去吗？可并不这样，我们各人都知道行将有一个机会要来的，机会来时我们会改造自己变更自己的，会尽我们的一分气力去好好作一个人的。应死的倒下，腐了烂了，让他完事。可以活的，就照分上派定的忧乐活下去。

十个月后，我们部队有被川军司令汤子模请过川东填防的消息，我们长官若答应时，便行将派四团人过川东。这消息从几次代表的行动上，决定了一切技术上问题，过不久，便因军队调动把这消息完全证实了。

一个大王

那时节参谋处有个同乡问我:“军队开过四川去,要一个文件收发员,你去不去?”他且告给我若愿意去,能得九块钱一月。答应去时,他可同参谋长商量作为调用,将来要回湘时就回来,全不费事。

听说可以过四川去,我自然十分高兴。我心想:上次若跟他们部队去了,现在早腐了烂了。上次碰巧不死,一条命好像是捡来的,这次应为子弹打死也不碍事。当时带军队过川东的司令姓张,也就正是我二年前在桃源时想跟他当兵不成那个指挥官。贺龙作了我们部队的警卫团长,另外有一顾营长,曾营长,杨营长。有些人同去的也许都以为入川可以捞几个横财,讨一个媳妇。我所想的还不是钱不是女人。我那时自然是很穷的,六块钱的薪水,扣去伙食两块,每个月我手中就只四块钱,但假若有了更多的钱,我还是不会用它。得了钱除了充大爷邀请朋友上街去吃面，实在就无别的用处。至于女人呢，仿《疑雨集》写艳体诗情形已成过去了，我再不觉得女人有什么意思。我那时所需要的似乎只是上司方面认识我的长处，我总以为我有分长处，待培养，待开发，待成熟。另外还有一个理由，就是我很想看看巫峡。我有两个朋友为了从书上知道了巫峡的名字后，便亲自徒步从宜昌沿江上重庆走过一次。我听他们说起巫峡的大处，高处，险处，有趣味处，实在神往倾心。乡下人所想的，就正是把自己全个生命押到极危险的注上去，玩一个尽兴！我们当时的防地同川军长官汤子模约好了的，是酉阳，龙潭，彭水，龚滩，统由筸军接防，前卫则到涪州为止。我以为既然到了那边，再过巫峡当然很方便了。

我既答应了那同乡，不管多少钱，不拘什么位置，皆愿意去，于是三天以后，就随了一行人马上路了。我的职务便是文件收发员。临动身时每人照例可向军需处支领薪水一月，得到九块钱后，我什么也不作，只买了一双值一块二毛钱的丝袜子，买了半斤冰糖，把余钱放在板带里。那时天气既很热，晚上还用不着棉被，为求洒脱起见，因此把自己唯一的两条旧棉絮也送给了人，自己背了小小包袱就上路了。我那包袱中的产业计旧棉袄一件，旧夹袄一件，手巾一条，夹裤一条，值一块二毛钱的丝袜子一双，青毛细呢的响皮底鞋子一双，白大布单衣裤一套。另外还有一本值六块钱的《云麾碑》，值五块钱的《圣教序》，值两块钱的《兰亭序》，值五块钱的《虞世南夫子庙堂碑》。还有一部《李义山诗集》。包袱外边则插了一双自由天竹筷子，一把牙刷，且挂了一个钻有小小圆眼用细铁丝链子扣好的搪磁碗儿。这就是我的全部产业。这分产业现在说来，依然是很动人的。

这次旅行与任何一次旅行一样，我当然得随同伙伴走路。我们先从湖南边境的茶峒到贵州边境的松桃，又到四川边境的秀山，一共走了六天。六天之内，我们走过三个省分的接壤处，到第七天在龙潭驻了防。

这次路上增加了我经验不少，过了些用木头编成的渡筏，那些渡筏的印象，十年后还在我的记忆里，极其鲜明占据了一个位置。（《边城》即由此写成。）晚上落店时，因为人太多了一点，前站总无法分配众人的住处，各人便各自找寻住处，我却三次占据一条窄窄长凳睡觉。在长凳上睡觉，是差不多每个兵士都得养成习惯的一件事情，谁也不会半夜掉下地来。我们不止在凳上睡，还在方桌上睡。第三天住在一个乡下绅士家里，便与一个同事两人共据了一张漆得极光的方桌，极安适的睡了一夜。有两次连一张板凳也找寻不出时，我同四个人就睡在屋外稻草堆上，半夜里还可看流星在蓝空中飞！一切生活当时看来皆不使人难堪，这类情形直到如今还不会使我难堪。我最烦厌的就是每天睡在同样一张床上，这分平凡处真不容易忍受。到现在，我不能不躺在同一床上睡觉了，但做梦却常常睡到各种新奇地方去。

通过黔湘边境时，我们上了一个高坡，名棉花岭，上三十二里，下三十五里。那个坡折磨了我们一整天，可是爬上这样一个高坡，在岭头废堡垒边向下望去，一群小山，一片云雾，那壮丽自然的画图，真是一个动人的奇观。这山峰形势同堡垒形势，十余年来还使我神往。在四川边境上时，我记得还必需经过一个大场，每次场集据说有五千牛马交易。又经过一个古寺院，有六人不能合抱的松树，寺中南边一白骨塔，穹形的塔顶，全用刻满佛像的石头砌成，径约四丈。锅井似的圆坑里，人骨零乱，有些腕骨上还套着麻花纹银镯子，也无谁人取它动它。听寺僧说，是上年闹神兵，一个城子的人都死尽了，半年后把骨头收来，隔三年再焚化。

我们的军队到川东时虽仍向前方开去，司令部却不能不在龙潭暂且住下。

我们在一个庙里扎了营，办事处仍然是戏楼，比较好些便是新到的地方墙壁上没有多少膏药，市面情形也不如数年前在怀化清乡那么糟了。商会欢迎客军，早为我们预备一切，各人有个木板床，上面安置一条席子，院中且预先搭好了一个大凉棚，因此住在楼上也不很热。市面粗粗看来，一切都还像个样子。地方虽不十分大，但正当川盐入湘的孔道，又有一条小河，从洞庭湖来的小船还可由湘西北河上行直达市镇，出口的桐油与入口的花纱杂物交易都很可观。因此地方有邮局，有布置得干净舒适的客商安宿处，还有“私门头”，供过往客商及当地小公务员寻欢取乐。

地方有大油坊和染坊，有酿酒糟坊，有药店，有当铺。还有一个远近百里著名的龙洞，深处透光处约半里，高约十丈，长年从洞中流出一股寒流，冷如冰水，时正六月，水的寒冷竟使任何兵士也不敢洗手洗脚，手一入水，骨节就疼痛麻木，失去知觉。那水灌溉了千顷平田，本地禾苗便从无旱灾。本部上自司令下至马夫，到这洞中次数最多的，恐怕便是我。我差不多每天必来一回，在洞中大石板上一坐半天，听水吹风够了时，方用一个大葫芦贮满了生水回去，款待那些同事朋友。

那地方既有小河，我当然也欢喜到那河边去，独自坐在河岸高崖上，看船只上滩。那些船夫背了纤绳，身体贴在河滩石头下，那点颜色，那种声音，那派神气，总使我心跳。

那光景实在美丽动人，永远使人同时得到快乐和忧愁。当那些船夫把船拉上滩后，各人伏身到河边去喝一口长流水，站起来再坐到一块石头上，把手拭去肩背各处的汗水时，照例总很厉害的感动我。

我的职务并不多，只是从外来的文件递到时，照例在簿籍上照款式写着某年某月某日某时收到某处来文，所说某事。发去的也同样记上一笔。文件中既分平常次要急要三种，我便应当保管七本册子，一本作为来往总账，六本作分别记录。这些册子到晚上九点钟，必把它送给参谋长房里去，好转呈司令官检察一次，画一个阅字再退回来。我的职务虽比司书稍高，薪饷却并不比一个弁目为高。可是我也有了些好处，一到了这里，不必再出伙食，虽名为自办伙食，所有费用统归副官处报账。我每月可净得九块钱，在当时，可不是一个小数目！得了钱时不知如何花费，就邀朋友上街到面馆吃面，每次得花两块钱。那时可以算为我的好朋友的，是那司令官几个差弁，几个副官，和一个青年传令兵。

我们的住处各用木板隔开，我的职务在当时虽十分平常，所保管的文件却似乎不能尽人知道，因此住处便在戏楼最后一角，隔壁是司令官的十二个差弁，再过去是参谋长同秘书长，再过去是司令官，再过去是军法。对面楼上分军法处，军需处，军械处三部分，楼下有副官处和庶务处。戏台上住卫队一连。正殿则用竹席布幕编成一客厅，接见当地绅士和团总时，就在这大客厅中，同时又常常用来审案。各地方皆贴上白纸的条子，写明所属某部，那纸条便出自我的手笔。差弁房中墙上挂满了大枪小枪，我房间中却贴满了自写的字。每个视线所及的角隅，我还贴了小小字条，上面这样写着："胜过钟王，压倒曾李"，因为那时节我知道写字出名的，死了的有钟王两人，活着却有曾农髯和李梅庵。我以为只要赶过了他们，一定就可独霸一世了。

我出去玩时，若只一人我常到龙洞与河边，两人以上就常常过对河去。因为那时节防地虽由川军让出，川军却有一个旅司令部与小部分军队驻在河对面一个庙里。上级虽相互要好，兵士不免常打点小架，我一人过去时怕吃人的亏，有了两人则不拘何处走去不必担心了。

到这地方每月虽可以得九块钱，不是吃面花光，就是被别的朋友用了，我却从不缝衣，身上就只一件衣。一次因为天气很好，把自己身上那件汗衣洗洗，一会儿天却落了雨，衣既不干，另一件又为一个朋友穿去了，差弁全已下楼吃饭，我又不能赤膊从司令官房边走过，就老老实实饿了一顿。

我不是说过我同那些差弁全认识吗？其中共十二个人，我以为最有趣的是那个弁目。这是一个土匪，一个大王，一个真真实实的男子。这人自己用两只手毙过两百个左右的敌人，却曾经有过十七位押寨夫人。这大王身个儿小小的，脸庞黑黑的，除了一双放光的眼睛外，外表任你怎么看也估不出他有多少精力同勇气。年前在辰州河边时，大冬天有人说："谁现在敢下水，谁不要命！"他什么话也不说，脱光了身子，即刻扑通一声下水给人看看。且随即在宽约一里的河面游了将近一点钟，上岸来时，走到那人身边去："一个男子的命就为这点水要去吗？"或者有人述说谁赌扑克被谁欺骗把荷包掏光了，他当时一句话也不说，一会儿走到那边去，替被欺骗的把钱要回来，将钱一下掼到身边，一句话不说就又走开了。这大王被司令官救过他一次，于是不再作山上的大王，到这行伍出身的司令官身边做了一个亲信，用上尉名义支薪，侍候这司令官却如同奴仆一样的忠实。

我住处既同这样一个大王比邻，两人不出门，他必走过我房中来和我谈话。凡是我问他的，他无事不回答得使我十分满意。我从他那里学习了一课古怪的学程。从他口上知道烧房子，杀人，强奸妇女，种种犯罪的纪录；且从他那种爽直说明中了解那些行为背后所隐伏的生命意识。我从他那儿明白所谓罪恶，且知道这些罪恶如何为社会所不容，却也如何培养着这个坚实强悍的灵魂。我从他坦白的陈述中，才明白在用人生为题材的各样变故里，所发生的景象，如何离奇，如何眩目。这人当他作土匪以前，本是一个良民，为人又怕事又怕官，被外来军人把他当成一个土匪胡乱枪决过一次，到时他居然逃脱了，后来且居然就作大王了！

他会唱点旧戏，写写字，画两笔兰草，每到我房中把话说倦时，就一面口中唱着一面跳上我的桌子，演唱《夺三关》与《杀四门》。

有一天，七个人同在副官处吃饭。不知谁人开口说到听说本市什么庙里，川军还押得有一个古怪的犯人，一个出名的美姣姣，十八岁时作了匪首，被捉后，年轻军官全为她发疯，互相杀死两个小军官，解到旅部后，部里大小军官全想得到她，可是谁也不能占到便宜。听过这个消息后，我就想去看看这女土匪。我由于好奇，似乎时时刻刻要用这些新鲜景色喂养我的灵魂，因此说笑话，以为谁能带我去看看，我便请谁喝酒。几天以后，对那件事自然也就忘掉了。一天黄昏将近时分，正在自己擦拭灯罩，那大王忽然走来喊我：

“兄弟，兄弟，同我去个好地方，你就可以看你要看的东西了。”

我还来不及询问到什么地方去看什么东西，就被他拉下楼梯走出营门了。

我们过河去到了一个庙里，那里驻扎得有一排川军，他同他们似乎都已非常熟悉，打招呼行了个军礼，进庙后我们就一直向后殿走去。不一会转入另一个院落，就在栅栏边看到一个年青妇人了。

那妇人坐在一条朱红毯子上，正将脸向另一面，背了我们凭借灯光做针线。那大王走近栅栏边时就说：

“夭妹，夭妹，我带了个小兄弟来看你！”

妇人回过身来，因为灯光黯淡了一点，只见着一张白白的脸儿，一对大大的眼睛。她见着我后，才站起身走过我们这边来。逼近身边时，隔了栅栏望去，那妇人身材才真使我大吃一惊！妇人面目不算得是怎样稀罕的美人，但那副眉眼，那副身段，那么停匀合度，可真不是常见的家伙！她还上了脚镣，但似乎已用布片包好，走动时并无声音。我们隔了栅栏说过几句话后，就听她问那弁目：

“刘大哥，刘大哥，你是怎么的？你不是说那个办法吗？今天十六。”

那大王说：

“我知道，今天已经十六。”

“知道就好。”

“我着急，卜了个课，说月分不利，动不得。”

那妇人便骨都着嘴吐了一个“呸”，不再开口说话。神气中似有三分幽怨。这时节我虽把脸侧向一边去欣赏那灯光下的一切，但却留心到那弁目的行为。我看他对妇人把嘴向我呶呶，我明白在这地方太久不是事，便说我想先回去。那女人要我明天再来玩，我答应后，那弁目就把我送出庙门，在庙门口捏捏我的手，好像有许多神秘处，为时不久全可以让我明白，于是又进去了。

我当时只希奇这妇人不像个土匪，还以为别是受了冤枉捉到这里来的。我并不忘掉另一时在怀化剿匪所经过的种种，军队里照例有多少胡涂事作……一夜过去后，第二天当吃早饭时，一桌子人都说要我请他们喝酒。因为那女匪王夭妹已被杀，我要想看，等等到桥头去就可看见了。有人亲眼见到的，还说这妇人被杀时一句话不说，神色自若的坐在自己那条大红毛毯上，头掉下地时尸身还并不倒。消息吓了我一跳，我以为昨晚上还看到她，她还约我今天去玩，今早怎么就会被杀？吃完饭我就跑到桥头上去，那死尸却已有人用白木棺材装殓，停搁在路旁，只地下剩一滩腥血以及一堆纸钱白灰了。我望着那个地面上凝结的血块，我还不大相信，心里乱乱的，忙匆匆的走回衙门去找寻那个弁目。只见他躺在床上，一句话也不说。我不敢问他什么，便回到自己房中办事来了。可是过不多久，我却从另一差弁口中知道这件事情的原委了。

原来这女匪早就应当杀头的，虽长得体面标致，可是为人著名毒辣，爱慕她的军官虽多，谁也不敢接近她，谁也不敢保释她。只因为她还有七十枝枪埋到地下，谁也不知道这些军械埋藏处。照当时市价这一批武器将近值一万块钱，不是一个小数目，因此，尽想设法把她所有的枪诱骗出来，于是把她拘留起来，且待她比任何犯人也不同。这弁目知道了这件事，又同川军排长相熟，就常过那边去。与女人熟识后，却告给女人，他也还有六十枝枪埋在湖南边境上，要想法保她出来，一同把枪支掘出上山落草，就可以天不怕地不怕在山上做大王活过下半世。女人信托了他，夜里在狱中两人便亲近过了一次。这事被军官发现后，因此这女人第二天一早，便为川军牵出去砍了。

当两个人夜里在狱中所作的事情，被庙中驻兵发觉时，触犯了作兵士的最大忌讳，十分不平，以为别的军官不能弄到手的，到头来却为一个外来人占先得了好处。俗话说“肥水不落外人田”，因此一排人把步枪上了刺刀，守在门边，预备给这弁目过不去。可是当有人叫他名姓时，这弁目明白自己的地位，不慌不忙的，结束了一下他那皮带，一面把两枝小九响手枪取出拿在手中，一面便说："兄弟，兄弟，多不得三心二意，天上野鸡各处飞，谁捉到手是谁的气运。今天小小冒犯，万望海涵。若一定要牛身上捉虱，钉尖儿挑眼，不高抬个膀子，那不要见怪，灯笼子认人枪子儿可不认人！"那一排兵士知道这不是个傻子，若不放他过身，就得要几条命。且明白这地方川军只驻扎一连人，箪军却有四营，出了事也不会有好处。因此让出一条路，尽这弁目两只手握着枪从身旁走去了。人一走，这王夭妹第二天一早便被砍了。

女人既已死去，这弁目躺在床上约一礼拜左右，一句空话不说，一点东西不吃，大家都怕他也不敢去撩他。到后忽然起了床，又和往常一样活泼豪放了。他走到我房中来看我，一见我就说：

"兄弟，我运气真不好！夭妹为我死的，我哭了七天，现在好了。"

当时看他样子实在又好笑又可怜。我什么话也不好说，只同他捏着手，微笑了一会儿。

在龙潭我住了将近半年。

当时军队既因故不能开过涪州，我要看巫峡一时还没有机会。我到这里来熟人虽多，却除了写点字以外毫无长进处。每天生活依然是吃喝，依然是看杀人，这分生活对我似乎不大能够满足。不久就有了一个机会转湖南，我便预备领了护照搭坐了小货船回去。打量从水道走，一面我可以经过几个著名的险滩，一面还可以看见几个新地方。其时那弁目正又同一个洗衣妇要好，想把洗衣妇讨作姨太太。司令官出门时，有人拦舆递状纸，知道其中有了些纠纷，告他这事不行，说是我们在这里作客，这种事对军誉很不好。那弁目便向其他人说："这是文明自由的事情，司令官不许我这样作，我就请长假回家，拖队伍干我老把戏去。"他既不能娶那洗衣妇人，当真就去请假，司令官也即刻就准了他的假。那大王想与我一道上船，在同一护照上便填了我与他两人的姓名。把船看好，刚准备当天下午动身。正吃过早饭，他在我房中说到那个王夭妹被杀前的种种事情。忽然军需处有人来请他下去算饷，他十分快乐的跑下楼去。不到一分钟，楼下就吹集合哨子，且听到有值日副官喊"备马"。我心中正纳闷，以为照情形看来好像要杀人似的。但杀谁呢？难道枪决逃兵吗？难道又要办一个土棍吗？随即听人大声嘶嚷，推开窗子看看，原来那弁目已被绑好，正站在院子中，卫队已集了合，成排报数，准备出发，值日官正在请令，看情形，大王一会儿就要推出去了。

被绑好了的大王，反背着手，耸起一副瘦瘦的肩膊，向两旁楼上人大声说话：

“参谋长，副官长，秘书长，军法长，请说句公道话，求求司令官的恩典，不要杀我吧。我跟了他多年，不做错一件事。我太太还在公馆里侍候司令太太。大家做点好事说句好话吧。”

大家互相望着，一句话不说。那司令官手执一枝象牙烟管，从大堂客厅中从从容容走出来，温文尔雅的站在滴水檐前，向两楼的高级官佐微笑着。

“司令官，来一分恩典，不要杀我吧。”

那司令官说：

“刘云亭，不要再说什么话丢你的丑。做男子的作错了事，应当死时就正正经经的死去，这是我们军队中的规矩。我们在这里作客，你黑夜里到监牢里去奸淫女犯，我念你跟我几年来做人的好处，为你记下一笔账，暂且不提。如今又想为非作歹，预备把良家妇女拐走，且想回家去拖队伍。我想想放你回乡去做坏事，作孽一生，尽人怨恨你，不如杀了你，为地方除一害。现在不要再说空话，你女人和小孩子我会照料，自己勇敢一点做个男子吧。”

那大王听司令官说过一番话后，便不再喊公道了，就向两楼的人送了一个微笑，忽然显得从从容容了：“好好，司令官，谢谢你几年来照顾，兄弟们再见，兄弟们再见。”一会儿又说：“司令官你真做梦，别人花六千块钱运动我刺你，我还不干！”司令官仿佛不听到，把头掉向一边，嘱咐副官买副好点的棺木。

于是这大王就被拥簇出了大门，从此不再见了。我当天下午依然上了船。我那护照上原有两个人的姓名，大王那一个临时用朱笔涂去，这护照一直随同我经过了无数恶滩，五天后到了保靖，方送到副官处去缴销。至于那温文尔雅才智不凡的张司令官，同另外几个差弁，则三年后在湘西辰州地方，被一个姓田的部属客客气气请去吃酒，进到辰州考棚二门里，连同四个轿夫，当欢迎喇叭还未吹毕时，一起被机关枪打死，所有尸身随即被浸渍在阴沟里，直到两月事平后方清出尸骸葬埋。刺他的部属田旅长，也很凑巧，一年后又依然在那地方，被湖南主席叶开鑫派另一个部队长官，用请客方法，在文庙前面夹道中刺死。

学历史的地方

从川东回湘西后，我的缮写能力得到了一方面的认识，我在那个治军有方，名誉极佳的统领官身边作书记了。薪饷仍然每月九元，却住在一个山上高处单独新房子里。那地方是本军的会议室，有什么会议需要纪录时，机要秘书不在场，间或便应归我担任。这分生活实在是我一个转机，使我对于全个历史各时代各方面的光辉，得了一个从容机会去认识，去接近。原来这房中放了四五个大楠木橱柜，大橱里约有百来轴自宋及明清的旧画，与几十件铜器及古瓷，还有十来箱书籍，一大批碑帖，不久且来了一部《四部丛刊》。这统领官既是个以王守仁曾国藩自许的军人，每个日子治学的时间，似乎便同治事时间相等，每遇取书或抄录书中某一段时，必令我去替他作好。那些书籍既各得安置在一个固定地方，书籍外边又必需作一识别，故书籍的秩序，书籍的表面，全由我去安排。旧画与古董登记时，我又得知道这一幅画的人名时代同他当时的地位，或器物名称同它的用处。全由于应用，我同时就学会了许多知识。又由于习染，我成天翻来翻去，把那些旧书大部分也慢慢的看懂了。

我的事情那时已经比我在参谋处服务时忙了些，任何时节都有事作。我虽可随时离开那会议室，自由自在到别一个地方去玩，但正当玩得十分畅快时，也会为一个差弁找回去的。军队中既常有急电或别的公文，于半夜时送来。回文如需即刻抄写时，我就随时得起床作事。但正因为把我仿佛关闭到这一个房子里，不便自由离开，把我一部分玩的时间皆加入到生活中来，日子一长，我便显得过于清闲了。因此无事可作时，把那些旧画一轴一轴的取出，挂到壁间独自来鉴赏，或翻开《西清古鉴》《薛氏彝器钟鼎款识》这一类书，努力去从文字与形体上认识房中铜器的名称和价值。再去乱翻那些书籍，一部书若不知道作者是什么时代的人时，便去翻《四库提要》。这就是说我从这方面对于这个民族在一段长长的年分中，用一片颜色，一把线，一块青铜或一堆泥土，以及一组文字，加上自己生命作成的种种艺术，皆得了一个初步普遍的认识。由于这点初步知识，使一个以鉴赏人类生活与自然现象为生的乡下人，进而对于人类智慧光辉的领会，发生了极宽泛而深切的兴味。若说这是个人的幸运，这点幸运是不得不感谢那个统领官的。

那军官的文稿，草字极不容易认识，我就从他那手稿上，望文会义的认识了不少新字。但使我很感动的，影响到一生工作的，却是他那种稀有的精神和人格。天未亮时起身，半夜里还不睡觉。凡事任什么他明白，任什么他懂。他自奉常常同个下级军官一样。在某一方面说来，他还天真烂熳，什么是好的他就去学习，去理解。处置一切他总敏捷稳重。由于他那分稀奇精力，筸军在湘西二十年来博取了最好的名誉，内部团结得如一片坚硬的铁，一束不可分离的丝。

到了这时我性格也似乎稍变了些，我表面生活的变更，还不如内部精神生活变动的剧烈，但在行为方面我已经同一些老同事稍稍疏远了。有时我到屋后高山去玩玩，有时又走近那可爱的河水玩玩，总拿了一本线装书。我所读的一些旧书，差不多就完全是这段时间中奠基的。我常常躺在一片草场上看书，看厌倦时，便把视线从书本中移开，看白云在空中移动，看河水中缓缓流去的菜叶。既多读了些书，把感情弄柔和了许多，接近自然时感觉也稍稍不同了。加之人又长大了一点，也间或有些不安于现实的打算，为一些过去了的或未来的东西所苦恼，因此生活虽在一种极有希望的情况中过着日子，但是我却觉得异常寂寞。

那时节我爸爸已从北方归来，正在那个前驻龙潭的张指挥部作军医正。他们军队虽有些还在川东，指挥部已移防下驻辰州。我的母亲和最小一妹皆在辰州；家中人对我前事已毫无芥蒂。我的弟弟正同我在一个部中作书记，我们感情又非常好。

我需要几个朋友，那些老朋友却不能同我谈话。我要的是个听我陈述一分酝酿在心中十分混乱的感情。我要的是对于这种感情的启发与疏解，熟人中可没有这种人。可是不久却有个人来了，是我一个姨父，这人姓聂，与熊希龄同科的进士，上一次从桃源同我搭船上行的表弟便是他的儿子，这人是那统领官的先生，一来时被接待住在对河一个庙里，地名狮子洞。为人知识极博，而且非常有趣味，我便常常过河去听他谈“宋元哲学”，谈“大乘”，谈“因明”，谈“进化论”，谈一切我所不知道却愿意知道的问题。这种谈话显然也使他十分快乐，因此每次所谈时间总很长很久。但这么一来，我的幻想更宽，寂寞也就更大了。

我总仿佛不知道应怎么办就更适当一点。我总觉得有一个目的，一件事业，让我去做，这事情是合于我的个性，且合于我的生活的，但我不明白这是什么事业，又不知用什么方法即可得来。

当时的情形在老朋友中只觉得我古怪一点，老朋友同我玩时也不大玩得起劲了。觉得我不古怪，且互相有很好的友谊的，只四个人：一个满振先，读过《曾文正公全集》，只想作模范军人。一个陆弢，侠客的崇拜者。一个田杰，就是我小时候在技术班的同学，第一次得过兵役名额的美术学校学生，心怀大志的脚色。这三个人当年纪青青的时节，便一同徒步从黔省到过云南，又徒步过广东，又向西从宜昌徒步直抵成都。还有一个回教徒郑子参，从小便和我在小学里念书，我在参谋处办事时节，便同他在一个房子里住下。平常人说的多是幼有大志，投笔从戎，我们当时却多是从戎而无法投笔的人。我们总以为这目前一分生活不是我们的生活。目前太平凡，太平安。我们要冒点险去作一件事，不管所作的是一件如何小事，当我们未明白以前，总得让我们去挑选，不管到头来如何不幸，我们总不埋怨这命运。因此到后来姓陆的就因泅水淹毙在当地大河里。姓满的作了小军官，广西江西各处打仗，民十八在桃源县被捷克式自动步枪打死了。姓郑的从黄埔四期毕业，在东江作战以后，也消失了。姓田的从军官学校毕业作了连长，现在还是连长。我就成了如今的我。

我们部队既派遣了一个部队过川东作客，本军又多了一个税收局卡，给养也充足了些。那时“兵工筑路垦荒”“办学校”“兴实业”，几个题目正给许多人在报纸上讨论。那个统领官既力图自强，想为地方作点事情，因此亲手草了一个精密的计划，召集了几度县长与乡绅会议，计划把所辖十三县划成一百余乡区，试行湘西乡自治。草案经过各县区代表商定后，一切照决议案着手办去。不久就在保靖地方设立了一个师范讲习所，一个联合模范中学，一个女学，一个职业女学，一个模范林场。另外还组织了六个工厂。本地又原有一个军官学校，一个兵士教练营。再加上六千左右的军农队。学校教师与工厂技师，全部由长沙聘来，因此地方就骤然有了一种崭新的气象。此外为促进乡治的实现与实施，还筹备了个定期刊物，办了一部大印报机，设立了一个报馆。这报馆首先印行的便是《乡治条例》与各种规程，这种文件大部分由那统领官亲手草成，乡代表审定通过，由我在石印纸上用胶墨写过一次，现在既得用铅字印行，一个最合理想的校对，便应当是我了。我于是暂时调到新报馆作了校对，部中有文件抄写时，便又转回部中。从市街走两地相距约两里，从后山走相距稍近，我为了方便时常从那埋葬小孩坟墓上蹲满野狗的山地走过，每次总携了一个大棒。

一个转机

调进报馆后，我同一个印刷工头住在一间房子里。房中只有一个窗口，门小小的，隔壁是两架手摇平板印刷机，终日叽叽格格大声响着。

这印刷工人倒是个有趣味的人物。脸庞眼睛全是圆的，身个儿长长的，具有一点青年挺拔的气度。虽只是个工人，却因为在长沙地方得风气之先，由于五四运动的影响，成了个进步工人。他买了好些新书新杂志，削了几块白木板子，用钉子钉到墙上去，就把这些古怪东西放在上面。我从司令部搬来的字帖同诗集，我却把它们放到方桌上。我们同在一个房里睡觉，同在一盏灯下做事，他看他新书时我就看我的旧书。他把印刷纸稿拿去同几个别的工人排好印出样张时，我就好好的来校对。到后自然而然我们就熟习了。我们一熟习，我那好向人发问的乡巴老脾气，有机会时，必不放过那点机会。我问那本封面上有一个打赤膊人像的书是什么，他告了我是《改造》以后，我又问他那《超人》是什么东西。我还记得他那时的样子，脸庞同眼睛皆圆圆的，简直同一匹猫儿一样："唉，伢俐，怎么个末朽？一个天下闻名的女诗人……也不知道么？""我只知道唐朝女诗人鱼玄机是个道士。""新的呢？""我知道随园女弟子。""再新一点？"我把头摇摇，不说话了。我看到他那神气我倒觉得有点害羞，我实在什么也不知道。等一会儿我可就知道了，因为我顺从他的指点，看了这本书中一篇小说。看完后我说："这个我知道了。你那报纸是什么报纸？是老《申报》吗？"于是他一句话不说，又把刚清理好的一卷《创造周报》推到我面前来，意思好像只要我一看就会明白似的，若不看，他纵说也说不明白的。看了一会，我记着了几个人的名字。又知道白话文与文言文不同的地方，其一落脚用也字同焉字，其一落脚却用呀字同啊字，其一写一件事情越说得少越好，其一写一件事情越说得多越好。我自己明白了这点区别以后，又去问那印刷工人，他告我的大体也差不多。当时他似乎对于我有点觉得好笑，在他眼中我真如长沙话所谓有点朽。

不过他似乎也很寂寞，需要有人谈天，并且向这个人表现表现思想。就告我白话文最要紧处是"有思想"，若无思想，不成文章。当时我不明白什么是思想，觉得十分忸怩。若猜得着十年后我写了些文章，被一些连看我文章上所说的话语意思也不懂的批评家，胡乱来批评我文章“没有思想”时，我即不懂“思想”是什么意思，当时似乎也就不必怎样惭愧了。

这印刷工人使我很感谢他，因为若没有他的一些新书，我虽时时刻刻为人生现象自然现象所神往倾心，却不知道为新的人生智慧光辉而倾心。我从他那儿知道了些新的，正在另一片土地同一日头所照及的地方的人，如何去用他们的脑子，对于目前社会作一度检讨与批判，又如何幻想一个未来社会的标准与轮廓。他们那么热心在人类行为上找寻错误处，发现合理处，我初初注意到时，真发生不少反感！可是，为时不久，我便被这些大小书本征服了。我对于新书投了降，不再看《花间集》，不再写《曹娥碑》，却欢喜看《新潮》《改造》了。

我记下了许多新人物的名字，好像这些人同我都非常熟习。我崇拜他们，觉得比任何人还值得崇拜。我总觉得稀奇。他们为什么知道事情那么多。一动起手来就写了那么多，并且写得那么好。可是我完全想不到我原来知道比他们更多，过一些日子我并且会比他们写得更好。

为了读过些新书，知识同权力相比，我愿意得到智慧，放下权力。我明白人活到社会里应当有许多事情可作，应当为现在的别人去设想，为未来的人类去设想，应当如何去思索生活，且应当如何去为大多数人牺牲，为自己一点点理想受苦，不能随便马虎过日子，不能委屈过日子了。

我常常看到报纸上普通新闻栏说的卖报童子读书补锅匠捐款兴学等记载，便想自己读书既毫无机会，捐款兴学倒必需做到。有一次得了十天的薪饷，就全部买了邮票，封进一个信封里，另外又写了一张信笺，说明自己捐款兴学的意思，末尾署名“隐名兵士”，悄悄把信寄到上海《民国日报·觉悟》编辑处去，请求转交“工读团”，这捐款自然不会有什么着落，但作过这件事情后，心中却有说不出的秘密愉快。

那时皮工厂，帽工厂，被服厂，修械厂，组织就绪已多日，各部分皆有了大规模的标准出品。第一班师范讲习所已将近毕业，中学校，女学校，模范学校，全已在极有条理情形中上课。我一面在校对职务上作我的事情，一面向那印刷工人问些下面的情形，一面就常常到各处去欣赏那些我从不见到过的东西。修械处的长大车床，与各种大小轮轴，被一条在空中的皮带拖着飞跃活动，从我眼中看来实在是一种壮观。其他各个工厂亦无事不触目惊人。尚有学校，那些从各处派来的青年学生，在一般年轻教师指导下，在无事无物不新的情形中，那分活动实在使我十分羡慕。我无事情可作时，总常常去看他们上课，看他们打球。学生中有些原来和我在小学时节一堆玩过闹过的，把我请到他们宿舍去，看看他们那样过日子，我便有点难受。我能聊以自解的只一件事，就是我正在为国家服务，却已把服务所得，作了一次捐资兴学的伟大事业。

本军既多了一些税收，乡长会议复决定了发行钞票的议案，金融集中到本市，因此本地顿呈现空前的繁荣。为了乡自治的决议案，各县皆摊款筹办各种学校，同时造就师资，又决定了派送学生出省或本省留学的办法。凡学棉业，蚕桑，机械，师范，以及其他适于建设的学生，在相当考试下，皆可由公家补助外出就学。若愿入本省军官学校，人既在本部任职，只要有意思前去，即可临时改委一少尉衔送去。我想想，我也得学一样切实的技能好来为本军服务。可是我应当学什么？能够学什么？完全不知道。

因为部中的文件缮写，需要我处似乎比报纸较多，我不久又被调了回去，仍然作我的书记。过了不久，一场热病袭到了身上，在高热胡涂中任何食物不入口，头痛得像斧劈，鼻血一碗一滩的流，我支持了四十天。感谢一切过去的生活，造就我这个结实的体魄，没有被这场大病把生命取去。但危险期刚过不久，平时结实得同一只猛虎一样的老同学陆弢，为了同一个朋友争口气，泅过宽约一里的河中，却在小小疏忽中被洄流卷下淹死了。第四天后把他死尸从水面拖起，我去收拾他的尸骸掩埋，看见那个臃肿样子时，我发生了对自己的疑问。我病死或淹死或到外边去饿死，有什么不同？若前些日子病死了，连许多没有看过的东西都不能见到，许多不曾到过的地方也无从走去，真无意思。我知道见到的实在太少，应知道应见到的可太多，怎么办？

我想我得进一个学校，去学些我不明白的问题，得向些新地方，去看些听些使我耳目一新的世界。我闷闷沉沉的躺在床上，在水边，在山头，在大厨房同马房，我痴呆想了整四天，谁也不商量，自己很秘密的想了四天。到后得到一个结论了，那么打量着："好坏我总有一天得死去，多见几个新鲜日头，多过几个新鲜的桥，在一些危险中使尽最后一点气力，咽下最后一口气，比较在这儿病死或无意中为流弹打死，似乎应当有意思些。"到后我便这样决定了："尽管向更远处走去，向一个生疏世界走去，把自己生命押上去，赌一注看看，看看我自己来支配一下自己，比让命运来处置得更合理一点呢还是更糟糕一点？若好，一切有办法，一切今天不能解决的明天可望解决，那我赢了；若不好，向一个陌生地方跑去，我终于有一时节肚子瘪瘪的倒在人家空房下阴沟边，那我输了。”

我准备过北京读书，读书不成便作一个警察，作警察也不成那就认了输，不再作别的好打算了。

当我把这点意见，这样打算，怯怯的同我上司说及时，感谢他，尽我拿了三个月的薪水以外，还给了我一种鼓励，临走时他说：“你到那儿去看看，能进什么学校，一年两年可以毕业，这里给你寄钱来，情形不合，你想回来，这里仍然有你吃饭的地方。”我于是就拿了他写给我的一个手谕，向军需处取了二十七块钱，连同他给我的一分勇气，离开了我那个学校，从湖南到汉口，从汉口到郑州，从郑州转徐州，从徐州又转天津，十九天后，提了一卷行李，出了北京前门的车站，呆头呆脑在车站前面广坪中站了一会。走来一个拉排车的，高个子，一看情形知道我是乡巴老，就告给我可以坐他的排车到我所要到的地方去。我相信了他的建议，把自己那点简单行李，同一个瘦小的身体，搁到那排车上去，很可笑的让这运货排车把我拖进了北京西河沿一家小客店，在旅客簿上写下——

沈从文年二十岁学生湖南凤凰县人

便开始进到一个使我永远无从毕业的学校，来学那课永远学不尽的人生了。

廿年八月在青岛作

廿九年十月十日在昆明校改

三十年一月七日校毕

附记

这个《自传》，写在一九三二年秋间，算来时间快有半个世纪了。当时我正在青岛大学教散文习作。本人学习用笔还不到十年，手中一枝笔，也只能说正逐渐在成熟中，慢慢脱去矜持、浮夸、生硬、做作，日益接近自然。为了补救业务上的弱点，我得格外努力。因此不断变换作品的内容和形式，用不同方法处理文字组织故事，进行不同的试探。当时年龄刚过三十，学习情绪格外旺盛。加之海边气候对我又特别相宜；每天都有机会到附近山上或距离不及一里的大海边去，看看远近云影波光的变化，接受一种对我生命具有重要启发性的教育。因此工作效率之高，也为一生所仅有。前一段十年，基本上在学习用笔。后来留下些短短篇章，若还看得过去，大多数是在青岛这两年半内完成的。并且还影响此后十年的学习和工作。我的作品，下笔看来容易，要自己点头认可却比较困难。因为前后二十年，总是把所写作品当成一个学习过程看待，不大在成败得失上注意。这个《自传》的产生却不同一些。一个朋友准备在上海办个新书店，开玩笑要我来为“打头阵”，约定在一个月内必须完成。这种迫促下出题交卷，对我并不习惯。但当时主观设想，觉得既然是自传，正不妨解除习惯上的一切束缚，试改换一种方法，干脆明朗，就个人记忆到的写下去，既可温习一下个人生命发展过程，也可以让读者明白我是在怎样环境下活过来的一个人。特别在生活陷于完全绝望中，还能充满勇气和信心始终坚持工作，他的动力来源何在。因此仅仅用了三个星期，写成后重看一次，就破例寄过上海交了卷。过不久印成单行本后，却得到些意外好评。部分读者可能但觉得“别具一格，离奇有趣”。只有少数相知亲友，才能体会到近于出入地狱的沉重和辛酸。可是由我说来，不过是还不过关的一本“顽童自传”而已。书中前一部分学生生活占分量过多。虽着重在反对教“子曰”老塾师顽固而无效果教育方法，一般读者可能只会得到些“有趣”印象，不可能感到有什么积极意义。因为到他们读我作品时，时代已不同了，“子曰”早已失去作用，随之而来的却是封建军阀大小割据打来杀去国势陷于十分危急时期。后一部分写离开家庭进入大社会后的见闻和生活遭遇，体力和精神两方面所受灾难性挫折和创伤。个人还是不免受到些有形无形限制束缚，不能毫无顾忌的畅所欲言。当时还以为到再版时，将有机会加以调整补充。事实上一九三三年夏回到北平后，新的工作一接手，环境一变，我的打算全部落了空，不能不放弃了。

时间过了半个世纪，我所经历的一切和我的创作都成了过时陈迹。现在《新文学史料》编辑部忽然建议重发我的《自传》，我是颇有些犹豫的。时代前进了，我这本《自传》还能给青年读者起些什么教育作用，实令人怀疑。但是这本《自传》确实也说明了一点事实。由此可以明白，一个材质平凡的乡下青年，在社会剧烈大动荡下，如何在一个小小天地中度过了二十年噩梦般恐怖黑暗生活。由于五四运动余波的影响才有个转机，争取到自己处理自己命运的主动权，完成了向社会学习前一阶段的经历后，并开始进入一个更广大复杂的社会大学，为进行另一阶段的学习作了准备。如今说来，四五十岁生长在大城里的知识分子，已很少有明白我是干什么的人；即部分专业同行，也很难有机会读到我过去的作品。即或偶然见到些劫余残本，对于内中反映的旧社会部分现实，也只会当成“新天方夜谈”或“新聊斋志异”看待。只有少数中的少数，真正打量采用个历史唯物主义严肃认真态度，不带任何成见来研究现代文学史的工作者，对他们或许还有点滴用处。因为借此作为线索，才可望深一层明白我一九二五年“良友”印的《习作选题记》《边城题记》，一九四七年印的《长河引言》及一九五七年《沈从文小说选题记》中对于写作的意图和理想，以及尊重实践、言简意深的含义。再用来和我作品互相对照，得到的理解，必将比前人认识明确、深刻而具体。因此我同意把它重新发表，并作了些补充、修改和校订。

从文　一九八〇年五月十七日

无从驯服的斑马

略传

——从文自序

我生长在湖南西部凤凰城中，到十五岁时始离开了那个地方。在九个儿女的家庭中，我应排列到第四。

因为生长地方，为清时屯戍重镇，绿营制度到近年尚依然存在，故于过去祖父曾入军籍，作过一回镇守使，现在兄弟及父亲皆仍在军籍中做中级军官。因地方极其偏僻，与苗民杂处聚居，教育文化皆极低落，故长于其环境中的我，幼小时显出生命的那一面，是放荡与诡诈。

十二岁我曾受过关于军事的基础训练，十五岁时随军外出曾作上士。后到沅州，为一城区屠宰收税员，不久又以书记名义，随某剿匪部队在川，湘，鄂，黔四省边上过放纵野蛮生活约三年。因身体衰弱，年龄渐长，从各样生活中养成了默想与体会人生趣味的习惯；对于过去生活，有所怀疑，渐觉有努力位置自己在一陌生事业上之必要。因这憧憬的要求，胡胡涂涂的到了北京。

过北京本意是读书，但到了那地方，才知道任何处皆缺少不花钱可读书的学校，故只在北京小公寓中住下。最先写文章是在北京《晨报》的“北京”栏得到发表的机会。那里只需要一个滑稽的天分就容易办好的。第一次用一个别名写的短文，报酬为书券五角。

后得与郁达夫，林宰平，徐志摩，陈通伯等认识，发表创作于《晨报副刊》《现代评论》两刊物上面。近来小说则常登载于《小说月报》与《新月杂志》上面。六年创作生活把创作集印成为单行本小册子约有四十种。但这些作品在自己看来，皆认为仅只为向一个完全努力意义所留下的构图习作，毫无可矜持的一篇文章存在的。

现在以无所属那种个人态度，仍然继续写作。还在吴淞中国公学教了点书，年纪是二十八岁。

十九年三月二日

一个人的自白

第一段　引子

经过了游移、徘徊、极端兴奋和过度颓丧，求生的挣扎与自杀的绝望……反复了三个星期，由沸腾到澄清，我体验了一个“生命”的真实意义。一切过去的重复温习，未来的检讨，我企图由一个在“病理学或变态心理学可作标本参考”目的下，写下这点东西。将来如和我的全部作品同置，或可见出一个“人”的本来。

就我近一月所接触的各方面问题和事实看来，我已完全相信一个新的合理社会，在新的政府政治目标和实验方式下，不久将来必然可以实现。附于过去社会一切，腐败和封建意识形态，且必然远比政治预言还早些日子可以扫除。由于社会人民束缚的解放，和知识分子的觉醒（人力解放和情绪解放），配合了人民革命武力，且比武力赶先一步，向国内各个阴暗处推进，或迟或早，旧的社会分解与圮坍，是意中事。区域性的负隅自固，与个人的固步自封，只是暂时现象。或扑灭，或改造，迟早终要完成。时代历史决不会回复到那个乱糟糟的旧形式上去。决不会回复到那个无计划的维持少数又少数特权存在方面去。“雨雪瀌瀌，见日则消”，明朗阳光到处，凡事将近乎自然。这里若有个人的灭亡，也十分自然。

在这个分解重造过程中，因为一切得重新安排，重新调整，重新计划，于谨慎又谨慎的步骤下，人的牺牲还是万难避免的事。出于个人问题，对现实或承认，或否定，总之随处随事都必然会有广泛消耗与牺牲。一切平时与人民生活隔离的知识分子，既首当其冲，对革命来临以后如何自处，自然感到极大的苦闷与彷徨。这似乎可分两方面说：一是“生活适应”，一为“工作方式”。前者经过十年抗战，生活早渐渐与一般公务员拉平，作更新的分配适应，已不会感到什么困难。换句话说，知识分子如有吃有喝，在一个分配公平政治制度下，能看到社会进步，个人即再困难，也决不会消沉失望。至于次一点，却是一个相当困难的心理疙瘩，如非得政治设计作谨慎处置，这彷徨、痛苦，致工作进步停滞，是必然的。学校方面短时期一个近于无为的“照常”，可以说是最善的安置。负责方面如有自信可以将国家做好，对知识分子莫取压迫态度，实较贤明的措施。因为照近四十年教育方式形成的高级知识分子，应付工作的心理状态，工作的热忱实十分单纯。正因为政府既极端腐败和无能，还自私而贪得，裙带风正浸透全国每一大小机构，一直到学校。将学术当作点缀，影响到这部分公民，已形成“为工作”的单纯态度，“技术人”的态度。习理工的如此，习文法的也如此。社会如日趋于合理，这些人在“照常”方式下，将能得更多鼓励，即可于一个极短时期中，与新政一切设施取得完全合作的步骤。这事在北方尤其容易。换言之，凡保留在学术工作岗位上的知识分了，过去廿年从未和四大家族特别势力有（联系），思想改造实无多大问题。政治的合理与进步，改造或争取他们，比向其他官僚政客以及……任何工作容易。他们已近于一个“技术人”，只要有个工作环境，即可望进步而前。□□□□北方目下学生的容易运用，他们或多或少都尽了点力。学校的进步思想，虽由于少数所领导，至于客观知识，是这个多数给贡献的。

这些问题到此为止。我要说的也不过是因为自己是个从业员而涉及罢了。可是不过从业员有些不同处，犹如一个科学专家和一个文法部门的某种专家，大相悬绝。前者工作照常，后者则不成。后者在目前触着了一个“思想”问题。既涉思想，即有根深蒂固连续性，顽固排他性，不仅限于“当前”，还要检讨“过去”，防止“未来”。“过去”不免要从各种方式下受清算，办结束。这是个真正问题。极明显，有些人是有问题，从一个新的制度新的尺标衡量下，看得出来的。问题正逼迫着他，不能不寻求明白简单正确的答解，死或生。社会对于他一时或者还来不及注意，他自己却必然要注意找寻答解，死或生。

为寻求答解的正确，一切妄念幻象均得剥除，来看看什么是“自己”。这里即包含了生命过去。由过去释当前，线索或比较容易明白。

照普通说法，把人分成两个类型，内向与外向，相当简单，比阶级划分有时还适用，也省事。有时处理一些小问题，用这个分法，也居然能用得开。内向或外向有必然的限制。一个年龄将及半百，生命已成熟，……生命全部发展虽相当复杂，不易从这个解释得具体，但由此追索，也可望如脱解连环，剥茧抽绪。建立一种个别的文学批评，从作品向深处追究探索，得到些新的发现。但决无可望将本质与生活经验共同形成内向或外向的种种，弄个清楚明白。任何忠诚坦白的自传回忆也……因为这实在是倒因为果。我如今要试一试把自己当成一株苹果树，来检讨研究一番。从由发生、接枝，到作种种不同的移植，又由于土壤不同，气候有别，以及偶然因子侵入（如在偶然中，一个枝子被路人攀折或衣服挂着受害），因而如彼如此，在廿年中同一株树结的果子如何不同。假定结的有好有坏，或者阳光充足，根柢营养又充分，结的却全是虫蛀变质的恶果，总有个原因！必然有个比表面问题深些的原因。

这种检讨对个人自然是一种痛苦事，但无碍于真实。因为事实已到决定这个树是自行枯萎，或他人砍伐□□□风雨……时候。一株真的苹果树，到这时节用的必然是“自然主义”或“道”来应付，枯萎或砍伐都好，两样结束只是同一件事情，生命的终结。应付它是顺天而委命。可是这株苹果树如有“思想”，苹果树如是一个“人”，这个人如恰恰又是“我”？新的时代要求于人的是“忘我”“无我”，忘掉或去掉那个小小的，蜗缩的，有限的我，而将“我”溶解于政治进程中，社会要求中，或者说，一个“为下一代合理、进步、幸福”大原则中。这要求虽已形成一种人的能力与精神解放，见于事实，成为国家新的建设基础，不可否认，不会更易，决定历史也产生历史。然而在许多人，尤其是近三十年学校教育造成的知识分子，到处分那个“我”时，少数虽能摆脱一切，而接受新的，毅然独往，或追求预言，用生命去实证，表现忘我无我时信仰或认识之坚强。至于另一个多数，大致还是定向不明，□□有内有外，而外来风雨无时……或由于习染难除，或由于认识不清（从近三十年学校教育分工制看来，学校知识分子不易认清历史的发展必然性，是极平常现象），不免要作一种长期辛苦挣扎与断然抉择。他会受一切新的关系的吸引，也受另外一组旧的关系的束缚。接受“抽象”即十分勇敢、兴奋、激昂，摆脱“事实”可能需要作极大而长久的努力挣扎。照例总比青年慢一点，要比较缓慢，以及迟钝好些，因为……“我持”越强的人，越需要作较大努力。在这一点上，为否定昨日之我，值得作些全部分析检讨，“我”是什么？由何而来？结论不在自饰，时代已不需这种虚伪装饰，更不在自辩开脱，时代已不许用如此方式自脱。要真实，惟有真实，这棵苹果树才有个未来，或被决定既无助于人类生存进步，不如连根拔去，当作柴烧，付之一炬。或被决定还值得保留一时，重新移植，结点对下一代人还有益的果子。这检讨虽出诸自己，决定却属于外缘，“人”、与“时”、与“事”。我应当完全放弃我之为我处，委生命于人天。我已深深体会到人与人的不可分割性，相关性，连续性。“我”是否重要，在于对将来多数的人是否还有意义或影响。这点检讨本意也即由此认识而来的。

第二段　内向的形成

我是个内向型的人，长处或弱点统统由之而生。

凡说及“内向型”的人格发展时，一般心理学都曾作过种种探讨和说明，有些什么特征，有些什么倾向，长处与弱点，以及在人事关系上又有些什么可能。精神病或神经病学，大致和这个型的人格更多复杂关连。这是一般理论。不过这问题的较深理解，还……即出自专门家，称引过若干实例，能对某一个体说得透彻的可能还是不多。因为人有类型与差别，大多数的群，用类型可以概括，少数的存在，有时却差别十分大。

由于家道中落，长时期贫困，体质孱弱无从补救。生长小乡城社会，若顽童群免不了日有殴斗事点缀于生活间时，败绩纪录用任何勇气总不易抵消。由于私塾制诵书习惯，读到七八岁时，四书五经及杂诗的温习，任何驯善孩子都必然感到担负沉重，而发生反抗。在小城市里，当时最受称道的教师，就是老而□□，在一种变态心理支配下，最严格无情，对学生完全如生死冤家，只能拥护孔老二，最狠心虐待学生，用特制楠木板，把触犯□□学生，按倒在孔老二牌位前，□学生伏在……上，任何小事也能激怒到□□□□□二十三十大板，打得个学生杀猪般叫喊，□□□□□。从这时起的我，一个具内向型的主要条件已形成，随同这个类型的特征也即起始见出。脆弱，羞怯，孤独，顽野而富于幻想。与自然景物易亲近，却拙于人与人之间的适应。家道日益贫困，且增加了这个对同年分，同小集团的亲友疏隔。于是永远有"不承认现实"的因子，随生命发展。但本身既拘限于那个小范围现实，自然向幻想作种种发展弥补。尤其是由之而来的屈辱，抵抗报复既无从，即堆积于小小生命中深处，支配到生命，形成一种生命动力来源。从此后使用到求自由工作上的仿佛"永无匮乏"情形说来，就可知这屈辱的积累，影响到个人生命有多大，多深。也由此可知，一切发展必然是防御的，不是进取的。是机智，不是魄力。能由疑而深思，不能由信而勇往。

有谁在旧军阀时代，未成年时由衰落过的旧家庭，转入到一个陌生杂牌部队，作过五年以上的小护兵司书的没有？若你们中有那么一个人，会说得出生活起始，将包含多少酸辛。这也是人生？就是人生。我就充分经验过这种人生。这里包含了一片无从提及的痛苦现实。你们女人中有作过小丫头童养媳的没有？作过□□小商店的小学徒，必须侍候许多人烟茶，并将一切小过失推置于她身上承担的职务没有？若有那么一个人，也会说得出相似不同痛苦生活经验。否定因之在我生命中生长。我的生命并没有对困辱屈服。我总要想方法抵抗，不受这个传统力量和环境征服或压倒。“旧家世”固然容易使一个纨绔子堕落，却帮助了我个人在困难绝望中挣扎。一面随环境流转，一面从学习上找新机会。

但是真正可学习的，当时实在只有一面认识人的关系的“丑恶”，一面认识军人对社会的“罪恶”。由辛亥以来形成的大小军阀割据……种种罪恶，即小军阀群的内哄，以及势力平分得到小小稳定时，各在小小防区内如何无情的兽性扩张来鱼肉人民。三年中只看到一片杀戮，一个区域一个区域上千被屠杀者最后手迹（用墨取下的手掌印结）即由我整理，保存到军法处卷宗里。我看过这种杀戮无数，在待成熟生命中，且居然慢慢当成习惯。一面尽管视成习惯，一面自然即种下永远不承认强权的结子。总觉得现实并不合理。这世界如不改造，实在没有人能审判谁。凡属审判，尽管用的是公理和正义作护符，事实上都只是强权一时得势，而用它摧残无辜。说现实，我所接触的实在太可怕了。一个普通中学生，若在这个情形下受现实教育一年，他不疯狂才真是奇迹！我可受了三年五年这种现实教育。一面是生活屈辱，一面是环境可怕，唯一能救助我的，仅有一点旧小说，和乡村简单生活和自然景物，小小的农家水磨拜访，掘药，捉鸟，捕鱼，猎狐等等小事，冲淡了现实生活一面。这两者却同样影响到将来的生命或工作，这就是在我作品中对平静乡村人民生命的理解基础。

体力既未得到好好发展，生活又在这么一个环境中，而且还长时期随同部队无目的的流转，生命——属于“思索”和“生理”的，却在这么情况下逐渐成熟，请想想，这应当是一种什么发展？从现实环境说来，我早应当被困难打倒了。可是没有自杀，因为在“否定”中有力量支住了自己。我也并没有堕落，内向型的胆小而贫穷，在那种生活方式中，实无从堕落。也因此，在十年后作品中出现的一切乡下人，即或娼妓，品性无不十分善良，为的是我所见到的那个阶层，本来全是善良的。与外人的关系，甚至于近乎“家庭”的。因为正需要家时，我已没有家，什么时候由军营走入一个乡村土娼家坐坐，怯怯的坐在一旁，看那些人做做家务事，或帮她们烧烧火，切切菜，在当时，对我正是一种如何安恬与舒适。我需要的也就只是那么一点点温暖，属于人情的本来。我得到可说已十分富饶，它把另外一种可怕生活完全冲淡了，调和了。这点印象既在生命成熟时保留下来，到后自然便占了我作品主要题旨，由《丈夫》《边城》都可见出。里面自然浸润有悲哀，痛苦，在困难中的微笑，到处还有“我”！但是一切都用和平掩盖了，因为这也还有伤处。心身多方面的困苦与屈辱烙印，是去不掉的。如无从变为仇恨，必然是将伤痕包裹起来，用文字包裹起来，不许外露。

这份教育既在无可奈何中承受下来，外面环境又还永远在变，生命于是不能不随同流转。在各种失业情绪经验生活挣扎下，作无定向流转。到处是伤，却并抚治伤处机会也得不到。小客店的寄寓，长时期的落雨，陌生的人，无情的社会，我如一个无固定性的小点置身其间。“否定”在生长中，随“幻想”而生长，因为这是求生存唯一的支柱，二者合并作成一个抽象而强韧支柱，失去其一都不会继续生存，产生“未来”。若仅有前者，将必然早成为小军阀的炮灰，或因作土匪遭人枪决；有好些无辜而失业的年青人，都如此草草结局。若仅有后者，不是疯狂自杀，即早已作庙中和尚。两者既同时存在，我于是活下来了，在自己也不甚明白，他人实更不易设想境况下，飘流转徙活下来了。（这其中自然还有

《孟子》上几句话："苦其心志……饿其体肤。"简单有力鼓励我在绝望中不至于胡涂死去。）于是一切都在"微笑"中担当下来了。可不是你们生长于城市寄生于家庭，在生活上小小得失上作的那种微笑，完全不是！这微笑有生活全部屈辱痛苦的印记。有对生命或人生无比深刻的悲悯。有否定。有承认。有《旧约》中殉教者被净化后的眼泪。我好好保留了三十年在嘴边，而你们高级知识分子在近几年中，却把这个微笑解释作"世故"。我倘若稍稍学懂了点你们城里人世故，今天不会如此自处。我因之在半世纪不断变换的环境永远在不同教育，不同××的人中，从不同印象中——却得到一个同一的称呼"神经病"。凡指摘我的，诋毁我的，并以自己生命或道德的完整进步自夸的，是不是也曾经在相同情形，那么一种发展中受过试验，受过教育，并同样挣扎过来？还是因为侥幸生于小资产阶级环境中，得到良好的保护，以及其他更多知识环境的便利，才有机会能够给我以批评，以检讨，以审判？年青朋友都欢喜说人生如战斗，战斗方式自然极多，我很知道。可是可有一个人在十六岁到廿四岁间那么和人生战斗过来，在三十年挣扎中而取得更健康合理发展？或从理论上可得到更健康的结论？我想得到一个回答。

当时既一切俱无，朋友或工作，希望与等待，什么都无。维持生命除空气就只是一点否定精神，不承认精神。一面接受现实试验，一面加以抵抗，不断改造自己。我就用那点仅有机会，仅有空闲，读了一堆书，并消化了它，完全反复消化了它。有老庄和论孟，有韩柳和温李，有传统驳而不纯的叛逆思想，也有传统华而不典的文辞。加上个脆弱生命所遭遇试验，经验和书本知识，却共同在生命中作成一种动力，终于把我挪移离开了那个小小环境，转到了有骆驼、学生、京官和议员的北京了。

初初到这个大都市来，上街见到最多的就是骆驼，所得印象是充满风沙阅历而目光饱含忧戚，在道上却一步一步走得极稳。每天翻开报纸，照例是有关议员的意见和新闻。至于学生和京官数量虽极多，对于我却似乎是个抽象东西。和我离得极远极远。事实上什么都离得极远！学生中给我印……是三种人。

这是个有一百万人的大都市，由总统府到天桥，由京兆尹到小店员，我没有一处熟习的地方，没有一个熟习的人，没有一件熟习的事。手和心都空空的，寄住在杨梅竹斜街一个小会馆西厢房里。长夏的雨水，小《实报》每日新闻都有坍墙砸人消息，住处房中既然湿霉霉的，墙上也一片水渍斑驳，似乎随时都可完全坍圮。同伴“满伙计”肺病已入第二期，喉头哑沙沙的，一个地主小儿子，即《雪晴》中队长的弟兄，这次同来北京求学读书，到地第四天后，就十分想家，念念家中的菜园和碾坊，老母亲和白狗。我想的却只是“当天”和“明天”，面前过日子就是一种严酷现实教育，没有任何一种方法可以把日子维持下去，由当天到明天。没有一个人可以商量，没有一本书可以指示。

会馆里四合院，住的同乡有卸职候差的科长，报考落第的穷学生，退伍的小军官，领少额干薪的挂名部员。夜里到处房中都有咳嗽声，从声音中即可辨别得出有多少是老病。住正房管会务的叶老表，长年躺卧在烟盘边，从不知经济来源方式下竟躺了十年，小火炉旁还经常炖有猪蹄髈下酒，二太太手上头上金饰也亮灼灼的。长班小二一身瘦瘪瘪如一片干姜，终日在各个房间里串动，即买两个烧饼也会从中取得一点“底子钱”，叫煤球时照例七十斤即抵整数。加上在门前摆个小烟摊，一家三口竟每天可吃蒸馍，还向穷学生放点大加二小债，三元五元出手时从从容容。

生命或生活，既为雨水固定在会馆中，似乎有所等待，其实等待的只是“不可知”。一面茫茫然半天半天站在会馆门前欣赏街景，一面又回到湿霉霉小房子中，看床前绿苔和墙上水渍。和面前世界完全如绝缘。即过去在乡下小河边山坡上太阳下作的梦，也不免受雨水影响弄得模模糊糊了。在这种景况下，回向过去，一片生活印象的重重叠叠，虽充满无可奈何，失业接着失业，各地流转，屈辱和饥饿，在各式不同情形下环境中，如俄国梭古罗卜微笑小说中的主角身份，永远勉强用微笑抵挡一切无可奈何，到第三次微笑，才下决心迈过了桥栏，向水中跃去。事实上却比这一位处境更加倍恶劣，更不知如何是好。然而一面是青春生命力的无比旺盛，即从这一切不同景况中，也仿佛可以得到“学习”的经验。且日益积累中形成一种比任何书本还有启发鼓舞的力量。另一面又有个多式多方田野自然的背景，和另外生息于其间那一群，尽管生活极端平凡、简陋，本性实在极端善良的兵士和人民，他们的小小得失哀乐，唯其与我已经离开，反而能更加深刻认识。到了北平新环境中，和这一切离远了，即这种痛苦回忆，竟也成为我生存的最大快乐和支柱了。这个发展既酝酿于成熟的生命中，自然会同时影响到后来的写作生活，一看即显然的。作品中的乡土情感，混和了真实和幻念，而把现实生活痛苦印象一部分加以掩饰，使之保留童话的美和静，也即由之而来。历来批评者对于这一点，都忽略了作者生命经验的连续性和不可分割性。唯有一个刘西渭，能稍得其解也还不够。这个老友的文章特点是在……自得其乐较多，而对作者生活作品却无多兴趣。这也就是我对于批评永远不能心服，不感兴趣的原因。如果批评从“思想”着眼，用公式和一定形态加以范围，自然更不会得到要领，毁誉都若并无意义可言！甚至于搔不着痒处的赞美，比有意□□更还难受。这有好处也有坏处。好处是对于工作信心的加强，坏处即个人气氛的抬头，随之而下便不免顽固，坚信思维的庄严，从自由主义者名分下，发展而成为他人政争工具，当作靶子或盾牌。先是不自觉，到后来，则由负气而转增加负隅自固褊持，终于在自己所形成的□□孤立情绪中，完全无从自脱。这是有关思索写作的发展过程。目前来加以检讨，说它是不见阳光的病态结果，并不过分。但这种不见阳光的由来，实有个更深远的背景，是“个人”的也是“社会”的，却不是一般批评指摘所能见到的。

“失业”本是近四十年代军阀封建政治一个普遍现象。先是大小军阀的分区割据，对人民就业根本无所谓计划。不仅教育无计划，利用为狗腿子也不计划。军阀本身及所率领集团，即凡事只是随习惯而拖混下去。在集团以外，从不曾有个好好安排。到兼并时代一过，有个强秦一统后，又还是唯知有己，在极端包庇独占贪污自私情形中，少数分赃而多数无业，所以近四十年“失业”本是现社会万千人民一种普遍经验，不值得一提。不过我却是从小小区域里充分接受这种社会教育多年以后，又转到另一个完全陌生大城市里，来接受相似而不同，更漠然无情的社会教育。唯有相同经验的生命，方能明白这种教育影响到一个人另外一些问题上时，会有些什么不同结果。好或坏，反映到抽象人格具体行为两方面时，可能如何必然又如何。长处和弱点所自来，却由于同一源泉土壤，决非两种雨露阳光。是一个整体，并非零碎枝节。

为求生存，我得挣扎，于一切可能中作种种努力。求学既无可望，求职亦无可望，唯一是手中还有一支笔，可以自由处理一点印象联想和生活经验，来作求生的准备。但是，这对于□□求□生，□□□□□保持最低健康，不至于饿倒大马路，阳沟边，在同学同乡同什么小集团独占一切情形下，我想用这支笔突破社会习惯的限制，得到最低生活的需要，当时实毫无希望可言。

明白手中所操纵的工具无多大用处后，想去作作什么小工，依然没有机会。曾到琉璃厂几个小石印店里去，请求收容作一个学徒，几个小字虽还看得去，因为无□□保，交涉就不成功。最多机会是去天桥或前门大街一带，跟随奉军直军什么部队的“招募委员”那支小白旗，明白大都市可以用一些□□骗人一套，把兵招来，向不可知地方走去，目下的伙食和将来的生命，都有了个交代。因为一直到北伐成功前夕，在北平前门外大街上，天桥附近，就时常还可看见那么一两个烟容满面的老军务兵油子，手执一个破旧小小白布三角旗，在路口停顿，旁边照例站了些闲散杂流，听他说话，宣传部队待遇和将来希望。照例还在技术上预先安排了几个大小不一的同伙，作为受感化后陆续站到旗子下来，于是当真也就有三五个面容憔悴，眼神痴呆的年青人，外省前来投奔亲戚进退不……同样归于旗下，表示乐意跟随归营。一会儿，这面小白旗就带领了一小串失业人走去了。至于走到什么地方去，为候补炮灰，或为军□□转卖出关作小工，那就只有天知道了。

我曾有过好几次跟队的经验，茫然漠然走了一小节路，终于又离了群，停顿到路旁，眼看着那个死亡队伍远去。随即从前门大街茶食铺的点心，羊肉铺的羊肉，和一切铺子窗前的陈列，与广告的炫耀，或什么小铺子门前有喇叭的留声机放的《洋人大笑》片子，吸□□忘了一切也忘了腹中空虚，暂时忘了自己的失业和饥饿。眼前的就永远是不属于我的。一切存在和个人都若无关系。我希望即或是吵骂，能参加一份也好，可是前门大街人来人往虽相当多，想得到这点机会就并不多。只合完全游离于生活以外，作一个旁观者。比数年前在辰河流域小县城游荡情形还更单独，更无可奈何，为的是大城市社会背景也如此陌生，凡是大门都关得严严的，没有一处可以进去。全个社会都若对于陌生客人表示拒绝。向前希望远景十分模糊，唯一还是回复过去，把那点过去属于自己的痛苦和寂寞，镶嵌在各不相同自然景物中，一再温习。尤其是儿时无拘束的生活，所保留的新鲜快乐印象，可以把当前的绝望勉强稳住。直到街灯放了光，什么铺子放话匣片，唱马连良《失街亭》，我的求生梦也消失了，才向会馆那个方向走去。

回到会馆里时，即装作业已吃饱的神气，看同院子里人吃饭，也看长班小二一家人吃新出笼的白面蒸馍。不多久前有人批评我说，我“对人生永远像个旁观者。一切作品都反映这个态度，缺少直接深入和迎战勇气”。我曾试假想过，当时如采取非旁观态度，不知应当是种什么情形。我能不能参加任何同住的那顿晚饭？我能不能随意动手去取长班家蒸笼中那个热气腾腾的白馒头？我能不能每天去会长那里靠靠灯，到吃饭时就不客气，起箸说请？很显然这不是一个勇气问题。旁观者其所以永远如在旁观，原有个现实背景缚住。一切作品都缺少对人生深入，只是表面的图绘。原因是人生在我笔下，是综合的，再现的。

雨季过后，在农学院读书的表弟，为想法付清欠账，把我迁入西城一个小公寓里，以为可以照报纸上需要，就近在几个报馆考考校对和书记。花了些报名费，结果自然没有一处成功。只看出这事完全是个骗局，同样是失业人，狡猾一些骗愚蠢一些的，于是报名费便成了学费，向大都市学习另外一种现实的第一课。

又到几个学校去报考，比如中法大学吧，考取后，到时那笔宿膳费廿八元想尽了方法却筹不出，一过期，还得放弃。补习学校更多是当时穷学生开的合伙文化稗贩小铺子，没有钱，那里能随便进出？报上消息常说某某学校学生可以工读自给，到我来请求这个机会，带了自荐信去谒见当局时，想不到他们对于这种事都毫无兴趣，照例率直回答，没有这回事。只有一回在平民中学碰到个中年模样人，直接把信给他看，看过后点了点头，向我客客气气说了几句话，以为千里求学，意思很好，可以为想想办法。过两天居然还回了个信，说是“想过办法，已满额，将来有机会一定留心”。

到平半年唯一古道有情陌生的帮助，还是住西城时一个每到黄昏即摇铃铛串街卖煤油的老头子。因为买油熟习，过年时借过我两百铜子，度过了一个年关。这就是《边城》中的老祖父，我让他为人服务渡了五十年船。并把他的那点善良好意，扩大到我作品中，并且还扩大到我此后生命中，想尽一切方法帮助年青人，一切都作得十分自然原因。凡是曾经在我作品中那只渡船上，稍稍歇过一回脚，把生命由彼到此的，都一定间接得到了一点助力。溯源而上，会发现两百铜子即影响到多少人生命情感这么深。生命的连续性和传染性，实在惊人。但这么一种发展，自然不会是普通人所理解了。

相对照是我把所有初期作品上百篇，向一个著名副刊投稿时，结果却只作成一种笑话传说，被这位权威编辑，粘接成一长幅，听人说在一回什么便宜坊□□客吃烤鸭□□，当着所去一群名教授××××说……一齐揉入字纸篓里。这另外一种现实教育，这对我的侮辱，还是一个曾经参加这次宴会的某××，后来和我相熟以后，亲自告我的。为了否定它，也就把我永远变成一个理想主义者，一个“吉诃德”！凡曾经用我的同情和友谊作渡船，把写作生活和思想发展由彼到此的，不少朋友和学生都万万不会想到，这只忘我和无私的抽象渡船，原是从一种如何“现实教育”下造成的！我如不逃避现实，听狭隘的自私和报复心生长，二十三年后北方文运的发展和培育，会成什么样子？不易想象。也必然不□□□□□□手中，落□□准备□□□□□的□□□□中。

一点记录

——给几个熟人

我写什么？还能够写什么？笔已冻住，生命也冻住。一切待解放，待改造。是不是还有希望由复杂到单纯，阴晦到晴明？凡事必重新疏理，才能知道。

下午两点钟。有鸡叫声于屋外近处啼唤。那两只大公鸡昂然在阳光下散步，犹如两个隐遁的修士，被放逐的战士。是逻辑学者老×的伴侣。声音寂寞中有一点生机，可能还曾影响到屋主人的头脑和新完成的著述。我在窗口边。

窗外冷雾正逐渐消散，有阳光如流水浸入房中。四扇窗子上也满是阳光。

我在搜寻“我”。第一回发现的，却是于年夜饭中那个头脑木钝，机能失灵，恰恰如三十年前在个小县城里失业游荡，各处流转，及寄寓在小小客邸中无望无助光景。这是“我”吗？唯有我还认识他，脆弱，羞怯，无可奈何，不知如何忽然会转移到一个更陌生环境里：即目前环境，一切如偶然又如夙命。

我曾经有了个家，已十六年。这时节看来，竟像对我毫无意义。我并非为家而存在，这个家也不是为我而存在。二十年中我似乎还有一堆朋友，一群学生，无数读者，这个群目下看来，也仿佛和我漠不相关。我好像还曾经写过一大堆书，好一大堆！一切存在都只是习惯，留下或烧毁，已无可不可：任何人都可以把这个生命勤劳堆积物当成个垃圾堆，当成一种嘲讽。试设想这些东西是在什么情形下写成，是反映个人生命经验的斑驳陆离，还是反映旧时代的回光？已无法弄清楚。新的时代把一切存在完全否定了。我否定了我自己。

我发现"我"始终是一个独立存在，如悬垂于虚空的星子，四周广漠而无边。只小小的光照着附近。不仅和"人"游离绝缘，和其他放光体积也不相粘附。达到人眼中可说完全是偶然的。好荒凉的存在！这发现可说是生命中崭新发展，是真正体验。但觉时间如箭，直射而前，"我"亦随之而前，向不可知射去。好像听到一种呜咽，通过生命，通过时间。试从经行处回顾回顾，却保留了一点印象错综排列，如一片霞锦，又如一堆灰土，是宝藏也是废墟。一切待重新估值，一切应有意义已全失。

窗外用稻草缠束的苹果树快要发芽，春天将来了。有喜鹊坐在屋脊叫唤。我才记起在这个屋子里已住了六天。初来即过了一个年夜，凡事失去自主性，在贤主人家主客大小九人中，坐下来就吃喝。笑语中的理想，辩难，小小的争持，都在“解放”意义下进行。一切离我似乎很近又极远。我总在努力搜寻那个自己，原来那一个，本来那一个，二十年中容易为朋友认识那一个，以为如此一来必可使主客之间更容易相处。各处寻觅都得不着。存在的还只是十七岁年龄游荡失业各地流转那一个：脆弱，羞怯，遇事无可奈何，心带着各种碎伤，屈辱和饥饿，在梭罗古卜《微笑》小说中出现了三次，终于下决心迈过桥栏完事了。在这里又第四次出现，于朋友家饭桌边和客厅里。没有一个人发觉这种人格分裂以后的寒冷景况。女主人的明敏也没有查觉。

我是年夜上午九点出的城，一朋友相送，一个亲戚伴随。战事犹未完结，有十万人犹在郊外对峙中。一出城即见到泥土里纵横工事，交通壕，机关枪巢，以及在这段路上凡事照常的小市民往来。还有小毛驴秀目细尾，体面如一个农家新妇，在光滑柏油马路旁行走。不多远处恰恰爆发了一列地雷，一个夹泥带烟的柱子向上直升。我知道这是没有死亡的爆炸。世界上也还有“没有爆炸的死亡”，就派归了“我”罢。从十岁起受了这个名词的诱惑，每到困难时，即有相似召呼。四十年了，始终没有肯定承认过。生活越困难，挫折越大，挣扎精力也越加多。现在却似乎由于一种召呼声音的回复，我想轻轻答应一声。过五塔附近时，记起这地方月前曾有大战，为争夺工事，有二千人民长眠休息了。要来的终得接受，凡是动的生命到时就得静止。这些人似乎还来不及答应，就完全接受了。

住在南京那个独夫已倒下，战争在长江南岸犹待进行。既还待进行，必然又是无数工事，机关枪巢，地雷，毒气，人人呼号而前，一切在极残忍情形中大规模进行。在另一时另一土地上，在雷马克，或派恩，也在我脑中襞折深处，有争夺，呼喊，呻吟。热血无终结的流，一凹凹浸在土地上。死去的随即埋在土里。一切为了时代新生。车过了界，新的界，所见表面依然凡事照常，小毛驴新妇回门神气，在光滑柏油马路上走着。世界其实已不照常，一切得在计画中重新安排。我感到，我明白，我承认。那辆三轮车于是到了一所红砖房子前，停顿下来了。第一眼看到的就是那两只大公鸡，鸡喉中骨落一声，仿佛说：“有缘！”真是有缘，过年前一天会在这里见到。

到了住处房子中，从窗口望出去，一片灰黄黄的田野。窗台间还有上百小蟋蟀瓦盆瓦罐，小生命全已结束，入夏来振翅急鸣和好勇狠斗都已成过去了。时节已过。生命如箭，穿越时空，帝王蝼蚁，一切存在都将成为过去，归于尘土。这真是种离奇的启示。靠墙文件橱上，有一张灰尘扑扑的志摩诗人相片，用手攀折花枝，神情如生。二十五年前的秋天，在他住处的院子第一面时，一地红黄缤纷落叶在旋风中打转，印象犹如昨天。事实上这个人死去即已十八年，年青一辈亲友提及他姓名时，早不知道是什么人了。身与名俱灭，亲友间犹如此，何况新时代陌生青年。还有几个干玉米棒，是夏天从窗外那一片土地上生产物。目下土地却只是一片荒凉，已不易想象另一时郁郁青青景象。

远处有蓬蓬鼓声，汽笛声，都若象征一个新的时代新的春天的来临。两种声音完全调和还要时间，要一段长长时间。这个新的时代是在一些人的信仰中，意志中，行为中，慢慢产生，经过很多困难和牺牲，方能逐渐成形的。也在我脑中不断旋转，从工事交界处太阳光影下，带春信冷冷寒风中，我便想到——

“一切必然要新生，旧的灭亡而新的兴起。个人得挣扎到阳光下来，将生命重新交给土地和阳光。凡事从新学习，由一个起码的人作起！即已无机会可望，个体在内外限制下终得毁灭，也应当用短短余生，鼓励下一代好好生存，在新社会里作一个好公民！”

那么想着，竟若十分自然。我明白生命早在秋天中，成熟，透明，等待离枝。由离枝证明了废名的“道”。望到田野和蓝天，眼中莹然，明白了生命的相关性，不可分割性，因果性。我发现了我。车到了地，人到了落脚处……吃年夜饭时，却完全如三十年前，沉默，羞怯，慌乱，微笑也掩覆不住那点无可奈何。头木钝钝不知有我有人。完全如做梦。梦在进行。现实却又如搁在眼前，可触可抚。

客厅中有个四方几，我估想它是元人着双陆用具。台子上北齐雕相和唐代小白陶猪，北魏小铜金刚，我似乎都极熟习。那个时代的历史纷乱和宗教辉煌也熟习。桌沿大小坐了九个人，一个是近五十年代聪明热情稀有的女主人，性情中的明朗和体质脆弱，两者的奇异结合，就正是人文主义一个最好标本。还有同样而不同形另一标本，却将支配了将来中国无数工人住宅设计，影响到下一代工业发展和人民健康起居极大的男主人。对时代那么一个重要人物，身体却不到一百磅，平时行动还必需穿着一轻金属背甲。还有生与道契的老金，世界虽在逻辑中存在，却并不由逻辑决定。他于是想到蟋蟀、公鸡和白鹅：总以为中国地方宽广，应当还有地方宜于养鹅。什么地方可不知道。两个生命丰满的青年助教，两个新时代的标准“技术人”。两个小主人，生命正在解放中发酵。还有七十岁老太太和我：十七岁时节那个“我”。在年岁数目上恰是个颠倒纪录，情绪又似乎完全相通。一切存在都似乎极熟习又极生疏，完全是双重的。说什么我都懂，在微笑中领会，可没有一个人能从这种微笑中，领会一个人人格分裂以后的荒凉、麻木、机能失灵种种。

饭后客厅中悲多汶曲子在转盘上旋转，悲与壮俱充满抑郁之情的节律，流注于小客厅中，流入一切不同生命里，作种种不同渗透和启发。忽然有一小组熟习声音，似乎在拥抱我，抚慰我，引诱我。

“你这个人，目下或未来，还要什么？生命中的贫乏，穷困，你得到了足量的一分。饱满和丰盈，也得到了你所能接受的。你还要什么？凡得到的也会消失，部分或全体，不完全由你自己，这就是人生。你除了×还等待什么？”

让我思索思索看。我似乎还能思索。正犹如三十年前躺在一个小河岸边草地上听流水下驰，汩汩澌澌向东直逝，却把声音和意义浸入生命深处，一样轻微而恳挚。因此我回答说：

“带了我走吧，到任何一处地方，我都要跟随你。我要向不可知流去，听你如命运，服从你如神。我要动！如音乐和流水，永远在动。我静止，就死了。我不能静止，还没有死。我需要静止，太累了。”

我在动。在面对主人笑语中而动，却没有一个人能注意理解。

远处有炮火声连续。应当是那些守在工事中的兵士放炮过年。那些生命多单纯素朴和庄严，也多寂寞。他们这时节可能会想到家乡，也想到死。生命存在原来如此痛苦多方。谁作主派他们守到那些泥土构成的小穴里。时代或个人，谁作那件事？人类爱和同情，什么时候才会真到他们那些卑微生命愿望里去？我们正在庆祝一个社会的新生，他们在作什么？社会上层组织中的文学，哲学，会有一天能够达到那些生命深处？或完全用他们作对象，来重新安排、组织、存在？曾经有过这种完整计画和预言，这预言能不能即早实现？我原来极熟习他们的哀乐，比许多人还更熟习，可是在都市里一混，不知如何一来却和他们离得远远了。这是一种如何可怕的游荡！我要回去看看。先回到四十年前那个家里去，稍稍休息。我在认路，一条回向“过去”的路。

四十年前入晚游荡回家，母亲照例在灯下作事，搓麻线纳鞋底，我脚下一双新鞋却正为在外游荡忘归为雪水浸透弄脏。于是什么不说，即伏在灯前母亲膝边哭哭，一种出自心中深处忏悔的呜咽。到后来自然就睡着了。那个老人一定就这样子在灯光下工作到半夜。四十年了，一切重复回到生命中来。我又游荡归来了。母亲，你在什么地方？我需要哭哭，从眼泪中可以把母亲影子回复到生命里。

“你在什么地方？是在那个小小油灯边，在厨房火灶前，在一个桑树园子旁，还是在北平公寓中？在家中病床上，在坟墓里？你的善良的品性，对儿子的无私忘我的爱，你的沉默，永远的沉默，我应当回到你身边来哭一哭，用眼泪净化了这个堆积物。或死亡，或新生，回复本来一个我。”

自然没有回答。悲多汶曲子还在继续，带我上下求索，走遍了各处。

曲子停了，一切静寂，唯房中灯光明亮。可不是四十年前那个小小油灯。我原在人家作客，用的是二十年老友身分，且带着逃亡者心情，却想用乐曲作指导，穿越时空，回向过去，找寻那个于各种印象中都忧愁痛苦的老人影子。时间在生命意义中如已平摊成一片，被音乐改造后作成的那种平面，我同时可以看到一切不同过去。心在一切过去上见出破碎反光。眼中充满了热泪。一个慈母和荡子的人格综合，我发现了又一个我。

（从窗口望出去，可远远见到燕大那个自来水塔。那是个外表还保留塔的旧形制，却在实用上存在的塔。）

三个建筑师正谈到春天的旅行，要看看应天寺大塔，并讨论到中国塔的形式。可决想不到面前也就有一个圮坍的塔，毁废的土堆。一切泥瓦装饰，在若干年来看不见的四面八方来的风雨中，渐渐腐蚀，终于一下坍圮。在许多人的印象中，却又依然犹保留一个塔形，如稍存联想，即可意识到在新秋晚春清晨午夜微风中，还仿佛可闻铃铎细语本身的历史。叙述必温柔而静，隐约含有阅历悲戚。对于这种塔的精确测量，是不可想象的工作。而且在来不及测量时即已圮坍，只剩下一个灰土废墟。直到这个废墟被人发现时，或尚足供少数又少数人凭吊，但大多数人却将从一切新的抽象造形堆积物，发生赞叹、颂扬和膜拜。塔字所含独立或孤立意义，在中国文化史上的象征意义，除少数专家已再无人能理会到。至于纯粹抽象的，由于性格和意志，精力和热忱，积年累月建筑而成的塔，更没有人能认识。女主人也快老了。

我需要一种真正的单独，站在个人辛勤作成终于又复圮坍的废墟边，温习那个存在时所有游人在下面徘徊流连的情景。许多人曾仰头看过塔顶天空的透蓝天，有老鹰盘旋自如，与铃铎细语恰作成一种庄严和沉静的对比。一切在雷雨中圮坍了，老鹰消失了，弄渡船的老老也休息了，只剩余一个翠翠，一道长河，一片雨，一片烟。全在虚无缥渺中。我于是似乎听到翠翠在半夜里的哭声和轻轻呼唤：

“大老，你走了，为什么？二老，你也走了，为什么？什么都消失了。就剩下我一个人。这是命运的必然，还是人事的相左？”

没有回答。翠翠也消失了。只山中永远有杜鹃在晚春初夏闷热中啼唤，有小小红蜻蜓在河面飞。大老和二老，翠翠和杜鹃，都消失了。只剩余一个我，泪眼莹然，在窗前阳光下，望着窗外一片黄灰。在客厅一角，让悲多汶乐曲的回复，从沉默里看到一切。

可是另一方面塔和庙的关系，却在继续作种种讨论，由五台到昆明，一切不同形式的塔都在各人印象中重复现出。且在各人不同印象中，一些待圮未圮孤立矗峙的大小尖锥形建筑物，于各地山巅水涯景象，也分分明明。

在谈话中还进行到无数问题的重叠，这里不止包含了相差约一世纪的不同兴趣，还横弗了东西文化与文明。一切都若在一个废墟边进行，笑语中有辩难，希望，尤其是对于新的建筑群，对于那个明日主持生产中最重要的重工业部门，万千工人的房屋，在谈论中似乎已一所所一簇簇由设计兴工建立于有绿阴树山坡边，和工厂大烟筒遥遥相望。却没有一个人注意到面前这个旧塔的坍圮，还包含了翠翠永世的悲哀。

我默默的重新检查了一下废墟中的残余器材，断瓦和折椽，在风雨中失形破碎的佛像和粘合器材的金铜钉，有的原已朽败不堪，有的却似乎比新材还坚实耐久。可是恢复本身原来的壮秀与清奇，已完全不可能。翠翠哭声和杜鹃急鸣同时还在我耳边回旋。（我想起新婚二月会写出那种作品，再没有自己作的预言正确而真实！）因之加入了未来工艺问题的讨论。用的依然是真实与妄想作材料，在问题上作种种近乎童话的设计，却估想到必然会在十年后成为预言。这就是静中有动似断实续的人生。多复杂的人生！

悲多汶曲子重新在转盘上回旋流注。

谈话稍稍停顿。时间正作九点。

我躺在大沙发一角。一个年青朋友正为曲子试作说明，对于在发展中的乐曲，作种种抽象解释。

“到了春天。这是春天。好像春天。在悲多汶头脑中或情绪中，必然有融雪水在各个田沟缺口下注，注入小溪河，快和跳板齐平。应当有人过河，由彼到此。有啄木鸟上了树。有杜鹃起始啼唤。”

是的，应当有杜鹃起始啼唤。因为翠翠曾经听到过，将来还要听到过。此后在历史延续中，杜鹃声里就永远蕴藏有翠翠的悲哀。有新妇悲哀。我热泪在眼中，口角却挂着微笑。俨然圣母和死囚影子同在人格上照耀。忧愁和悲悯，浸透了生命。“我”发现了另一个我，真诚而善良，在迎接那个行将来到的春天。事实上这个春天来临时，人间只有杜鹃存在，什么都完了。

我已在水边岸上。多好的一片水！茶峒的小白塔，渡船：那只方头平底只合在那些小小地方存在的渡船，船上的黑脸长眉的翠翠，全在望中。春天去后接着是夏天，欲雨未雨闷热时，小小红蜻蜓飞满河面。翠翠，你要哭，你尽管哭！日子还长！水发了，塔圮了！渡船溜跑了，世界全变了。天明起身一看，住宅附近到处是黄浊浊泥水下注。翠翠，你要哭，你尽管哭！你沉默，就让杜鹃为你永远在春天啼唤。你的善良品性和痛苦命运，早在我预料中，一切全在预料中。这就是人生！

这种种是由另外一种存在而来的。

从乐曲中一小节，把我带回到了另外那个本来。

我躺的已不是大沙发，只是一片沙滩。大小柳树一列列在后边。小小溪流正泛滥着，穿过北角柳根和石砾堆，注入大河。柳树下石条子上正有熟人下棋，柳线摇金，无数燕子穿越而过。小糖锣敲到孩子们心上。一切都在动。我平平静静躺在沙上，听流水在耳边倾注。我知道江西会馆的金字横匾，在春天阳光下正灼灼放光，上面的蜂子窝已大如柚子。庙里偏院的罗汉竹，静静的绿幽幽的植立在花坛上，恰如深闺独处问字待年的女子。戏台前空地上还有人在搓丝线，二十个小小铜纺锤在一个小竹架子旋转，旋转复旋转，城中即有了丝线铺，城里城外年青女人即有了一方一方绣花围裙，有了枕头帕，花荷包，组织了一个区域的平凡哀乐人生。也即有了爱和孩子——孩子之一群可能这时节恰好即在干净石坪中玩陀螺，也旋转复旋转。戏台前那对青石狮子，对这一切却瞅着望着，一声不响。

我还知道河边入晚即必然有鲫鱼和羊角鱼，为了爱，从大河溯流而上，跳过障碍，直向小溪上游，要从石砾柳根间到达一里路的田中塘中，水过浅时还得侧身跳泼而前。附近人就用小鸡笼来罩住捉住，捉回家中用盐腌好挂在屋檐下风干，待客时还常常回述捕捉情景，引为笑乐，决不会想到这些小小生命是为了爱，因之死于人手的无情。

大河水在暗中涨泛了，谁也不知道从多远地方落了雨，好一片豆绿水！水上了沙滩，两岸人到时都乱了起来，为追捉鱼虾，和上流漂浮而来的木材和牲畜，到处是召呼和笑语。沿河都有人扳罾沉网。什么人的风筝断了线，向远处飞。有人牵了马匹却看扳罾，一个不留心马从大路上溜了缰，向野处，向自然，沿河狂奔而去。所有远近顽童都为这件事而拍手。一切心都在动。一匹狂奔的马能追回吗？且试随它跑去，沿河还有许多可看的，竹林接着竹林，一片绿接着一片绿，竹梢上就有许多断线小风筝悬挂。竹林前后一些小房子间隔一些小房子，排列在河边，到处有生命哀乐，和那个常与变。这里住了些缝衣的，作边炮的，阉鸡的，卖蒸糕的，作霉豆腐和打草鞋的，有童养媳和瘌痢头，老太婆和哑巴。近于白痴的哑巴，见马狂奔时也会拍手！哑巴的母亲，可能昨天晚上走失了一只鸡，却用刀剁砧板骂了半条街。也有葡萄和花，在人家门前土坡边生长得洋溢繁茂。这是世界一小方，格局那么小，那么平凡，那么简单而贫乏，一代接续一代下去。可是我却明白这里有真实生命。

“我”即生长到这个手掌大一片区域里。生命或知慧的光，即孕育完成到这种平凡简陋一群里，它比书本更真实，更结实。我懂得他们也爱他们。我是他们一部门，离了枝，转移到大都市，我就还依然用的是这个荣养作底子。这是真正贴在土地上存在生长的东西。存在即有个永远的规律。我爱他们甚于代表文明的城市人，因为前者永恒而后者常变，而居多变得毫无定向，不知自己，只在一堆书本观念，和一群人的行为中而动。我理解动的必然却爱好那个静。静中有更丰富真实的人情。

我已进入动的社会中三十年，本身也永远在动，有一点东西却始终静止在那里。可能叫作生命的“根”。凡属生命不能不没有根荄，它存在发展，即由本根而来。所有环境可能是雨雾多于阳光，自然无章多于人工排列，愚昧多于知识，贫穷多于华贵，然而那是本来。我欢喜回到那里去。

我明白水如生命，向东直流，一逝不回。一切回复都不可能。生命之箭，直贯时空，回复更不可能。试作溯流而上努力，即或知道源泉所在，依然不能回到那个源泉边去。一切都远了，除却保留在记忆回想中，什么都不存在了。

大家正谈论到年青人的热情粘附于新信仰上时种种发展。一切由“信”出发，工作即见出无尽精力和勇气。一种新宗教气氛的孕育成形。三个二十岁以下的青年，生命在解放中如发酵：在音乐里发酵，谈论中发酵，幻想中发酵。我看到这种发酵而微笑，仿佛看到一个“时代”，一点“人生”。和另一面对照，一个人文主义者的精致范本，也似乎是最后一种范本，四十五岁的女主人，生命力的旺盛，强健，和体质的极端脆弱，两者如何同时存在，已令人感到惊异离奇。更奇异处还是那点“时代”也若已经在这个生命枯枝上，茁生了一簇簇新芽和新蕊。希望或理想同样在发酵。

中国事实上各处还在血和火发展中，克服困难，需要时日。在革命过程中，犹未能作大胆预言，新秩序什么时候可以得到。工矿新五年计画，蓝图尚未制出。可是那些为工人建设的新住宅群，一万人或五万人的住宅单位，应当如何布置，如何处理，即已在主人头脑中逐渐旋转成形。

男主人谈到明日工人住宅区时，提出问题：

“要明白，单纯，阳光和空气。更重要的还是群的关系的改造，也得由工程师负责。和机器一样，还比机器更受重视，不仅要保持工作的延续经久，还得在机能上使之灵敏、愉快、健康，方能使工作效率得到最大限度。一个真正属于人民的时代，生产者的起居生活，必然是在第一位。‘起居服食’起居还将成为一种教育。保养一个优秀工人将和保养精良机器完全相同。一个新的建筑师，将必然要为这件事而从更多方面用心学习：一切崭新的和中国原有的，都得注意去认识，为的是这些工人大多数是要从农村挑选来的，农村的本来和最新都市工厂住宅设计，还将作各种综合。真是一种崭新的创作！”

于是讨论进行到房屋装饰，新和旧的综合实验，由家具到一切，一面是未来，一面是本来。一个中国民族风格的艺术，必然透过目前所有抽象理论，在短短时期中，即可完全付诸实验和实施。且将由于这种实验，发展出各种更新理论。

人不够，人不够，在任何问题上，工作设计上，都要许多许多人。人太不够用！如何保育人材，是件大事，全看那方面作法。

随同时代而进展，会有个一切都光华灿烂的如童话、如神话，却完全由人民足勤劳和新的心智解放后，创造成的有史以来的壮观景象出现。这不是虚幻远景，是事实，祖母一代也能见到的事实。为实现这种事实，人不够用的。

二十世纪上半段人文主义传递下来的一切优秀技术，及对传统理解，即将在新的时代作第一回新的贡献。好伟大一回工程！我把面前两个主人作对象，加以欣赏，估计。

“这工程可能即在两个主人头脑中旋转，于最近将来，就可望付诸实施。两个人一共体重大约还只有一百八十磅。一个卧床已经十年，一个因为腰脊骨受疾病侵害，还得永远穿戴一付特定钢甲。奇迹创造者原来就是这么样子。童话或神话，能不能完成一小部分？”

我生命中所有的完全消失了，不见了。对于面前两个朋友，感到一种深刻的痛苦。

大家正谈到北平文物的整理，同为天坛的未来忧虑和惋惜。

我说：“天坛坍圮没有什么关系。还有比天坛重要的得好好保护！”没有一个人懂得我意思。

我又说：“太庙中全是炸弹，毁了也就完事。听他完事。”话更不明白了。

我于是想说：“还是把那些快要圮坍了面前的塔好好修理一下。可千万圮坍不得！你们系里派你作那么多事，太不公平。这种美国式工作平均制度，不是一个新中国社会能容许的。‘各得所值’这句话应当最先在学校中证实。你有限体力那么消耗，是国家一种损失。这种宝贵资源消耗，若不能引起负责方面即早注意，有所改善，那什么都说不上了！”

事实上我一句话都不曾说，因为说话的机会全被女主人占有了。她似乎老在寻觅另外一种事实，从我微笑中和沉默中搜索。发现的只是最表面的人事纠纷。

“为什么你会要死？累了，是真的。败了，可能也是真的。可是，谁不是在极端疲乏中挣扎？试想想看，一个永远在三十八度中发热卧床的身体，一个永远用装甲来支撑背腰升炉子办公的身体，这么一对应付生活十多年，难道不累？国力或个人体力都消耗到了一个程度，还是得想办法挣扎下去。看时代就会忘了个人。他人在用行为创造‘童话’‘神话’以外的‘人话’，一切由试验到实施，已快到用得着建筑工程师来参加工厂房屋建筑时候。你想的却是‘你’，为什么不来用笔写写‘人’，写写一个新的人的生长，和人民时代的史诗？你笔难道当真已呆住，冻住，失去了一切本来？你有权利可以在这个时候死去？”

我站在窗前阳光下，重新温习这个意见。我在寻觅“我”，二十年来用笔捕捉印象处理问题的那个我。我在这里，还在那里？不免茫然。似乎有种呜咽来自生命深处。我岂不是在一切毁谤攻势中挣扎了多少日子，而终于完全败倒？

年夜已成过去了。早应归入旧账，和四十年前每个不同年夜一样，它存在，依稀存在，它消失，真的消失了。时间如箭，直射而前，来去无可追踪。

我住的是中国唯一形式逻辑学者×先生的书房。他那个新完成的巨著，即在面前一张鸡翅木长案边写成的。书中应当保留了些蟋蟀声和鸡声影响。保留些阳光影响。也保留几个朋友的聒絮和其他影响。这个综合很显然不是普通人能理解的。可是当前一切是逻辑的必然，还是——我目注窗外远处。

面前一片灰浊浊的田野，有一列断垣，一个还保留形式的堡垒大门。主人说，这原来可能是个什么营盘，有了多少日子不甚明白，照列墙看面积实在相当大。那废墙废门楼面迎着日出一方。在阳光和雨雪中到处却长了一片草，更加显得荒芜和死寂。想象过去可能会有个时节营盘中一切条件具备，有被甲的兵士在场坪中作日常操练，营门口严肃而整齐。堡垒上那面大红旗在强烈阳光下翻飞，微风吹拂泼泼作声。一切在时间下失去了本来，只剩下一片荒芜。过去某一时，会不会有一个战士，在那个门楼前作最后的自决？会不会有那么一回事，是另外一种战士，来到这个废门楼前收拾了自己，完成一种象征？

似乎有种召呼，自远而近。我没有战栗，只凝视远处。一种离奇的晤对。我重新看到一个全盛时代的营盘，有旗帜和鼓角，有被甲士兵和剪去尾鬃的战马，有将士和卒伍，在检阅后作小小休息。一切象征存在。存在了十年，二十年，三十年，忽然就在一回新的发展中，所有战士全消失了。营盘中房屋，堡垒上那面旗纛，在一段短短时间中，全都毁废了。于是阳光和雨雪，把这个存在逐渐消蚀，剩余了一堵空墙，在荒烟蔓草中，毫无意义的存在。除了夏秋蟋蟀季，就再不会有人来注意到这个地方。似乎有种召呼，引诱，和启迪：这一片土地，应当还容许一个人来完成一种象征。

我是十八岁，廿八岁，还是四十八岁？我起始重新寻觅自己。我要得到他！

生命如冻结在那个只剩余三堵泥墙的门洞里。我守住了一列早在阳光雨雪和无尽止的寒风中打击的泥墙。我独自守在那里，直到精疲力竭，直到冻结。一切虽若离奇不经，也十分自然。离开这个地方，还有什么更足象征我个人的所信所守？

一种深深的疲累浸透了生命每一部门细胞。我的甲胄和武器，我的水壶和粮袋，一个战士应有的全份携带，都已失去了意义。一切河流都干涸了，只剩余一片荒芜。

从文　三十八年二月 Δ 日

关于西南漆器及其他

一章自传——一点幻想的发展

科学的发现或发明，常有些“偶然触机”记载。虽由于偶然触机，影响文化史却相当大。文学艺术的优秀记录，常有相似情形。关于西南漆器的收集，截到现在为止，就个人所知，北大博物馆所有的十余器，还是一般工艺美术问题上未讨论到的事情。这些器物有助于吾人对西南文化的探索，事显而易见。但是这些器物的收集，即从个人的幻想触机而得。这幻想还影响到另外两个朋友更伟大的探索与发现：即滇西大雪山的自然景物雄伟与清奇处，第一回由一个国画家保留了下来。古宗族么些文象形字典，又由另一人积十年辛勤终于产生。这两种收获，在近十年个人工作记录中，实创造了一种新记录，值得重视。

我有一点习惯，从小时养成，即对音乐和美术的爱好，以及对于数学的崇拜。从一个亲长口中，知道一切问题都和数学碰头，宇宙间至大和最小都可由数学测知，而一个新的进步的文化或文明，数学恰占有主要位置。真正公平的社会分配制度，更离不了数学的处理。所以我尊敬数学甚于一切。至于对音乐和美术爱好，来得实源远流长。从四五岁起始，这两种东西和生命发展，即完全密切吻合。初有记忆时，记住黄昏来临一个小乡镇戍卒屯丁的鼓角，在紫煜煜入夜光景中，奏得又悲壮，又凄凉。春天的早晨，睡梦迷胡里，照例可听到高据屋脊和竹园中竹梢百舌画眉鸟自得其乐的歌呼。此外河边的水车声，天明以前的杀猪声，田中秧鸡、笼中竹鸡、塘中田鸡……以及通常办喜事丧事的乐曲，求神还愿的乐舞，田野山路上的唢呐独奏——一切在自然中与人生中存在的有情感的声音，陆续镶嵌在成长的生命中每一部分。这个发展影响到成熟的生命，是直觉的容易接受伟大优美乐曲的暗示或启发。到都市中来已三十年，在许多问题上，工作方式生活取舍上，头脑都似乎永远有点格格不入，老是闹别扭。即勉强求适应，终见得顽固呆钝，难于适应，意识中有“承认”与“否定”两种力量永远在争持，显得混乱而无章次。唯有音乐能征服我，驯柔我。一个有生命有性格的乐章在我耳边流注，逐渐浸入脑中襞折深处时，生命仿佛就有了定向，充满悲哀与善良情感，而表示完全皈依。音乐对我的说教，比任何经典教义更具效果。也许我所理解的并不是音乐，只是从乐曲节度中条理出“人的本性”。一切好音乐都能把我引带走向过去，走向未来，而认识当前，乐意于将全生命为当前平凡人生卑微哀乐而服务。笔在手上工作已二十六年，总似乎为一种召唤而永远向前，任何挫折均无从阻止，从风声、水声、鸟声中，都可以得到这种鼓励与激发。从隔船隔壁他人家常絮语与小小龃龉中，也同样能够得到。即身边耳边一切静沉沉的，只要生命中有这些回音来复，来自多年以前的远方，我好像也即刻得到一线微光，一点热，于是继续摸索而前。试从深处检讨，可以说正是一个受伤灵魂必然现象。社会给我的教育太多了，十二岁即已教会我能思索。一切由都市文明文化形成的强制观念，不是永远在螫我烫我，就是迷乱我，压迫我。只有一件事给我生命以力量和信心回复，即仅具启发性的音乐。为的是一切伟大乐章的组成，不是传统观念的强迫，却反映作曲者对于生命或情绪所作的自由解释。作者既有生命悲哀或欢悦，向往和倾注，有愿望受挫折以后的突进，以及对于人性脆弱的怅触感怀，由于生命经验复杂的综合，而经过重新整理排比，从一种形式中完全重现，即有鼓励或抚慰，重在将一个全人格溶解于音程中，回复其本来作用。这个心或生命，若与观念教育有关连，而受抚慰得平复的过程，又和音乐交替反应关连，就可知音乐教育我，实在比任何文字书本意义都重大得多。对于生命的欢欣，死亡的肯定，一个伟大作曲者，他也必然能理解，并理解到这种受伤生命皈依的庄肃，即用它当成创造的动力。

我爱美术有相似而不同情形。认识我自己生命，是从音乐而来；认识其他生命，实由美术而起。就记忆所及，最先启发我教育我的，是黄蜂和蟢子在门户墙壁间的结窠。工作辛勤结构完整处，使我体会到微小生命的忠诚和巧智。其次看到鸟雀的作窠伏雏，花草在风雨阳光中的长成和新陈代谢，也美丽也严肃的生和死。举凡动植潜跃，生命虽极端渺小，都有它的完整自足性。再其次看到小银匠捶制银锁银鱼，一面因事流泪，一面用小钢模敲击花纹。看到小木匠和小媳妇作手艺，我发现了工作成果以外工作者的情绪或紧贴，或游离。并明白一件艺术品的制作，除劳动外还有个更多方面的相互依存关系。而尤其重要的，是这些小市民层生产并供给一个较大市民层的工艺美术，色泽与形体，原料及目的，作用和音乐一样，是一种逐渐浸入寂寞生命中，娱乐我并教育我，和我生命发展严密契合分不开的。

这种美术既和“职业”相关联，欲从事必自学徒作起，我自然无从参预。到后又知它与“教育”相关联，只有学生能有机会，我自然更无望参预。但我对于美术的理解和兴趣，前者很明显即比普通美术理论大不相同，也容易和一般鉴赏家兴致异趣。加上十年流亡转徙生活教育，自然景物与人生万象，复轮流浸润于生命中。凡百人事总于一个不同季候不同景物背景中发生存在，区域性独一性因之分外鲜明。个人生命即在这种错综繁复人生中发育长成，戏剧和图画的本事，因之保留无数不同篇页而永远长新。即缺少美术史的严格训练，爱好与理解，自然和普通人已经大不相同。和音乐关系二而一，我能从多方面对于一件美术品发生兴味，一个有风格有性格的优秀美术作家，他工作也似乎乐于有这种鉴赏者或评判者。有一点还想特别提出，即爱好的不仅仅是美术，还更爱那个产生动人作品的性格的心，一种真正“人”的素朴的心。

这种爱好很明显，即到乡村，到都市，实没有满足学习希望的机会。“美术”虽与“人生”不可分，和“我”似乎会要完全隔离了。可是也正因为这一点，到都市上来，工艺美术却扩大了我的眼界，而且爱好与认识，均奠基于综合比较。不仅对制作过程充满兴味，对制作者一颗心，如何融会于作品中，他的勤劳，愿望，热情，以及一点切于实际的打算，全收入我的心胸。一切美术品都包含了那个作者生活挣扎形式，以及心智的尺衡，我理解的也就细而深。为扩大知识范围，到北平来读书用笔，书还不容易断句，笔又呆住于许多不成形观念里无从处分时，北平图书馆（从宣内京师图书馆起始）的美术考古图录，和故宫三殿所有陈列品，于是都成为我真正的教科书。读诵的方法也与人不同，还完全是读那本大书方式，看形态，看发展，并比较看它的常和变，从这三者取得印象，取得知识。再加上一堆杂书，由《医宗金鉴》《麻衣相法》《法苑珠林》《吕氏春秋》，与二十年实生活经验……就是这么一份原料，到学习能用笔有所叙述，想从原料中提出一点东西自由塑造时，文学运动的要求，又恰恰是“乡土回复”与“个人自由表现”理论流行，并得到社会认可时。作品因此突过必然的挫折，能够在刊物上和读者见面。

如果当时能有机会受一点美术史训练，来写美术欣赏，或有基本作曲训练，来用音符表现生命情感起伏与连续，我相信，成就都必然比文学来得大，来得深，也来得容易。事实上由于种种限制，却被迫得用写作继续生存，用生僵呆定发霉发腐文字，来把脑子里与颜色声音分不开的一簇簇印象，转移重现到纸上。初期作品的驳杂，无疑是这种尝试应有的失败。因为要表现要解释的，本不宜于用文字处理。就中虽有少数又少数短短篇章还稍稍看得去，大多习题实在浪费中。但批评家照例只重视作家位置，不计数过程，所以当苏雪林和韩侍桁两先生各从一个观点对作品批判时，即忽略了这些作品的试探性。韩先生想从作品中找寻“社会意识”，苏雪林又想从作品中找寻“人生哲学”或其他东西，当然都失望。其实如有一个人敢大胆简单的向我说：“这是一种样品，从生命复合物中仿照文学提炼出的一种不成形东西，原料虽丰富，可完全不合时代需要。”我倒将报以会心微笑，全部接受。或者即因此改业，也说不定。不幸得很是直到二十四年，才有个刘西渭先生，能从《边城》和其他《三三》等等短篇中，看出诗的抒情与年青生活心受伤后的痛楚，交织在文字与形式里，如何见出画面并音乐效果。唯有这个批评家从作品深处与文字表面，发掘出那么一点真实。其余誉毁都难得其平。

自己的批评当然比外面检讨严酷，从作品不断试验检选中可以见出。就思想说，我的思想与其作种种不相干比拟，不如说至今还停搁在子部的农家许行和墨家宋荣子两者综合上。它实在相当旧，但也可以解说得极新。重要的是它近于固有的中国农民型与社会型，而形成一个现代文化中的新的复合物，在试探发展中得到一点记录。手中笔知有意识来使用，一面保留乡村风景画的多样色调，一面还能注意音乐中的复合过程，来处理问题时，是民十七写《柏子》，民十八九写《腐烂》，写《丈夫》，写《灯》和《会明》。这些文章当时实为大多数同学举例用。在学习上我起始注意到传达效果，由不同读者得到的反应。而自书本上，我从佛道诸经中，得到一种新的启示，即故事中的排比设计与乐曲相会通处。尤其是关于重叠、连续、交错，湍流奔赴与一泓静止，而一切教导都溶化于事件“叙述”和“发展”两者中。这个发现又让我从宋人画小景中，也得到相似默契与印证。或满幅不见空处，或一角见相而大部虚白；小说似这个也是那个。作者生命情感、愿望、信念，注入作品中，企图得到应当得到的效果，美术音乐转递的过程，实需要有较深理解。

民二十过了青岛，大海边的天与水，云物和草木，重新教育我，洗炼我，启发我。又因为空暇较多，不在图书馆即到野外，我的笔有了更多方面的试探。且起始认识了自己。人贴近都市，生命实永远见出格格不入处。都市无章次的动，和我生命中的动完全对立，使我存在如不存在。过去想入燕京大学国文系，考试失败，得分为零，现在来到国文系教书，还是得分为零。我应当回到我最先那个世界中去，一切作品都表示这个返乡还土的诚挚召呼。“让我回去，让我回去，回到那些简单平凡哀乐中，手足肮脏心地干净单纯诚虔生命中去！我熟习他们，也欢喜他们，因为他本是我一部分。”但自然无从回去。欲勉强学作城里人，便照当时写都市见风格的《绅士的太太》和《八骏图》，改佛经故事为传奇的《月下小景》，而真正酝酿的，还是一次去崂山玩时，路过一小乡村中，碰到人家有老者死亡，报庙招魂当中一个小女儿的哭泣，形成《边城》写作的幻念。记得当时即向面前的朋友许下愿心：“我懂得这个有丧事女孩子的欢乐和痛苦，正和懂得你的纯厚与爱好一样多一样深切。我要把她的不幸，和你为人的善良部分结合起来，好好用一个故事重现，作为我给你一件礼物。你信不信?”那个人就说：“我完全相信。女人生命本来就是由信出发，终止于爱，恰恰和你们男子一切由思出发，终点为知；二而一，都接触了生命本体，了解了生命。方式可不一样。”其实这个人当时并没有说什么。这些话全是我从她一个微笑中翻译出来的。但是翻译得相当正确，从过去十六年生活中，得到完全的证实。

生命在成熟中，为自然景物、书本知识，以及一种幸福预期友情与爱情中培育，单一而沉默的逐渐成熟。十七岁以前，过去受伤的心、受伤的灵魂，一面为新的环境及在发展中的一切而小小平复，一面那个“让我回去，让我回去……”的召呼，便依然若来自远处，又如来自近身。《边城》于是也在酝酿成熟中。

二十二年从青岛转回北平，我结了婚，身和心都仿佛有了着落，又仿佛依然还到那个原来地方去，且将用不同方式进行。这是一条多远的路，一种多麻烦的行程！九月结婚，十一月《边城》写到一小半时，当真即向家乡跑了。《湘行散记》诸篇章，就是这次行旅的日常报告，是人在中途心在北平的一种记录。回到北平续写《边城》，又恰恰是人在北平心回乡下一种记录。这个作品原来是那么情绪复杂背景鲜明中完成的。过去的失业，生活中的压抑、痛苦，以及音乐和图画吸入生命总量，形成的素朴激情，旋律和节度，都融汇而为一道长流，倾注入作品模式中，得到一回完全的铸造。模型虽很小，素朴而无华，装饰又极简，变化又不多，可恰恰和需要相称。

那里的翠翠，秉性善良处，熟人一看即可明白，和当时的新妇实在相差不多。但谁也不会料到这个也就要成为预言。一切发展全如预言，在十五年后将用事实证明。塔圮了，船溜了，老船夫于一夜雷雨中死了，剩余一个黑脸长眉性情善良的翠翠，在小河边听杜鹃啼唤。一个悲剧的镜头如此明白具体。

试用爱美术和音乐的方式来写作，虽可收到一点点不同效果，用他来应接人事，尤其是都市中的复杂人事，当然有些费心，费力，而结果必无好处。那在家庭一个由“信”出发终止于“爱”，一个由“思”出发终止于“知”，也必然于求适应谐和中有不易接榫处，得相互作不断修正，以及用更大克制来学习经验，方可勉强维持。其时经济上和时间上，都像是容许我把生命一部直接消耗到美术品的搜集上，因此有机会进而从北平市面还缺少商业价值，却具有充分美术价值的明清彩瓷和青花瓷平面小件器物，有系统保留一点印象。这种生命分散的形式，像是有使我离本日远的趋势，不能说是理想的，却可说是适合当下环境的。正常工作是教科书和文学刊物的编辑，后者工作实在牺牲情形中为他人服务，我作了一个新旧之间的桥梁。照北方文运传统制度，鼓励每一作者谨严把握工作，面对历史，人自为战，一些年青作家所得到的便利，应当有些和历史正面发展相关联，初期鲁艺学院文学部门的工作，这些作家即占了个多数。

战争来了，国家既在一切无准备情形中，接受了这个历史性严格试验，个人自然也免不了如此急剧匆忙，来应付面前现实。我得在七小时后离开北平，是八一三前夕一个朋友临时的通知。

但是，风向什么方向吹？实需要一种抉择。当时本有两条路可走，西南或西北。

出于过去生命所储蓄，所积聚，形成的愿望和能力，能向西北农村走，对我自然是一个大转机。因为多少年以来，即有一种看法，他人出国留学，我倒想看看东北和西北土地人事，从寥廓、朴素、简单、荒寒、陌生背景中，可以体验出更多不同的变化和生长。手中一支笔，也正好为一些新的课题而重用。西南都市我比较熟习，实在学不了什么。上海南京武汉都住过，早已感觉厌倦。且深深明白都市人事不易适应，为改造自己也唯有向陌生处一方走。但在习惯上和家中人生活关系上，我终于随同北方师友，向西南跑了。于是一直到了云南，除在联大教点书，于滇池边两个村子里住了八年。

熟人到云南的，多有机会游山玩水，访奇探胜，以为既来云南，著闻于史志的点苍鸡足二山，路南石林大瀑，不能不寓目。又或因其他便利，还可向更远处走去，自然更容易得到许多动人社会景物印象。尤其是几个科学家的工作成就，值得敬羡，几个社会学家部分的调查，意义重大。我一家人却只守住昆明滇池旁一个小点上，和一群普通本地人及若干青年学生，发生亲密接触。然而这种无私心无蔽隔的相处关系，实在使我极满意。云南乡村中人民的勤快、朴质，以及多数农民和水边渔民在穷困中挣扎生活的方式，正是老中国人民共通的方式。在这里，我似乎已回到了家乡，回到了本来。所以生活有一时虽相当困苦，因缺水少炭，必动员全家大小四人，去附近山上或公路边捡柴提水，接受现实并从之学习，生命竟觉得十分合理。即到最艰苦的后二年，一面眼见社会在战事变态繁荣中急剧变化，许多外来人转眼间都成皤皤大富翁，本地做小生意的，也金饰满手而洋服上身，相形之下，我们生活水准实已降到最低点。可是云南地方的天时，草木与人事，我们对于它既有了深爱，即再支持几年下去，也还可以活得健康而结实。

寓居云南八年，虽未离开过昆明百里以外，对于西南文化某一面，我却有了些由幻想，到假定，终于得证实的问题。即由西南文物的残余，为历史所忽略，亦未曾为现代学人注意过的东西，保留了点新印象，得到些新启发。

先是二十七年春天，乘汽车由公路沿湘黔国道入滇时，汽车常在半道停顿，增加了其他伴侣的极大烦恼。因此有很多机会，得在许多小乡村中过夜。这对我真是一分动人的教育！在黔滇边境一个小客店中，发现当地煮烤茶用的白瓷罐，大开片厚釉，竟完全和北平古董商认为“明代仿哥瓷”同一形制。又在一个小县城公用水井旁，看见个妇人用大瓷罐取水，铜环勾着罐耳放入井中，取水方法即还近乎古典。到把水提起时，看看罐耳蟠夔纽，竟十分精美，式样完全如宋制，刻画花纹尤奇古精巧。到昆明后，为办伙食用具，去青云街陶器店选择，忽发现木架上层，还剩余一批满是灰尘的旧货。绿釉黑釉陶器，都汁水浓厚，温润无匹，形制尤古秀动人。有四楞瓜式和带盖筒奁式，犹完全保存定窑风。有些鼠灰釉釉面毛毛的，胎质薄而带青灰，竟和传世越窑如嫡亲兄弟。绿釉青瓷则和“暹罗龙泉青”系列各别，转多唐三彩风味。还有黄釉加绿彩而具定式温雅的。还有黑釉小杯如唐式。所看见的在素陶上实可以排成一个新系统，如能收集百十种不同器物，陈列到任何现代陶瓷工艺博物馆，也将毫无愧色。然本地人照例很少注意这些事。外来学人最先对之发生兴趣的，只有梁思成先生伉俪，和思永先生。思永先生是安阳发掘主持者，就说过，有些陶器形制和商器相通。可见源远流长。

一面是仅此小小事物，即可见出古典传统与区域性风格的混和，一面是天时地利又如此美好，人事如此素朴，总令人疑心，应当还有些具文化特征的东西，可寻觅，可发现。其时有两个习美术的年青朋友常相过从，由工作问题谈到工作方式，因此极力鼓励他们向云南西部深入旅行。因为根据气候和地理，又与印缅国境毗连关系，都可推测得出，这个区域必有些为历史所不具的文化残余，值得特别注意。即无从作纯科学性的探讨，就用一个艺术家或新闻记者身分，去从事作广泛认识，也必然有极多收获，比住在这个战时变态繁荣的内陆都会，有意义得多。这两个朋友当真就携带了点简单行李，和些些用费，向滇西作现代徐霞客去了。过一年后，他们的大雪山游简和么些文初步研究报告，就寄回昆明来了。

他们先用丽江作根据地，绕雪山探江源，前后作了八年徐霞客；一个习国画，竟在雪山边作了上千件雪山景物。一个由风景记录者开始，后来竟成为么些文字专家，沉沉默默八年努力，结果竟成为西南文化唯一的开荒者。那些游记和报告，增加了世人对于这地方剩余潜伏文化的浓厚兴味，而我还分享了朋友发现西南的光荣。这两个朋友都可说是云南人的好朋友，完成了一种庄严而艰苦工作！

随即又得从旅行中国西南十六年美人洛克收集有关西南

民俗文物美术品一小部分，扩大了些见闻。又因与人类学者陶云逵兄同住乡下，得看到他在车里、佛海、丽江、中甸各处作人类学调查，所得器物图片千余种。三方面知识，增加了我原来所作假定与推测，并无谬误。

本人既呆在昆明学校，不易转移地方，因此估想：这个改装不久的中古城市，从木器家私和起居服食，还有些不脱元明中古时代的古朴。应当还有些为人所疏忽的事物，保留下来可资研讨。云南本以出铜锡器及象牙器著名，因此起始去民权街文庙街注意铜锡杂器，看看是不是还有些东西，可以认出它是“诸葛鼓”的远亲。或者把时代移后一点，尚能缅想“南诏”文化。结果毫无所得。乌铜走银形制花样均不古。铜器中佛像和杂用件，上至明代风味为止。象牙工艺已根本无可观。再其次试去注意到本地刺绣编织物，露趾鞋和花围腰，虽色泽华美，鲜明，小镜片的点缀，形制却少古意。至于枕帕、裙脚、包头毛巾，扣花图纹，虽多秀美而雅洁，又似乎多南中国习见吉祥图案，远不如湘黔产品富于奇幻变化。昆明随处可见的，只是鹿皮背甲和白毛氆氇，除为实用潘光旦先生曾买过一件背甲，朱佩弦先生曾披过一片氆氇，此外竟少有人注意。偶然间，在一个本地人家中，发现了个殷朱素漆奁，形制竟完全如《女史箴图》镜前地上那个东西，边缘上有一点简单彩饰，却近于铜鼓边缘纹案。当时我心中嘀咕：“如果这是漆奁，里面还应当可以放镜子和粉。”试一掀开，不出所料，原来还有两层套盒！这一来，真是又惊又喜！因为“镜奁”一词虽人所熟习，还少有人注意过当时收藏镜子的位置。故宫嵌铜镜入木框方式不古，北方漆系中的犀毗、剔红、填彩、堆朱、描金各式器物，却多方圆大小果盒、盘碗，不见旧式奁具。川广两湖两江漆器，器材处理即已大异，虽有用竹篾编胎加灰涂漆的提篮捧盒，还保留一点古代簠簋遗制，统少古意。闽中漆器又多受倭漆影响，由朱黑改五彩，由霏金彩绘转为浅淡色泽，失去了古典美，却把纤巧俏薄学到。特别器物较好的还秀巧玲珑，漂亮美观，应市货便不免日趋堕落。长沙、朝鲜、阳高出土晚周及汉代漆器，试从器材和形制处分上考查，即可知已精工十分，入成熟期。惟应当还有些比较早期东西，可作参证，应当有些和彩陶、石镞同时存在的东西，至今为止，从地下发掘还得不到。我因此推想，具边远区域性的工艺品制作，因种种限制，或有个传统形式图案，不易改变，由今亦可以会古。目下所见漆奁年代虽新，规范可相当旧。由于这点小发现触机，因此进一步，试向昆明旧货铺和文庙街夜市小地摊巡视，不多久即得到大小不同约十件器物。初步发现就证实了原来推测。

时间延长，我的收集也日益丰富，几几乎可说是凡能用较少的钱，能买的全买到了。但是许多旧家正厅神桌前，还有无数精美的器物，搁置在那里无人注意。外州县西部的腾冲、鹤庆、大理，东部的会泽、昭通，南部的石屏、车里，必然有更多样不同器物。而古墓古坟有计划发掘，且必然还可发现相似纹案于坟壁绘画和棺木髹饰上。

就已得到的器物说来，即可明白在器材处理上，有三四种不同形式，在图纹彩饰上可分出四种不同设计。有扁盒式二种，奁筒式一种。彩绘分纯几何纹朱墨相衬的，绘蛮人乐舞战争的，作花朵密集的，作马与鸟的（可能为金马碧鸡含义）。最后一种则为密集人像群，或王子出行，象车彩女罗列，并有鱼龙百戏，兵阵行进夹杂其间。几何纹的有彩陶纹案风，并和中国各地所发现汉墓砖绘彩相似。蛮人乐舞则充满地方性，王子出行则纯为印缅式。这类漆器在记录上虽通称它为“缅盒”，本地人却叫做“耿马盒”，似乎属于耿马土司区产物。但那个地方的一般文化，问及当地人，却决不能生产那么繁复多样的东西。

接着这种发现，我作过三种假定：

一、这种漆器从花纹形式上看，本来或比朝鲜发现蜀制漆器还早些。

二、这种漆器或为西南边民特具器物（如绘蛮女乐舞及火烧藤甲兵）。仿汉式，而成熟于南诏以前。

三、这种漆器系印缅产，或受佛教影响而成。因王子象车兵阵行列，与柬埔寨佛教遗迹作风相似。尤其是大型漆奁多如此。但形式还是出于汉式。

本地人在应用上中等奁式多放置香料，搁置神座前作供物，所以照例成双作对（由印缅来益近情）。

大型奁有容量到一斛以上的，似多供献纳时顶于头上方便。（埃及、希腊、罗马古石刻上，似均有这类圆形器物于贡献行列中发现。不知是木制竹制或皮制。）

几何纹或乐舞花绘扁盒式，两面相同，初初不得其解，怎么放它？随后才知道，多用作装小用物或烟草烟泡，揣置于怀中。这种原因才把盒子作成两面一样花纹，在中国器物中是一个特色。至于颜色，较旧式的，多以朱墨二色为主，和韩非子叙述古漆器还完全相同。除二色外还有黄绿及金线的。较新的有褐绿底的，描金花的，形制实不古。

时同住乡下陶云逵兄，曾为中研院作人类学研究，在车里、佛海、丽江、中甸一带边区作过人类学考查二年，并收集过民俗学器物至数千件。谈及这类漆器时，才知道奁具式还有金银二种，花纹多唐代风，分藏式与缅式，雕刻分捶打、线雕与浮刻数种。接近康藏多藏式，车里佛海多暹缅式。至于髹漆糌粑盒，藏式多用木镟成，不用竹编，纹案不甚讲究，讲究的多在镶嵌。与藏式其他镶银器近，惟风格不尽相同。这点说明引起我新的探索兴趣，打量就昆明市所见其他髹饰物，作更多认识，得个比较。当发现惟有旧型小马鞍，有作相似纹饰。鞍桥部分几何纹，更繁复而多变化。这种纹饰除彩陶与汉墓砖以外，任何图录上均少述及，真可说是一种艺术品。滇蜀小种马既在历史上有二千年知名，马鞍制作一望而知是传统作风。我从下乡骑马方便，及其他旧户人家，前后一共即见过有廿多具，印象十分深刻。花纹多如汉砖，用红黄绿三色作纵横几何绘饰，并拼合作人物跳舞兵阵兽鸟形。一切与漆盒相似。尤其几何纹排列法，三色横斜拼合作成花朵云物，设计全然相似。惟一般说来，马鞍制作实多草率。

更大发现还是能容三斗的大奁，上下四周人物繁复重叠，纯暹缅风，内中套盒却如唐镜花纹，壮与秀并。又得到一个仿铜器有提梁的朱墨二色漆篮，四只脚，中部透空，有盖活动却不能取下。设计真可说朴茂典雅，形制完全如汉器。又得一素漆圆盒，作殷红色，可注意处是里层墨绘海水，竟完全如汉陶上纹案，外面红漆上用细小黑点牵连成线，如汉陶针刻花饰。又得一黑漆大斛，用薄木片圈成，绘捕象图，二象奴作生摆夷装，树如汉画连理柏，拙中见媚，极其生动。又得漆略泛黄，绘有八卦加唐草花饰扁碗式盒二种（或越南制）。又得错综满绘人兽云鸟，如绥远青铜器纹案组织扁盒二种，又作牛毛纹大小若干种。又得黑漆绘金花番莲一种（似印制），就中有几种香味极强烈，或本贮香料，或内胎有麝，不得而知。就漆质看，即以朱漆而言，也有四种色调。又有褐漆底作绿花的，绿底作小梅花朵的，才知道这部门器物，仅就手边所得，原来就包含了那么多不同款式，且每一种均有不同特点。即同作牛毛纹，也有四五种以上不同。几何纹饰更是花样翻新，风格特具，有细如游丝的，有粗线条红黑对照鲜明的。惟始终未发现具铜鼓纹饰的。又未见具铜玉器蟠夔饕餮形及串枝莲的，可知中原与印度影响都不多，而事实上大多几何纹饰，倒和石器时代雕镂至汉墓砖相通。又闻腾冲一李先生府藏有数种花纹极古，可惜未见。越南博物馆有些，大的可容二斛量。华西大学也得到些，或不甚多。美人洛克在西南极久，对迤西特别熟习，有关西南杂民俗文物，曾得有数百箱，关于漆器尚未闻有特别记录。又有一蒋姓朋友，随军入缅，败退回国翻越野人山时，曾俘获一着藤甲持藤盾尖矛野人，身上纹饰和武器纹饰，据云亦极和漆器中细圜形几何纹饰近似。

这点小小发现，引起我对于西南漆器更深的爱以及更多的关心，几几乎把陈列市上能买的全买到了。本意以为如能搜罗到三百种时，必可就手边所有，写出个比较报告，向对于这些器物有兴趣朋友，作个抛砖引玉的工作。不意洞庭湖边战事转紧时，昆明重庆两地，都成为大轰炸目标。学校宿舍附近一次投弹，一条短短文林街，一分钟内即死亡八百人，个人住处周围即毁去房屋三百所。我觉得这个工作已不易继续，因此把三年来得到的大小百十件漆器，四处疏散，凡是朋友出国结婚，要器皿装糖果茶叶烟丝的，或者对某一种发生好感的，都听之拿去一二件作个纪念。这些器物于是聚而复散，各自存亡于意想不到情形中。这回北大展览，就是自己存下的几个和梁思成夫人林徽因女士所保存的几个，实不足代表所见全部，惟有很多特点，似乎已很可提供专家学人作个参考。很希望有云南同学，回到家乡去，肯有计划用几年功夫，来对于这种漆奁与漆盒，并马鞍及其他髹饰物，与石刻、编织物，来作更广泛的收集，必可有更惊人新发现，从比证上解决一些问题，并提出些有关西南文化史新问题。尤其是如能够就川蜀接壤区域的木胎和夹纻器，与黔中接壤区域的皮胎漆器，及迤西南竹胎或编藤器物，能作较多收集，必然还可得到一个不同印象，足供漆工艺史专家学人作更深一层的探讨。

三十八年三月六日

总结·传记部分

幼时背景和发展

十九年前，我写过一本自传，叙述年青时受的教育，这个自传结束到北京为止。我是个封建军人破产地主家庭的子弟，九个兄弟姊妹我排行第四。在家中，在私塾，我是个不肯好好读书的顽童。私塾中虽被迫读了些经书，小部分四十年后还能背诵，可是真正的教育，是在学校书本以外。终于成年以前，就离开了家，在湘西二十八县转了好几年，作过部队中士、司书、收发员、税局小职员，还加上时常失业，各处流转，生活上饱饱接受一分不易形容、不可想象的教育。偶然和一个印刷工人接近，看过一些新书，思想上起了个新的变化，就被五四运动余波推送到北京城，进入一个永远不毕业的学校，学一课永远学不尽的人生了。贯串了这一段少年青年期学习，有几点值得特别提提：

一、我的教育，从社会实际人事变动和自然景物，得到的知识比书本知识丰富具体。对于学习工作的固执态度，强烈的爱国情感，也就是从这个社会发展中落后和向前对照，由刺激和认识逐渐形成的。

二、这种学习，是在一个有种种不同自然背景中完成的。一面是农村人民本质的素朴和善良，另一面是外来官吏、军人、税收人员的自私而贪得，凭强权霸道对农民作践。这两者在一种习惯下作成的地方落后和不断流血，我都十分清楚，影响到我的爱和嫌恶，也极分明。

三、使我当时挣扎转变，除了对于地方人事的无知、落后，感觉嫌恶和可怕，还有个新知识的诱导和启发。这知识是从三方面得到的：一、有个聂姓亲戚和我谈现代知识、哲学、佛学、数学、人文地理和子部学问，零零碎碎注入脑中，使我对于人类抽象知识领域忽然扩大；二、从一个军官处得读《四部丛刊》《四库提要》和金石书画欣赏鉴别，使我对于文化史各部门有了较多较广领会；三、和一个排字工人同处，得读《新青年》《新潮》《向导》《小说月报》等等，引起了生活思想根本的变化。最主要的还是那个工人的新书报。在我一本自传末尾，我曾那么说过：

这印刷工人使我很感谢他，因为若没有他的一些新书，我虽时时刻刻为人生现象自然现象所神往倾心，却不知道为新的人生智慧光辉而倾心。我从他那儿知道了些新的，正在另一片土地同一日头所照及的地方的人，如何去用他们的脑子，对于目前社会作一度检讨与批判，又如何幻想一个未来社会的标准与轮廓。他们那么热心在人类行为上找寻错误处，发现合理处，我初初注意到时，真发生不少反感！可是，为时不久，我便被这些大小书本征服了，不再看《花间集》，不再写《曹娥碑》，却欢喜看《新潮》《改造》了。

…………

为了读过这些新书，知识同权力相比，我愿意得到智慧，放下权力。我明白人活到社会里，应当有许多事情可作，应当为现在的别人去设想，为未来的人类去设想，应当如何去思索生活，且应当如何去为大多数人牺牲，为自己一点点理想受苦，不能随便马虎过日子，不能委屈过日子了。

这些三十年前的感想，支配了半生，成为我从事写作的主要动力。只有后面两句话不能完全作数，因为如指的是吃喝穿着，和社会对于这种工作成果给我的报偿，可就不能多所过问。因为守住前面原则，过日子的好坏，照例就不免有些无所谓处；至于生活挫折委屈，倒永远是逆来顺受，沉默接受，认为十分平常，不以为奇。如常常觉得全个国家都还在困难中委屈中度过，我一个人有什么大不了？我始终深信一切对人类有益的理想，无私心的努力，都必然具有一种生长性，能在一切年青健康生命里生长壮大的。也可能会因种种不巧，和偶然忽然而来的人事变故作成的风雨，摧残净尽。但是那种对工作的素朴热诚态度，总依然是国家向前社会向前不可缺少的。一个科学家这样献身于社会，一个文学家也必然这样。

第一段学习，既显明反映到此后思想意识中，情感中，工作态度中，归纳下来约为下面几点：

一、对自然景物特别爱好，这种爱和大都市风雅人的鉴赏风花雪月是不大同的。既正在童年中对于社会百工技艺、草木虫鱼动植生长新陈代谢过程，我都格外熟习，因之发生一种特别的关爱。前者完全如像种种图画一样，和我青春情绪混和，后者且具有音乐感——一种极端复杂细致的情感，是一般人不易理会的。正如生物学家研究昆虫草木，我在生命最敏感的童年，既那么熟习它们的生长和死亡，这种教育到后来就成为我品性一部分。细心客观和友爱热忱的混和，把它转用乡村景物人事的叙述时，于是见出极大的作用。对于一般感性艺术的欣赏，也由于这个深而厚的底子奠的基础。但把两者综合到写作时，发展下去可就不一定是良好的作用。因为小说中过度用作风景画或静物题材，和作曲子发展过程，把动的人事成为绘画和音乐安排，即不可免慢慢失去本来的素朴明朗，转而为晦涩，为倏忽，不易理解，缺少共通性，也就缺少传递性，发生不良作用，和读者对面时，一切长处反而会成为短处的。

二、因为对于乡村人事的广泛接触，于是农民、船夫、兵士、小手工业生产者——一切被践踏和侮辱的阶层，他们生活性情的长处与弱点，本质上的素朴善良，以及由于被压迫剥削，把他们改变成种种退化堕落的式样，彼此间关系的变化，独自对于生活所抱有抽象或具体愿望，我理解认识都达到一个相当深的程度。因此反映到工作中时，照例是爱多于恨。写都市还能见出正面对统治的嫌恶，写乡村即常常不免用一种抒情诗方式，使之重视于作品中。分析到地方现实问题时，即为这个落后退化而忧愁痛苦，也只能寄托转机希望于未来。可是却不能明白提出什么是未来。

三、现实生活所见，既然是人民受作践的种种，另一面却是官吏军人横强霸道高于一切。权势和金钱即代表一般正义和公道。尤其是滥用权力到一切方面。到我明白权力不如智慧，现实不如理想对国家、社会、人民为有益有用时，我自然就成为一个惟知识的理想主义者。对于和社会理想结合极紧密的科学各部门，都具有特别热忱。一个医生或一个生物学专家，一个天文学家或一个数学家，在工作上有成就，对国家进步有贡献的，我一例十分崇拜。为的是他的工作有助于“使人乐生而各遂其生”的远大进步理想。比较起来，这种人比我所见到的军阀政客老实得多。即因此，对于近三十年旧军阀割据独占，士大夫置身于其间的纵横取巧的政治，利害变化彼此相依存，永远是时而联合时而分化的政治，自然即无从作较深的理解，且对之发生拒斥、嫌恶和游离。只看成为社会进步过程中一种病象，明日必然会消灭无余的。也由于此，对于政治现实斗争中一些必然的存在，是毫无认识的。我的社会重造理想，只成为小说的空想扩大，和真正现实的一切，已十分隔离。我想的是过去农村和未来远景，对一个当前完全隔膜了。只理会到必把中国人民的本质上的一切长处和现代科学知识重新好好结合，国家方能够站得起身来。至于如何结合，如何实验，如何从错误失败中不断取经验，进而得到成功的社会科学，在中国的种种发展，书本知识和现实存在，我完全不明白。也没有机会能够从一个我相熟的人明白。

北京

我既受当时的新文学运动余波影响北来，到北京自然是习文学，所读的新书，正代表五四运动发展的文运社运，对文学社会所抱的理想和要求。总结下来只是八个字：工具重造，工具重用。换言之，即如何把文字当成工具，在试验中讨经验，弄好一点，用到社会发展进步所需要各方面去。我就守住这个单纯原则，用它学习，用它写作，用它教书，过了二十五年。时代变了，社会变了，人和人关系全变了，这个对于推翻旧的，建立新的学习，把工作慢慢推进，不断从错误中修正的工作原则，照我理解到的问题说来，已经有了很大变化，可是却不可能全变的。不同处是如何用到崭新问题上去，如何和文艺座谈所悬望的素朴目标结合而已。文艺座谈学农工兵，写农工兵，为农工兵的文学目标，要达到它，还是需要这个单纯而严谨工作态度，才能见功。

学习掌握工具，充实知识，第一阶段由民十二到十六。那时候，《学灯》和《觉悟》已失去了“五四”以来本来的活泼，对文学已不能起领导作用。文学研究会和创造社对峙各不相下，前者的人生文学和后者的社会革命浪漫写实文学，由我看来都是理论过于实际，要证实，还得一大群默默无言的工作者长时期的努力，方能真有成就。北方则孙伏园编辑的《晨报副刊》，因刊载鲁迅、冰心小说，胡适、张东荪、梁启超等论文，罗素、杜威等讲演，具有全国性。但文学社团的门户极紧严，无名青年绝少露面机会，也就教育了我加强学习过程。生活虽极端困难，却用北京城的好空气和对于工作明日的理想，把生活支持下来了。因为旧底子好些，学习上从书本接触问题也就多些，广些。控制文字的能力，处理问题的技术，容易把古典华词和乡村语言打成一片，作种种不同实验，这个学习方式，和文字风格建立大有关系。从这种发展下去，和人民革命及现实种种游离，也有关系。

那时正是鲁迅小说提出回返乡土，成为一时写作风气时。同时许多年青作家，都在用乡村人事作主题有所试探。我的笔和生活经验结合，试验机会也就多些，范围也就广些。过不久，因《京报副刊》《语丝》《莽原》《现代评论》

等等发刊，北方文学思想有个新的活动。创作上的门户之见，由周氏兄弟见解而得到解放，由刊物多而得到解放，我和胡也频的作品较早刊出（丁玲时尚未着手）。但第一次作品的刊载，是投稿数十回结果，经过不易想象的困难和周折的。这事也教育了我，影响到我半生工作，再不以编辑的取舍决定工作的勤惰，以及民十八教书，民廿编刊物，领导部分年青学生习作和北方文运时，对年青作者采取了个崭新态度，修正了身受的不合理习惯，作了他们工作进步的垫脚石。这是工作第一段，结束时，我已有了两个集子出版。

北伐来了，北方的风雨逼人，不能不转移位置。学习告了一个小小段落，真的写作还等待起始。在这一个时期中，我认识的熟人中，影响大的，有林宰平和徐志摩。把握工作态度，林的影响深而久。作品中，十九世纪俄国作品影响启发多。

上海

第二段学习，是从民十七到廿。北伐前夕，北方由几个作家自办的北新书店、新月书店，因印《语丝》和鲁迅杂文，新月书店因印胡适、罗隆基作品，在北方都站不住脚，移过了上海。北伐成功后，社会一新，新刊物需要扩大，上海于是有了个新出版业，成为商人投资对象。上海风气是只要有利可图即有竞争，由此凭空添了许多书店。这种新的扩张自然就影响到作家一方面，尤其小说作家，得天独厚。由于作品被书商用一个商品方式推销，作品出路已不成问题，作家地位也随之而变，成为社会发展中一个新的指导阶层，具有娱乐兼教育青年学生作用。因此每一种新的文学刊物出版，小说必占主要地位，每一书店新开，有销路的书应数小说。我们就在这种刺激和鼓励中，各用工作和读者对面。我算是这个作家群中肯低头努力的一个，但文化商人究竟还是商人，投资必要利润，所以虽少不了作家，最受剥削的也是作家。就因为这个剥削制度既根深蒂固，截至卅七年为止，中国作家的版税制度，即并未能好好建立。有好些书店，对于这件事是永远不大负责任的。鲁迅生前即不能靠版税过日子。因此有些极有希望的青年作家，不是被迫改业，就是因工作得不到应得报酬，终于穷困死去了。必须把这种事实联系来看，我们才能理解近卅年始终支持工作下去的人工作的意义。

我的工作也就通过这一全部过程，从不能想象工作到二十年或三十年，会靠它能有点收入，从容生活下去。这对我其实也是一种教育，即不能唯物到为收入而工作，便从此不向商人争公道。如为收入计，大致不是作了官，就很早转业经商去了。

当时的情形是这样，即这些老板，照例得通过一个有人缘的编辑来要作品，报酬通例是三元千字，到时可能少付些或不付。单行本预支一二百元，其实等于买绝。有些书店更坏的，即把他人译稿抄出，原稿奉还，过不多久，他倒占先出了书。又有些收受了稿件，书已印出，到作者询问版税时，书店即回一信，说明书无销路，倒欠若干得补还，使作者哑口无言。在这种情形下还是作家辈出，我并且成为大量生产的作家之一，原因有二：一有读者，二生活需要。时工作力正旺盛，又得到社会鼓励，因此有一时节，几个大型文学刊物，每月都有我的作品。但是生活呢，自然另是一回事。记得十八年左右，和丁玲夫妇各有新著搁到四马路几个新书店玻璃橱中，成为市面悦目装饰时，我们去书店要点钱用，就一文不得。那天正值大减价，人来人往多，我们就在那书店看热闹许久。只觉得这也不妨事，工作上我总得对读者负责，至于付不付钱，那是你商人的道德或良心，如永远不付，也无法勉强。虽说工作态度是这样，应付生活实际，自然还是相当狼狈的。一面受物质限制，一面得求工作应有进步，和同时作家竞成就，结果若干作品到完成时，口鼻都不免要出点血。也以为还是不妨事。那么我用的是什么理想来迎接这个现实？简单得很，还是“五四”对文艺工作者的期望。总以为工作刚好起始，要为新文学运动中小说部门奠个基础，使它成为社会重造一种动力，就得和战争一样，在据点上坚持不儿戏工作下去。困难或失败，都得接受。要工作成熟和进步，对读者发生普遍而良好影响，且鼓励更多少壮来从事学习用笔，不能不扎实工作，完成这个困难任务。自己即因此牺牲，文学史上旧榜样多，得向之看齐，无怨言。古人说“正其谊不谋其利，明其道不计其功”，“为而不有”，几句旧话，也增加了我在工作受挫折，生活永远败北的抵抗力和适应力。总认为自己要走的路极远，则一切摔跌通通不在意了。

到十八年秋，体力实在已支持不下去，因此由徐志摩介绍，转入中国公学教书，教习作。校长是胡适之，不多久，胡被政府压迫辞职，换马君武。和胡相熟是这时，私谊好，不谈政治。当时新月谈政治的是罗隆基、王造时等人，另是一起。照一般人说来，我应分是作家中幸运的。因从“五四”起前一辈如梁漱溟、刘半农，虽大多是忽然转入大学教书，成为名流之一，能这么教书且极得人重视。但到民十八左右，国内情形实已不同，国内若干大学，教授只是一种学有专精的象征，并没有什么大不了处。至于一个比较露面的短篇小说作家，一个比较优秀的作家，在各方面得到读者的好感，实在比一个国立大学的教授也就有意义得多！因为生活尽管过得十分寂寞艰窘，和上海出版家感情又特别不好。但是，一本书一个作品刊印出来时，应得的荣誉还是属于作者的。举个例说，丁玲当民十九把她一本《在黑暗中》成名作品售绝给某书店时，不过得洋一百元，也频刚为革命牺牲，作孤儿寡妇还乡路费尚不够。可是那本书在当时南北得到的成功，还依旧是作者的。我在中公教书，有得有失。生活稍稳定，在崩溃中的体力维持住了。图书馆的杂书大量阅读，又扩大了知识领域。另一面为学生习作示范，我的作品在文字处理组织和现实问题的表现，也就严谨进步了些。《从文子集》《甲集》《虎雏》集中等等若干短篇，大多是在这个时候完成的。学习过程中有个比较成熟期，也是这个时候。写作一故事和思想意识有计划结合，从这时方起始。

十九年过武汉大学，还是教习作，半年后即回上海，仍和也频夫妇在一处。不多久也频被捕，为往返营救，不能不放弃了学校事情。

青岛

廿年过青岛大学，进入我第三段学习写作期。校长是杨振声。由民十六到廿六年，恰恰是中国新文学运动以来短篇小说的收成期。巴金、老舍、茅盾、丁玲、张天翼、穆时英、施蛰存、沙汀、艾芜、魏金枝、靳以，都各有成就，成为国内读者所熟习的名字。作品的多方面性既相互教育，也就教育了国内各学校教员和读者。公平说来，除少数又少数，一般对国家发展是有不同贡献的。因大多是正面表现社会，而有所不满的。在十六年左右，我只能说是百十小说作者其中之一员，到廿年以后，我应当说是比较优秀的一员了。分析说来，也易明白：

一、永远守住“五四”旧原则，把握学习工作特别紧；

二、生活接触面比较广，题材稍能展开；

三、因综合消化古典力强，从传统方面得到些方便；

四、杂书杂识稍多，在体裁风格上也容易表现多方面性。

这自然还是和教书有关系，即一部分作品为示范而完成。为同学叙事习作参考而成。因之长处中也即同时有了弱点，即在设计上的过分注意，慢慢失去了本来的健康、素朴，和时代的变动必然日益游离。住的地方又恰恰是个风景区，直接人事极少接触，每天只是和大海晤对，海边天云扩大了我的幻想，也自然就影响写作范围和内容。这几年作品有《月下小景》集、《八骏图》集、《如蕤集》等等。

北京

第四个段落，是民廿二到廿六年七七事变。我由青岛回到北京。那年九月结了婚，写了《边城》《湘行散记》《记丁玲》《新与旧》《主妇集》等等。并把十年学习工作作个结束，编了本习作选，并写了个总结性序言。把这个序言，和《记丁玲》引言，《边城》题记，三个文件并置，可说明我学习工作的过程及对工作态度，以及为什么写这个或那个。说明这只是学习一个段落，新的待起始。旧原则得和新工作结合，待摸索，待试验。工作也孤立，也联系，和并世作家，对于用写作当成桥梁转入他径，或发财升官，我是孤立的。把工作当成社会发展一个部门，我工作和其他发展是有联系的。

因编辑《大公报 · 文艺》，曾用编者名义，和国内文学青年通信，讨论写作一般问题。后来和《大公报》记者萧乾一部分信件，由巴金为印行，名《废邮存底》。这本书对国内一部分作者的写作，把握工作的单纯态度，是有过影响的。这时节，北方“五四”以来的领导作家，死的死去，息手改业的早息手改业。徐志摩、黄庐隐作了古人，鲁迅南行已久，钱玄同只教教书，再不想用笔，冰心作了母亲，俞平伯、朱自清虽还写点散文，主要还是在学校教书，闻一多已不写诗，梁实秋的批评成了尾声。北方因梁宗岱、朱光潜、李健吾、罗念生等回国，新作家有曹禺、何其芳、芦焚、李广田、卞之琳、林徽因、毕奂午等露面，又因郑振铎、巴金、靳以等由南方来，文学活动有了个新发展，文学研究会最后一集丛书的刊印，巴金等编的《文季》，卞之琳编的《水星》，及文化生活社丛书刊印，良友《新文学大系》的印行，都在这个发展下作成。

我的学习工作，在这个新的空气下，也推进了一点点。工作还是老样子，不怎么变。因《边城》和其他一些短篇得到些鼓励，在体裁上的试验恰证明还值得人来用点心，只希望有时间把十个水边城市的故事，各用不同文体，不同组织来完成它。一切还是在一个学习态度下学习下去。其时主要工作是编教科书，和朱自清、杨振声一道工作。文学中有京、海派论争，面并不扩大。因为当时说京、海也不甚成为问题，南北宗派主义虽仍存在，作家和作家间有隔离，少团结一致处，是事实，但在一群小说作家间，则尽管陌生隔离，却照“五四”习惯，只相互从工作态度和工作成果上表示敬爱，看不出从工作以外还有机心。文坛上有拉丁化讨论，集中在上海方面，因只重在政治作用，也就始终不见有作品可供我们学习。有大众语问题，也在南方比较活泼热闹，但提倡者自己却不努力，所以到实验时，北方作家反而持久些。主要是见解不同，还是南方作家和商业资本及政治斗争都结合得紧些，变化也就多些。北方作家却充满书呆子味，和教学关系深，重实践。教书人永远把自己当成桥梁，让年青人过渡，不是用年青人为自己往上爬的心情，所以同样是争自由民主，方式上自然就不同。同样是工作，工作态度也即不同。因争无可争，后来语文论战，民族统一战和民族风格等等讨论和争执，就只集中在南方了。北方文学青年，七七事变后过延安的比较多，对工作老实忠诚虔敬素朴态度，和接受中共领导后的对任务负责态度，和他们七七事变前的学习，应当有些关系。从他们的工作中，通信中，我也学了些东西，即凡事活泼热闹要人，持久沉默工作更要人。

昆明

第五段学习，是廿六年到卅五年复员，整整十年。抗日事起，北平由孤城一战而陷落。在北平家中，待把所有新书报大烧特烧后，八月十号我就和北方几个大学里的负责人，同乘一列火车离开了北京。在天津得知上海发生战事消息，一群人还是分别上船由烟台转济南、南京、武汉、长沙、沅陵，各住了短短时间，带着沿路空袭大火的印象，由公路到达昆明。

在武汉住了三个月，在武大图书馆工作。曾有人约过延安，说是可以充分得到写作自由，不大接头，无结果。在长沙又和鲁彦、曹禺等和徐特立先生谈过，问延安情况，后为一个着米黄大衣少壮把话岔开，因此不再谈。廿七年春天到了昆明，编教科书一年，随即转至联大教书。写了《湘西》《长河》《昆明冬景》《云南看云集》《烛虚》《芸庐纪事》《七色魇》等等。并总结第二个十年学习，编选集三十本。编到第十一集，因在课室中批评到重庆，稿件受审查，有四个集子不许印行，《长河》被扣，被扣的半年后方发还，集印的于柳州大火中毁去。这个选集因之搁下来未能进行。也影响我全部工作。

乡居七年，人事枯寂和明朗朗自然景物对照，生活单纯和地方由于假繁荣种种对照，是影响到一部分作品转入晦涩难解。初到曾和联大同事钱端升、陈岱孙等编过一周刊，又同林同济等编过一半月刊。广西方面刊物找对象骂人，总以为有个什么《战国策》派，其实全不相合。我不再写文章，问题也极简单，即到我明白刊物有一点政团意味或官僚关系时，我搁笔了。

卅四年是抗日胜利年，也是中国问题在荡动，国内引起大不安一年。昆明由军事接济根据地忽然成为政治单位，党派活动加强，学校于是由单调沉闷而骤然活泼起来，反内战。

我自己明白，从工作态度，从做人立场，在文学活动中，应当得到同学信任。但在人事应付上，来和官商社交，从社会矛盾情况里，在一些陌生人中间或明或显的团结或斗争，实完全不济事。在写作是完全用不着这种机心的！人人为明日国内战事而忧心，大家谈和平，却寄托和平于政治上的平衡与调整。时民盟各派犹未分裂，联合政府名词在学校中呼声正高，《新民主主义论》一书在昆明已常有人道及。一切为了和平，但一个普通人和一个政治有联系的人，对于和平的认识和幻想可不尽同——本质同目的不同。前者惟知国家必和平方不至于糜烂，后者却重在分配政权并如何得到它，巩固它，此外不能提。书呆子盼和平虽不免有点盲目片面性，也只是希望工作不至于中断，并无特别利益可言。但一个政治人可就不同。

国家抗战已八年，华北河南山西，华中两湖广西，都直接受日敌炮火焚灼，人民死亡千万，川、滇、陕、甘各省，壮丁应役消耗也极大，必和平方能恢复元气。政协谈判，所谈在分配政权。东北新回到祖国，有偌大一片土地，若真的要为人民办事，有的是事情待人去做！所以问题如能如中共所希望，由战场转到会场来解决，当然是国家之福。四十年所见的政治，只是争权夺利，从不见对人民有真爱。因此在大家争谈政治时，我觉得这个国家真正的需要，如果还少不了政党，除第三者外，实在还应当有个第四党或更多的党，一切以人民真正利益为重，以训练专门技术为国家建设而服务，为和平民主的进步政治而服务。这种新型的集团精神，基本上即应当是争贡献而不在争获得。在争给予而不在争占有。在泾渭分清而不浑合一气。我还扩大抒情的理想，认为将来必有一天，这个国家的最高指导者，将是一群科学家，一切由科学出发，国家不是衙门，将是无数实验室，每一部门都是一些真正的内行，而营养学专家、医生、数学或园艺学者、音乐家和画家，才是在一种更新政治体系政治理想中的负责人！至于谈社会，也得从这个国家各部门点点滴滴十分具体去理解，去调查研究，且深信中国需要生物学地质学者，比一些空谈家迫切。

我的话说早了些，和许多话一样，都不免成为清谈，和现实不相符合。也自然就成为拘迂之论了。因为一则政治现实完全是另一回事，其次国家发展更不如我这个理想家的空中楼阁。由于时局转变还是向战争发展，从战争得和平，得转机。我的迂话说是党派应在一种新的政治局面下，争给予争贡献，为国家人民服务，虽幸而言中，但在当时却成为一种批评对象。且收到察渊鱼结果。

北京

复员了，学校同事旧友多陆续北旋，我由昆明飞上海，随后又转北京。到上海不久，即闻李公朴被刺。过不多久又闻闻一多被刺，使我对于生命感到一种空虚。李为人不熟，一多则从民十三即认识，且同是新月写文章旧人，武汉大学、青岛大学、联大都同在一系作事。在昆明那几年，因穷到卖图章生活，我还好事为到处找熟人揽主顾。卅三四年，在同事冯家讨论翻译现代作品时，提起年青同学需要领导，那时民盟还不露面，我就说过我的性格恐不宜于人事周旋，如集团中应付人，他作来可能有作用得多。到他已经在行动时，想邀我入民盟，还和某兄特意下乡来谈了一次，没有结果。原因极简单，我认为我还是只宜于写小说，能处理文字，可不善处理人事。到上海后，相去十年的老友大都见了面，巴金、郑振铎、叶绍钧、李健吾……大家不约而同，国家需要和平。一切得从和平着手。一多为和平牺牲了，和平应当还有一线希望。回到北平，在教授会中，看看同事多已白了头。云南十年流寓，彼此还不觉得老大，但回来看看，可大不相同了。七七事变日本廿七架飞机轰炸南苑时，和百廿架飞机大炸南京，九十架飞机炸武汉，又昆明第一次轰炸，及末后一次轰炸，都在印象中清清楚楚。十年中有千万人民流血，世界上好些区域，且有更残酷的战争，方得到这个胜利。要保持这种由牺牲得来的成果，除和平无他望。相熟人中逃出北京时还是初中二的学生，都已长大成人。历史在向前进展，中国前途实令我忧心。因为只有北京，即可知中国问题实百事待理，百废待举而百弊待除。记得下飞机那天正是教师节，上街去就被特探搜查身体。从天安门过身，却见到两架坦克炮口裸出。政治矛盾待调协统一，军调时犹在进行。各方面都有和平呼声，中共也还在极力进行，承认这个协调为可能，为有望，所以从报上看看鸡尾酒会有某某出席，总令人有轻快感。

就在这个情形下，我来重理旧业。政治上问题待解决，我无能为力。文学上的争自由，在这个"五四"发源地，总还可以注入一点理想，并反映现实中万万人民对于和平的渴望！为整理这八年对日帝抗战种种得失，纪念死者，和建设一个在世界上能站得住的中国，我们这一代总还有些责任待尽，且必须为年青一代的垫脚石。大家都已转入中年或暮年，生命的有效使用，至多还能有十年八年，也得受自然规律限制，先是机能失调，终于全体废毁。但是个人可以毁灭，国家总不能再糜烂！我们这一代即或由于受历史负担，一生在痛苦中挣扎过了，下一代实在不应当还如此悲惨。总之，为了明天的国家，为了更年青一代活在这个国家幸福合理一些，个人工作只能看成国家发展一个环节，一个小点，得各尽所能，把工作继续下去！不问现实中有多少矛盾，我却深信和平必然可以来到的，全国人民愿望，都认为政治矛盾用在议场上终比战场合理，我以为中国如真有伟大政治家，自己如不存心从人民死亡中取得不当利益，必然是把和平为第一件事。

回到北大，我仍教习作和散文。我自己工作态度还是不变，永远学习。不过向现实学习，也就越发不易理解。真正别扭处，或许还是不太明白现实，尤其是城市政治、报纸政治的时有张弛，和同一名词、一问题的能动性。即如自由与和平，在一个和政治有游离的人，从习惯看来，他是国家向前发展一个根本原则，名词是凝固的，具体的。这里要用那里也得用的。但在一个从事政治活动的政治人看来，就全不是那么一回事了。有时实，有时虚，有时这里要，有时那里又不要。有时说要可并没有要，有时说不要可偏偏要。这种能动性永远不是一个平常人能体会。我和现实政治既不碰头，自然在教书问题上也发生了矛盾。时代动荡，已到只要一个歌、一首朗诵诗即可代替一种希望，我谈的却是朗诵诗如何才可望成为一首诗。大家都在溜冰，或学习溜冰，我的小手工业生产还停顿在制木屐钉鞋情形中。这种隔离，自然是无可弥缝的。

我的工作本是短篇小说，写作或教学，始终不离开。比较能领会一个短篇之所以为短篇，基本条件是什么，必从什么过程上来掌握工具，方能好好使用工具。明白不能单纯靠孤立理论指导，必在工具掌握，能处理和实践，只有一点，即工作还得在有试探性方式上，各就长处来发展，再用一个相当长的时间来检查得失。大学生的四年习作，老老实实把握叙事能力，得到它，新的思想，新的问题才可望加以表现。要广泛接触人事，理解人事，方能成为新时代的叙录者，说明者。有思想方能处理表现思想于一切不同故事中。为的是小说部门生产方式，生产过程，已配合社会需要不来，完整故事已失去了需要，必然由一种特写代替。而学生的学习，如一半得由实践取经验，用几个优秀记者的作品作范本，可能更易得手。谈的问题和诗一样近于废话，大时代在动中，北平附近的炮声，已日益清晰可闻了。

解放后

北京解放后，国家转入一个新阶段。向社会现实学习，我的生命也进入一个新阶段。离开了学校所熟习的问题，转到午门国立历史博物馆仓库中，搬砖弄瓦工作了将近一年，再转华大、革大。就沉默学习，沉默改造，沉默接受。十个月的训练，慢慢的整天也可以不说话了。一个人忘我并不容易，但在学习中总要慢慢的取得克制之方的。

试从这个简单叙述，回溯一下自己工作发展过程，从读《新青年》时代起，即注入社会重造，人和人关系重造的幻想和热忱，支配了我生命一直向前。把个人身受的一切作践，都看得如教育中一个章节，万千中国人既身受过，对于我也正可增加生存严肃感。永远只想用无私和友爱来回答这个社会的无情。且深信文学可由个别不断努力，如十九世纪的俄国情形，异途同归，将国家和历史促进一步。托尔斯太或契诃夫，屠格涅夫或高尔基，总之，各以分定将他所见到、所得到、所感到的国家的种种，充分反映于作品中，既丰饶了俄国的语言、文字的知识，从社会人事，从自然景物中，引起年青一代对于这个国家更深厚的理解，更深厚的爱，更直接间接助成了本国革命的长成，也能提示更多方面问题于革命领导者，补救计虑认识所不及。更重要，即是能将这个民族各方面的本性长处好处，和制度中的弱点和劣点相对照，一律置入俄国特有背景中，作为世界年青人和文学家一种向前的鼓励，一种对于这个国家的理解和热爱的独一工具。俄国作家既那么对世界尤其对中国有过贡献，一个中国作者，能那么认识文学，理解文学，并希望个人工作和国家历史发展如此作成密切的亲和与联系，把握住一个单纯原则，来从事这个极端复杂工作，也就十分自然。我就那么工作下来、学习下来，也生存下来了。恰如一股小小溪流，由茹泽涓涓到一脉长流，到大河，到大海，通过了一切阻碍和困难，矛盾复矛盾，居然和一片汪洋溶会，由卅年万万人民血汗并流作成的革命大流溶会。只有一点可说，可发现，即个人十分渺小。

新时代已将社会重造，人和人关系重造，过去以为有关这件事，只是比较少数理解这个国家重造原则的人，肯牺牲努力来说明来呼吁的，现在已为全国人民努力的方向。即在文学方面，过去孤帆独征的探寻工作方式，也起始在文艺座谈共同纲领对于文学艺术所提示原则上，对于年青一代工作给以各种鼓励和方便。集体生产用在小说方面虽还待商讨，用到戏剧电影舞蹈音乐方面，所作的实验都有了成就。且无疑还有更多样伟大成就在发展中生长。我的学习还只是开始，作一个读者一个观众而开始。

《庄子·大宗师》说，“大块载我以形，劳我以生，佚我以老，息我以死”，从工作，从生活，我很明白劳我以生对于我具体意义，且明白由此勤劳辛苦对于人的意义。还剩余一点点精力和杂知识，待把它综合用到一二种具研究性工作上，完成一小部分，体力耗竭，来不及什么“佚我以老”，就得休息了。但在休息以前，总还是要不断学习，不断工作，不敢懈怠，不能懈怠，一个人是只有死去方能说是真正休息的。

总结·思想部分

家庭成分个人成分

我的家庭是封建军人破产地主家庭。祖父清代作过云南昭通镇总兵，贵州总督，年青早死。死时没有儿子，祖母从叔祖抱了个次子过房。叔祖由贫农成地主，几个叔父后来又成为贫困农民。住家名黄罗寨，离县城四十里。共有四叔父、一伯父、二姑母，全已故去。

照家中理想，我父亲还是从军。庚子时随罗姓提督守天津大沽口，和外军作战战败，罗自杀殉国。父亲把家产荡去。不多久，就带了维新变法后的《大陆杂志》、《东方杂志》、《新》《申》二报、照相机和化学药品回到家乡了（我家住城中）。辛亥时和苗人领袖唐力臣同谋起义，事失败。后因竞选下省会议代表，不成功，离开家再向北方跑，作事十年多。因读医书，民十二后返回家乡作军医终生。为人正直和平，在作军医时，得人爱敬，知名于时。

我在小学时家道即已中落。九个兄弟姐妹，我排行第四。既不曾好好读书，家中随后也读不起书，小学毕业那一年，即自食其力，在沅水流域二十八县和川东一带，随同一些杂牌军队流转。作过中士、司书、收发员、税局小职员。转了大几年，受了份不能设想的困难教育，居然在那个可怕环境中，也读了点旧书。后来又跟一个排字工人读过《新青年》等等新刊物，思想上起了个根本变化，就被“五四”余波，推送到北京城。照我十九年前写的一本自传说的，是进到一个不毕业的学校，学一课学不尽的人生的。原则是五四运动的自由主义，为“工具重造，工具重用”而努力，目的单纯明朗。快三十年了，工作枯燥而困难，我接受了这个原则，工作下来了。通过个人学习，由十四年起始在北方各刊物发表习作。十六年过上海，十七年起始教书，最先一个大学是私立吴淞中国公学。十八年离校。十九年过武汉大学，冬天回上海，因胡也频被捕事，为经营挽救不再返武汉。廿年过青岛大学，廿二年离开。廿三年到七七事变，我在北京。抗日事起，我从天津转烟台、济南、南京、武汉、长沙、沅陵，各住了一些日子。廿七年春到达昆明，在西南联合大学教书共七年。卅五年七月复员，在北大文学院三年。北京解放，在午门博物馆研究半年，还兼教北大博物馆专科近代工艺美术三小时。今年三月初，入拈花寺华大，四月转革大。

我的工作主要部分是创作小说，在学校教书，也教的是这个部门和中国古代小说、散文，及一般叙事文。生活主要来源是薪资和稿费。还有点版税，数目不多。

个人成分，或可属于农民型转化为小资产阶级自由职业作家。意识形态中充分反映农民型的本质，保守，顽固，为人机警而不诡诈，熟习人情而永远天真。有理想信仰，缺少现实政治常识。对人对事热忱，惟因此反而不免吃亏受屈。

我的人生观形成背景和工作关系

我生长地名凤凰厅，到现在为止，还是属于少数民族苗区。地方二百年前方设县治。旧的统治本归满洲人，后来才是外省人，再后一些时候才是戍卒屯丁上升的本地军人。由于地方落后，宗教中的巫师，还和封建前期的巫的地位相去不多远，宗教仪式混和娱乐场面，还能够得到群众，为落后人民服务。

地方官吏强权和人民根本利益有矛盾，显明对照。幼时所看到的种种，对个人生命有永久影响。地方人事恶劣，人民本质实极善良。农村由平静到分解过程，我看得很清楚。个人既生长于一个破旧家庭，由此分化而出，挣扎生活和学习，和人民中的船夫、农民、兵士、小手工业者，情感易相通。地方风景好，且是《楚辞》发生地点，这外在种种，一律在我童年和少年时代，用种种不同印象，浸入脑子中，影响到我个人性情人格发展，自然十分深刻。简言之，即具有充分楚人气质，接受原则易凝固，欠通脱。和政治游离及强烈乡土爱情感，即由于这种气质的反映。对人对事通可见出。

生命挫折多，随事易涉空想，且一律和一种牧歌抒情传统结合，因此即写农民，也多不免带着乡土回复的感情，引人怀念过去，意识明显；启发未来即有些抽象模糊。是小资和农民土地爱气质结合的一种形式。一面是明白外来的花洋布、煤油和其他消费品，本地的官吏与鸦片烟，把地方完全堕落和退化，手中笔还是无从正面接触现实，只对于人民的素朴和善良有所讴歌，警惕到年青一代，要重新想办法，可不曾为提出一个具体明确的主张，并且为这个主张而奋斗。

作品充满了试验性的勇敢，和谨慎细心，自由而偏左发展，惟始终不曾与政治上的理想合流。个人有些罗亭型，幻想恣纵少实践。管理自己极严格，对人却少斗争心。生活体念既属于人民一面，农民的保守固执和地方性的楚人负气，不达时变，不善于拐弯，情绪别扭处一经综合，自然是易孤立，难合众。尤其是对工作态度上，显而易见。对抽象优美远大原则，易接受，但这个原则如在另一方面现实中，得弯弯曲曲的发展，我即无从适应这种现实。有时且不免发生怀疑。过去卅年永远守住“五四”原则，和政治现实不调和，和人民革命游离，就是这个原因。

情绪基本虽近于农民中无产阶级，文化和知识基础，却是封建资本社会的个人自由主义的理性和观念。最初由三方面得来——

1. 从一个亲戚明白现代知识中的哲学、佛学、数学……

2. 从一个军官处得读《四部丛刊》、目录学和金石图录知识、子部杂学问；

3. 从一个印刷工人处得读《新青年》《新潮》等等。

影响最大的是第三部分。但工作向前发展时，无疑三方面知识都影响到工作半生。

到北京最先认识林宰平。争工作贡献，不争权力得失，取予之际有些见得拘迂处，勇于求知，接受挫败永远沉默向前，以及应世拙劣处，和认识林有关。

其次和徐志摩相熟，对事对人热忱无机心，影响大。

和胡适、杨振声、巴金相熟，对人宽厚不求全，有影响。

读书影响：中国部分史部和杂子书、佛经、中古小说、章回小说，在文体结构理解上，都用过一点心，并且有较多方面影响。古典文字的谨严、素朴、壮美，和乡村人民的俚语俗谚，有计划揉和或综合，作种种新的实验，来证实“五四”所提出的“工具重造，工具重用”的原则，实支配我用笔学习的全面。有关思想表现与业务得失的批判，离开了这一点，是得不到要领的。工作中既充满了凝固的信仰，永远在修正中向前，所以对一些浮光掠影的批评，历来缺少理解，无从接受。

又因为稍有些近代杂知识，作品中也就照例反映出中古传奇的形式，和近代理性的点点滴滴。在写作意识上，找不出明确阶级意识的证据，却有些似旧实新的东西，就由于这种综合，所作不成熟的多样性的习作结果，后来作品文字由明朗转成晦涩，文体组织由健朴转入幽僻繁碎，也即由于这种种发展结果。

外国作品，十九世纪俄国文学翻译，北欧作品，影响大。与其说影响，不如说启发。契诃夫短篇的多方面性，和其他处理事件方式（尤其是佛罗贝忠于文字，为问题而服务一生用笔态度），对我发生教育作用。主要还是凡属叙事一切作品的优秀设计，由《史记》中诸传到魏晋杂传，唐宋传奇到《笑林广记》，国外作品凡是能看到的，组织上的种种长处，差别处，特别理解得深而细。反映于工作中也显明。长处是多面性，短处是无阶级立场。即或写现实社会的腐败面、退化面，还依然用的是俄国或法国十九世纪作家的意识形态，来作种种反映。和现社会有了游离，疏隔。即写现社会，仍无从配合这个动的社会，动的政治哲学，反映最活泼生动而有发展性的一面。

受俄国十九世纪作家影响更大处，还是那个时代俄国作家与社会的关系，抽象地位和实际作用，以及作家本分责任。因为照个人理解说来，俄文学小说部门的成就，把俄国史向前推进一步，把俄国土地人民性格和愿望，忠忠实实从各方面反映于作品中，使世界对俄国土地人民多有一分认识、理解和爱与同情，不是一二人十年八年虚虚泛泛的来从事可以完成。必然是许许多人分工合作努力的结果。托尔斯太或契诃夫，屠格涅夫或高尔基，贡献各自不同，各有千秋。我认为中国文学中小说部门参预历史前进的方式，也应当取的是这种方式。共同沉默努力争贡献，还只会感觉地面太广大，肯参加工作的人太少，发掘或表现中国各方面不够，那有什么为小小利害得失争吵的必要？只觉得文学和社会发展结合，求有良好而广泛影响，绝不是对内三五小集团为个人利益而争吵，还应当面向世界成就看齐。尤其是近三十年只能用鲁迅一篇阿 Q，送到国际读者眼中，让人认为这就是中国最高成就，觉得可惋惜。为学鲁迅，也就必须更多的文艺工作者忠于其事，且存心准备为后一代垫脚石，对这个社会各方面来理解，来认识，来表现。强调不离工作岗位和技术掌握，及多方面性实验，就是这个原因。方式可能笨一些，发展可能慢一些，在社会变动是非不明过程中，也会因种种不幸，将一个人工作成就和工作能力，完全牺牲，也只好听之，不能在意。因一切向上的理想，总不可免和其他方式作成的习惯有扞格枘凿处，工作即因之失去意义，文学史旧榜样多，他人接受过的我也应当接受。至于事事圆通，随时随事求自全自利，倒不免成为不三不四的样子。政治即支持了他，他的工作实并不曾将政治推进一步。文学对社会发展的本意，反倒失去了。但是对于能够事事圆通的人，也并不轻视，因为在某一点情形上，这种人的唯物思想，很显明于人于事都有利的。

这种工作态度到目前说来，不免有超阶级性。如果是超阶级性，试作分析，有个客观的原因，即近三十年文学运动中的社团斗争问题。社团包庇性教育了我，使我对社团的组织怀疑。文学研究会的发展，创造社的对立，同样有个事实。《小说月报》民十起由茅盾编辑，即提出文学与社会关联，大多作品即只能发展到自由表现为止。创造社由成仿吾正面提出文学与社会革命的联系，理论严肃，到现在看来还有意义，可是却产生郭沫若、郁达夫、张资平充满青春浪漫性创作。理论主张和实际表现照例并不一致，因之是内外都不免有矛盾。内部的不断分化，到这个工作和商业利益有联系纠纷时，更容易见出。我也就从这个现实问题上有所学习，把自己和时分时合、不易把握的现象游离，选择了个寂寞困难的独自作战方式。也种下我此后二十年不加入任何文学社团重要原因。

十四年到十六年左右，是北方的《语丝》《现代评论》争问题时，几个刊物都有我初期习作。因为当时一个小说作者如有所争，对象只有两个：

一、同时几个作家的优秀纪录。就他们成就水准，赶上他。（当时国内作家，一般说来是用鲁迅、叶绍钧、冰心、郁达夫等人成就，当成最高成就的。)

二、世界短篇优秀纪录。最低目的向之看齐。

十六年大革命来临，我还是只想从学习掌握工具，认为工作是和社会联系的主要方法。我还在学习用笔，待走的路尚远。

十七年过上海，文学集团多，论争多，分合多，无从加入。但理论所提起的反映两种社会现实，一对统治上层知阶官绅的嘲讽，二对下层社会的赞颂。我作的实验，却比人其实稍多些。大部分习作是自由主义偏左，且在逐渐中发展推进的。但缺少政治认识，工作还是完全孤立的。孤立的追求理想，追求工作进步，追求工作和社会发展结合。只觉得工作既寂寞，又艰难，更得努力作去。

和胡适之相熟，私谊好，不谈政治。那时候和胡谈政治，反对南京政府的有罗隆基、潘光旦、王造时，他们谈英美民权，和我的空想社会相隔实远。也不和梁实秋谈文学，因为那全是从美国学校拿回来的讲义，和我的写作实践完全不合。当时我个人只有两件事待尽责任：

一、作品反映社会，就能够接触到的加以处理；

二、从这个方式教书，告同学如何学习掌握技术，持久努力下去。

我的打算极简单，将用新成就摧毁旧势力，只有一个方法，即好好工作，到最后，让年纪青体力强的再接手下去。在工作岗位上好好跑完廿世纪前一半。

当时大革命流血之后，上海有斗争，还十分激烈。北四川路的公共汽车，即常有被打事。学校中搜查宿舍的军警，把学生中藏有马寅初的经济学和红封面《呐喊》的人，也一再质问。我所见到的文学斗争，却正是《萌芽》《奔流》和创造社的《太阳》，及张资平、陈豹隐编《乐群》（乐华？）对垒时，梁实秋在《新月》和鲁迅大骂时，都只是用一些空疏理论作战，对写作实际却无任何帮助。既无从理解，自无从将工作配合。

这是个大流血时代，加上个从小看到的流血印象，相互掺合，和我的农民本质不合，和习得性的小资知识理性也不合。所以朋友多革命，我不参加。但有关工作业务的态度，还是自由而偏左。直到十九年，由武汉返上海，也频邀入左联，我答允的还是愿帮忙，可不入伙。原因简单，如大家争工作对国家长远贡献，为一个理想而向前，我乐意执鞭；作尾巴作什么都不在意。如争的还是小团体近功小利，我做头目也不加入。因既无能力也少需要。也频等被捕受害，左翼受挫，大家一时热烈忽而消沉，上海商人见风转舵，都转而印行儿童文学。被捕的无人肯出头经营后事，还得透过一些比较中间者为努力（当时徐志摩、李达、张志让都帮过忙），也就影响到我个人此后态度和工作态度。认为社会改造得从长作计。如热闹即出面，困难即缩头，再配合商业需要来适应现状，政治变化无定形，作家恐就得变来变去才好。一个政治家如此离合无所谓，一个作家怕不好办。所以不加入，非退避，还是作小说，则可以得到较多自由，将理论所不及的，革命受挫以后读者所需要的，尽一点力。

一面是文学左翼分合变化多，争持多，难于理解；（如创造社新旧之争，如太阳社对鲁迅离合，如生活书店的复杂性，一直到后来语文论战。）另一面是写作实际及基本理解，各有不同。从此更不免游离于论争以外。直到二十六年，由民族文学、农民文学论战，社会论战到拉丁化，集体创作，大众语，凡有政治性的活动，都少接触。即当时自由主义的国际作家联盟的笔会，也不加入。一句话，我认为这不能解决文学中任何现实问题。它能使人成名、露面，以至于升官发财，绝不能产生些结实优秀作品。但一个从事文学的工作者，如自己不能提出些作品来实证问题，倒说作品无所谓，我是无从理解的。到现在为止，文学中的政客，一生从不曾好好在工作上有多少努力，只用一作家名分而向上爬，我还是缺少理解；这边爬过了又向另一边爬，我还是缺少理解的。

另外还有一种原因，即北方的领导或学习方式，是“五四”传统方式，凡事都得从本身工作实践上努力，老实素朴热忱沉默来从事用笔，才能够鼓励更年青一代继续努力。一切进步理论、理想，作种种有实验性实践时，又必然受地点条件相互影响。这一段时间，我在青岛和北京，地方和商业及现实政治流血，都隔离日远，和学校中的争自由民主与联合抗日问题比较近。所以有关这一段个人工作得失，都应当从七七事变后，北方青年作家过延安工作态度，及其发展得失联系批判，不能以当时京、海派表面之争批判。

我只觉得对日是件大事，一切牺牲都得接受，都得忍受。写作从这方面落笔，接受生活困难也从这个基本认识而来。自然还只是个人主义孤立看事，对政治未来缺少明确远景，且对阶级立场毫无认识。廿六年丁玲由北京过延安，曾见面，不作同去想。到武汉又有人提及北行，无结果。过长沙，和曹禺、王鲁彦、萧乾，似还有黄源等同过徐特立处谈天，谈下去，忽来一着米黄大衣少壮，把话搞乱，大家都觉得话已不接头，即不再谈。但从徐所谈：“需要青年能去的去，不能去的各在岗位上尽点力，还是一样的。抗日时间长，不是一年两年！”曾为王鲁彦主持的《力报》约写十篇文章，谈湖南问题，讨论到青年问题，把王鲁彦饭碗给砸了。我明白不能也不宜于在长沙空气下写文章，后来即不写什么。只另写一劝家乡子弟参军抗日文章，对湘西说说话。到云南后又写过一本小册子《湘西》，序言上即明白提及，地方待重造，待改造，要年青一代习于看远景。对苗民问题说的话，直到现在，还可参考。但到此为止，我对中共还是极少认识。只是在一种对国家问题前景上，由于强烈爱乡土情感的扩大，成为一种爱国主义而已。我的生活意识，还是一种纯粹小资阶级个人自由主义气氛中，工作下去。对阶级斗争的实际，是完全缺少严肃深刻认识的。所以到新四军问题发生时，我无意见可言。当时如左翼安排得好，我应当是个有用的外围。少联系，因之直到现在，笔无从用到更合需要方面去，却来写这种永远写不对的总结。即如何检讨自己，就还缺少认识的。

到昆明住乡下。一半时间在城中联大教书，一半时间和家中人住乡下。被邀为附近学校帮帮忙，共教过四处：一难童学校，二华侨中学，三本地县中，和一私立中学。这些难童华侨和边区子弟，我们实近于相互教育。因为从来不拿钱，并且生活打成一片，对他们印象还好。他们的热情、朴质、好学，也给我一种好印象。云南乡村的素朴面，和边疆民族工艺文物特殊风格，使我爱乡土情感扩大深入了许多。又曾鼓励两个朋友过云南西部旅行，都有过极好成果：一个在大雪山、鸡足山、点苍山作了八年山水画，一个专研究古宗族么些文，和民俗艺术，两人回来谈起云南西部问题，都如传奇。另有个植物学者，在大雪山作高原植物的研究，新的发现更是有口皆碑。乡居同住还有个在印缅暹边境作摆夷研究的社会学者，在那里曾作过三年考察。把这些个人努力成果，对国家的真实贡献，和昆明市当时种种腐烂现实对照，使我觉得中国问题还多。抗日是不能中途停止的，要国家好转，还是得有许多许多人，肯一步一步走去，从认识、研究出发，慢慢作去！云南乡村土地的生产力和明朗朗天云对照，极易引起人“大好河山”情感，只想来如何努力，唤起地方更年青一代对地方的爱，提醒出种种被疏忽了的好处，是一切真正爱这个国家的人、理解这个国家的人应有的努力，也是我个人一种责任。这么来谈国家问题，自然比在学校圈中和三五同事在社交中和本地官商谈政治，意义不同得多。就因此，工作理想自然也不免和城市中人的打算日有游离了。

随后中日战事发展，向上逼迫，大家生活越来越艰窘。

那时节同事中凡和重庆稍有联系的，都可以从别方面有些经济上好处。另外和本地官商有点沾染的，也可以把生活过得稍从容些。同样是在联大教书，过的日子可不大相同。正仿佛和这个人对“政治”有无认识而定！个人一面是坚持穷困，和眼前生活作战，一面就还得和腐败种种作战。直到一部分稿件被扣被毁，家属中一个人因病，因穷无从治病而疯去。即因这种坚持穷困，疯的无从救药，我自己也几几乎死去。从各方面接受了现实困难和挫败，这也就是一部分作品，从此日益失去本来的明朗健康，转而成为晦涩不可解原因。

生活完全如隐居，除联大三校原来熟人外，只在乡村中和一华侨教员相熟，友谊也比较密切。这人那时正在那个小县城里作织袜厂、肥皂生意。一切恰如俄国十九世纪文学中所表现的理想主义者，凡事充满了实践精神，教女工认字，为女工福利设想，克服了许多困难。失败后又再想办法，总永远不气馁。也好义，也好利，但在义利取舍之际，却舍利而取义。正如广东商人精神和社会革命理想结合一种人格，因对之特别发生好感。以为如在云南地方培养社会革命种子，这才是革命者实践好榜样。中国要有转机，只有这个样子的人，在各种问题，各种事业上来扎根，来牺牲，才会慢慢的有个转机！即就这点认识，也可以见出我对革命认识的缺少，不明白北中国延安一隅或国内各处，城乡到处都有不同的工作者，在克服更大的困难而服务。且不知政治的另一面现实性，所以当这个朋友进到城里，去城中作有政治性集体活动时，我倒觉得奇怪。我认为只有极端枯寂而沉闷的工作，在万分困难中进行，对一切腐败取个不妥协方式，才是革命。革命是绝不能掺和混同于社会组织以内来进行的。我不能理解政治的多样性，如作家会中进行的跳舞会，和官场商场进行的社交政治，和革命有什么关联处。因此有朋友约入民盟，即因为政治活动的现实性我办不了。时正是政协争分配名额时，到处都闻有所争，这事对我为不可解。因千万人流血牺牲，是为了国家独立和自由，那是为少数又少数人争官做的？争官做如为的是有大抱负，想把国家搞好一些，那平时取予之际即义利不辨，到当政怎么会能爱这个国家？但现实政治，那里是我那么一种人能理解的？政治斗争是凡事都有个下手处的，凡是可用的方式都要用到的，我却一点不知道。

照我当时看法，从个人看全局，为国家争民主与和平，从和平民主的现实中争贡献，才需要第三者。这时节的第三者是中间路线有力集团，包括未分化的民盟全部的。如只在争出席人数，和爱国有何关系？时人人谈政治，谈和平，国内任何一方面都需要和平，中共则那时从和平谈判进行联合政府为最坦白诚实希望。我觉得第三者之争如只在争个人出路，争出席人数，国家事在这种情形下将无可为力，而必然日益恶化。只有两个办法待选择：一、中共有足够武力推行原则，进行战事到底，别的不必商量。如不能那么办，就不能尽靠这个第三者，还应当有第四者、第五者，从争贡献方式来为人民服务。为明日在考验下能真正为人民办事，得人民拥护的政府而服务。辅助这个政府，将官僚、军阀、大饭团贪污政权逐渐粉碎，进而为专家分工各司其职的科学的理想民主集权。我的认识也就是我的信仰。因为实在不能想象，社会分化进步到将来时代，一切事离开专门知识，还会有纯粹做官的一种人统治专门机构，能够得心应手！我的认识自然是片面的，因为只明白国家必需要一种什么样务实的政治，国家方有转机，却对如何实现这种或那种政治的斗争，完全不明白。真如二千年前印度《百喻经》故事所说，一个愚而无知的富人造楼，想造三层楼，告给木匠，只要第三层，可不用一二两层。我对于国家将来，也不免有那么打算。把写小说处理文字组织故事方式，来看待一个国家，以为这个第三层楼，是可以由社会各部门热情工作者的成就积累，即可望将政治推进而慢慢实现的。对政治现实的无知，可以想见。千万人的行动作成的种种发展，又如何有机配合到社会每一部门工作中，作不同式样或明或暗的斗争，我完全无知。

三十五年复员北回，先到上海。十年旧友多见面，各已进入中年，大家都为内战担心。为万万人民，也为本身工作，盼望和平不至于完全绝望。一般人均盼和平，目标虽不尽相同，要和平实在相同。那时旧政协已破裂，军调犹继续进行，国内第三方面既不济事，一般希望转寄托于马歇尔身上。国人不问有无政治认识，总有一点共同常识，即打不得。国家问题如为政治主张有分歧，由战场转入议会，实在比较合乎人民需要。收拾局面比较容易有办法。要紧的还是应付国际。在对日问题，在对世界和平问题，中国才有资格说话，才能够站起来说话，也才有人肯听话。如战事不可免全面展开，牺牲者还是人民，毁灭者还是人民，受损害最大的还是大多数人民。主要还是对外，完全是现实的，打敌人要靠实力，认友好也得自己能好好的站起来。总之，内部矛盾应在战争以外想办法。

对政治还有无幻想？是有的。理想并没有失去。总相信国家明天一定会好转，专家代替官僚的政治，必然会实现。

而政治设计中最高部门，必有一天用的是营养学者、计划经济专家、都市设计专家、农学家、医生和文艺工作者，来代替纯官僚政治。对南京的政治感到绝望，因为看了四十年，从一切方面都看不出光明面。但对中共却无知。只以为真正的转机恐还得在十年八年后。作家有作家的方向，即把工作指向这个人类社会合理的目标而向前。和现实的种种既日益游离，自然不可免一切希望都只会成为绝望的感伤。

写作的态度还是不变，但环境实在已日益为难。教书也失去了应有意义。我还在课堂上告同学一个小说作品，生产过程必要的条件是什么，同学中却只能用朗诵诗参加晚会了。北京附近的炮声越来越近了。

对于写作，我抱的愚公移山态度，和小手工业生产及训徒方法，到这时都发生了问题。觉得这个国家在变动过程中，文学既只要朗诵诗就可满足一切，我的剩余生命，用到工艺美术探讨，或者还可为国家保留一点文物，也为后来人节省一点精力。更主要还是把历来美术史用字画作中心的观念，加以修正，转移到从工艺美术作重心方面来。这工作作了两年，北京城外炮声响了。

在云南时，朋友邀入政治，我说应付政治现实既毫无能力，且缺少认识，我的长处恐怕还是只限于写点小说，或编编刊物，用一个本本分分工作态度，来把“五四”所提出的原则推进一步，别的只好让贤了。回到北京，因此编了两个刊物。初来编《现代文艺》，是月刊性质，由徐盈介绍的。老担心和政治有关联，怕受人利用，只一期就不干了。其次是天津《大公报·文艺》，因和报纸关系是抗战前旧识，为发发稿，不久即改由北大同事冯至发稿。又，天津《益世报》副刊《星期文学》。《平明日报·文艺》则由一北大同事发稿，曾经用我名义。用的态度还是廿三年旧方法，自由主义。

一来即被一群新闻记者包围，访问谈话胡乱刊载，这里有意把我放大，那里又有意把我缩小，党派活动中找目标作攻击或誉扬对象，其实看错了人。只感觉到问题麻烦而可怕。战事正全面展开后，问意见我没有意见。因为别的不明白，却明白因战事发展，每一度钢铁崩裂中有无数生命牺牲。中国如真有伟大政治思想家，是应当能设法避免这种牺牲的。在华北局势日近孤立时，从上海方面又有个新的第三方面“新路”活动，似用资委会钱昌照和一群留学生作骨干，来北方游说技术合作，以为可作新的和平桥梁。这个组织和美国关系，和南京关系，到北方来又有些什么真正计划，我全不明白。既不介入活动，也不列名赞同。可是过不久，这个活动在上海在北方都成为被攻击对象，我为这事又成为箭垛，受了许多不应受的气。这一切只教育我一点，即政治的是非不明性，和达目的不择手段性，包庇和褊持性。有些人的平时作风，是那么翻云覆雨对人对事，到凭倚实力有点政治上权力时，还不知对于所生疏不叶的人，要糟蹋作践到什么样子！我想我既和政治现实那么游离，受作践受牺牲对国家也无补益，内战还在扩大，我既无丝毫能力否定一切，或过一个比较少政治牵连和人事复杂的学校去住两年，或者还可勉强把工作继续下去。待把几个在计划中拟完成的中篇小说完成，我大致就得如庄子所说的休息了。新的时代有的是少壮新青年来进行新的工作，我已尽了我的能尽责任，休息也十分自然。十年来生活本来已经很累了，和城市中政治人争吵本非所长，能用笔时尚不知如何学人去纵横捭阖，到手中的笔完全如冻结，活下来也就等于一种死亡。这有个更长远的原因，即三十年前我生活所见的，所受的，我明白一个无辜的人被虐待被作践是种什么情形。强权是什么我很明白。我曾在芷江县怀化镇地方，眼见过无数无辜人民，在军事变动时受牺牲的可怕情形。并眼见一个年青农民，在身边五尺外受苦刑，这人即在逐渐中昏去。过半个月后，这个人已被赎出，在一个葛姓药铺门前，抱了个孩子沉默看街，问他总不作声，只是笑笑。又眼见过许多苗人，因小小事情牺牲，也总是特别沉默。又看过一些疯人受了许多虐待后，也总是沉默。我就从这种种得到了深刻的教育，即凡是有权力在手的，总不可免要误用权力，使一些人在无可奈何情形下受牺牲，也即因为这种权力误用或滥用，作成国家不经意损失。这社会一天有这种武力武器的统治，就会有无数善良的人民和有用理想，在各种不同情形下受糟蹋，受牺牲。想把人类关系重造，就必须待从武力和武器作成的空气以外想办法。我深信国家明天会达到这种进步情况的。我想把我三十年来所见到的社会的无情、残暴，和个人所受的贫困饥饿，和比这个更大的挫折，一律看成社会的病，人的无知，回报之一种完全无私的友爱。把这种情感反映到生活中和一切工作中。三十年过去了，社会的发展，有了个新的突变，北京城内有炮弹落下了。

入华大入革大前后种种

北京城得到和平解放，是世界上一件大事，也是历史上一件大事。

解放后，北京城百七十万市民，都在向新的社会学习，各有不同的方式，接受新的一课。我学习沉默而忘我。而且是用一种新的感觉来印证历史的。经过种种辛苦克制，慢慢的把自己稳定下来了。只觉得一无所知，沉默正是一种爱国的方式。因为明白国家问题多，凡事千头万绪，都得有人从错误中讨经验，不经意的疏忽总不可免，当其冲牺牲的，也无可如何。国家经过近百年奴役，三十多年挣扎，尤其重要的是近几年解放战争，为追求一种人类趋于合理的原则，已牺牲了万千人，方把一个国家新的基础奠定。一切新的工作都在发展，无从停顿。人手那么少，事情那么多，万千人都在新的位置上无日无夜忙碌，我算个什么？我的原有工作已告一个结束，没有继续必要了，应当完全放弃了它。国家问题大，个人实渺小，人和人间的小小恩怨得失，至多十年二十年大家都不免受自然规律限制，失去意义。衰老的死去，归复于土；新生的茁起，向前发展，迎接新生。想让比较年青一代，活在这片土地上健康、幸福并尊严、自由一些，一定还得这一代来通过一些困难，照鲁迅诗中所谓“俯首甘为孺子牛”，把自己当成一个垫脚石，都得为一个多数人利益设想，放弃了自己。新的社会一切从实际出发，我既没有什么大能力，这点剩余生命，用从劳动人民观点，来把一部工艺美术简史理出个头绪，多少总可以减少一点下一代人摸索研讨的精力。更重要的还是学习“忘我”。因此在午门博物馆库房中工作了半年，每天和一些铜石砖瓦对面，把一千件漆柜门搬来搬去，几千片明代丝织物翻来翻去，也增长了不少知识。最有用知识，即是库房中还有人工作了三十年！

因此一来，和社会实际，自然一切都隔绝了。由亚澳工会、政协、文协……我和国家大事发生的关系，是这些会议的照片送到博物馆陈列时，派我来写说明。这工作也很有意思，国家事情多，大大小小总要人肯去作，会唱歌的唱歌，会写作的写作，能干的就担当困难麻烦的，我不中用就写写字，作点力能胜任的。幸亏三十年前写小字本事还未尽忘去，方能勉强完成任务。先还妄想能有时间读读书，会让业务更有效果一点。但过不久也习惯了，书读来读去，只会更加把人读迂腐胡涂，头脑既已不能得用，倒是劳动劳动好。

不过这种忘我还不够，二月里有朋友到我住处来谈天，认为思想还不大好，或头脑不大清楚，最好学习学习。我就到了华大，又转革大，参加学习。曾到一个老朋友处去看看，告她我已去革大。她奇怪“你怎么也去?”我只笑笑，心里想："北京城虽已和平解放，北京人的改造还刚起始！"这老朋友就不知道我的学习是为什么，为党，为国家，还是为我自己？国家经过千万人挣扎流血，刚有了个基础，但这并不是说凡事都可一下转好。新旧交替之际，明明白白最重要也极麻烦一件事，即人的问题，人不够用！知识分子改造，如何改造？改造又如何？都是问题。一切机构人的精神都还配不上社会需要，能力和思想更是问题。国家既正在作种种努力，将知识分子重新安排，又费钱，又费事。人人都明白处理当前业务已发生困难，在岗位上学习又不大彻底。但是一提改造，平时即以前进自命的，多少都还有些趑趄不前情形，如我转到革大学习，对国家能有点微益，且多多少少能使他人可放点心，我没有理由不去。就从这个方式下，我入了华大又转革大。到学校来是那么认识学习，学校中一切生活，就自然凡事容易习惯了。

初到华大，听一领导同志火气极大的训话，倒只为他着急。因为不像是在处理国家大事。只感觉国家一定还有困难，不然怎么会这么来领导新教育？除了共产党，从各方面工作，爱这个国家的人还多！即不是党员，牺牲了自己来爱党的也还有人！这种讲演要的是什么效果？华大如真那么办下去，那么领导下去，照我理解，对国家为无益。

到革大听刘校长报告，要大家把学校当个自己家庭来弄好一点，我倒想还是当国家来弄好一点。我的学习也就从这些理解来进行。我觉得“学习改造”和“改造学习”是中国一个问题，也就从这个问题上，来理解来认识个人及全体。照我自己说来，用的是一种立体学习方法，因为在一个群中的种种，是可以理会许多许多事情的。越学得多，理解得多，生活也就自然得多。但半年学习，理论测验我大致常在丙丁之间，明白政治水平十分低。而且明白那么出问题回答的反复测验，慢慢的，把一点从沉默中体会时变，有自主性、生长性，来组织文字写点小说的长处，在这种过程中逐渐耗蚀了。有时还不免着急，到后就无所谓，工作既无益于人民，长处恰是短处，结束也蛮好。到这里来学习，看看什么事都有领导，且在一种计划中进行，可是照学习方式，是消耗不了一个人全部精力的，搁下来总不是事，因注意注意小处，看还有什么事可作，看来看去，只毛房没有人打扫，就不经许可，当成我的业务之一了。一面工作一面思想思想，倒真能够长人思想。温习卅年所读的历史，和工作全部，觉得新的工作才真是学习。因为这么一些平常事情，放在人的面前，可就没有人肯动手，自己一动手，就知道还是要用比写小说相等细心、耐性和谨慎，方能把任务完成的。

从这里学习理解革命，领导方面如何突过一切困难，万千人如何牺牲，并且从每一部门工作中去理解，去认识，去处理，这里那里，点点滴滴，仿佛极小极不足道处，都有的是人去用心。凡事都在一个党的领导下进行，那么有条理和步骤。终于就把历史改变了面貌，为五万万人民创造了一个崭新的国家。从发展看，必然还要把半个世界的亚洲被压迫、奴役，和被历史旧观念所束缚的人民，完全解放过来。从这种种来看国家和我自己，就觉得只要对于人有益，什么事都可以作得下去，而且作得很好了。因为一个国家的向前发展，在万万千千工作部门中，都要的是沉默无言的工作者，充满无私热情去服务，绝不是三五自以为有思想、有抱负的高级知识分子的空疏谈论，或孤立的思索可见功的。由此一来，在这类工作中，把思索也放弃了。

学校布置下来的改造思想方式，一部分是坐下来进行谈话。对于这种集体学习生活，所需要的长处，我极端缺少。相互帮忙，我作得特别不够。学下去，也不会忽然转好的。而且学下去只是增加沉默，越加不想说话的。越学越空虚，越无话可说了。

对批评和自我批评，也作得不够。为的是到如今为止，还不理解胡乱批评人，对于那个人有什么帮助，弄错了会有什么恶果。自我批评呢？还学不好。只觉得，工作对人民既无益，手又不得其用，对新的社会又缺少理解，客观或主观都无可保留，原来的工作，即不妨当成历史看待，听其消灭为合理。把两只手转用到服务方面，觉得既切合实际需要，比写作或者还有意义。

至于理论学习的理解，照例和本人一切学习联系，全部生活过程联系，发生改造作用。每人有不同的接受综合过程，且必然和本人业务实践相关联。也惟有反映到将来业务上，才能明白是否有点进步，单独的来作普遍反复谈论，我还学不好。

对上大课和理论认识，个人感觉到时间太多。因如果接受的是原则，实在用不着那么多时间。如接受的是理论的综合联系，那应当有更多一些时间看书。有好些问题，讨论实在不能代替书本的。

对工作干部，由上到下，只和炊事员接触较多。他们沉默服务的态度，必然对我有长远影响。因为为人民服务，从几个炊事员工作态度上，我理解的是两方面：一面是中国的新生，国内有千千万万人民，都和炊事员一样，正从中共领导下，各在不同岗位上，老实刻苦细心谨慎的参加国家新的复兴工作。这是翻身觉醒了的一面；另一面是中国还有更多数的这种善良朴质人民，待从土改中，从其他教育启发中，把历史传统所作成思想观念束缚和生活贫困，加以解除。我明白我还有些责任待尽，即工作能力的回复，向人民学习，为人民服务。

对同学关系，我作的不算好。主观上认识应尽的责任即未尽到一小部分。因直到目前为止，我有种牢固不易变更的习惯，认识人理解人是看全面，注意长处、特点，值得从鼓励中加以发扬的，我会从一言一语中完成的。至于弱点，从日常谈天，即可得到大略；我理解得已相当多，可是还不能作到用一个无产阶级立场来批判他人，来要求他人。所以不能作如何批判。更主要可能是我自己学忘我还并不完全成功，还会在不经意不自觉的情形中，把自己完全封锁隔绝于一般言笑以外。自己既少进步，对同学，自然更容易忽略了。

我的学习认识和对于旧的批判

从学校学习，我明白不完全是书本上的条文，却是新的领导政权将根据这种动的政治哲学，把国家四万万七千万人民，带入一种新的历史发展中。过去对政治，只以为是一种由纵横和霸权结合而作成的产物。并从近数十年国家情形讨经验，对于凡用武力和武器自足自恃支持的政权，必作成恶性专制，总是对少数为有利，把多数人民作鱼肉。且由于历史传统的弱点，随中央集权而来，照例不免是贪污腐化。就基于这种认识，我以为专家的实践知识，和文化工作者，他们对于国家的现实意见，和国家的前程远景，应当永远成为现代政治集权的安全瓣。没有它，国家多数人民的民主和自由，以及由此而来的进步希望，是无保障的。真正一个多数人民的利益，也无可希望有保障的。临到明日国际问题的处理时，也将完全失去自主性，成为依附状态，国家的独立与和平，不免为具文，为空话。就因为这种忧虑，过去我认为文学宜讴歌一种人类向前的理想，可不宜从属于变故倏忽的政治。一个文学作家如仅仅为一时政策而服务，虽得到这种政治所支持，所鼓励，可无从将政治推进和提高。现在方明白，我的工作孤立或游离于革命斗争以外，即由于这种错误认识而来。手中一支笔既日益离开人民的斗争，转而成为观念的排列玩赏，即写实也早近于抽象。越来越失去应有的健康，为晦涩、病态，和感伤。生活一离群，自然更容易致病，而发展为和一切隔绝。

在革大学习半年，用一本社会发展简史作纲，展开到各方面，联系近二年政治实施，各部门进步表现，已深深明白个人对于政治的无知。因马列政治哲学以阶级斗争为主，以无产阶级作领导的政治理想和政治实施，和毛泽东的伟大思想一结合，所作成的发展，不仅是从实验中要把中国人民命运全部改造，还必然要将担负解放亚洲方面历史的任务。更明白人民民主专政，对全民政治的自由和民主，具有多大一种气魄和作用！这种种，都是过去蔽于一隅的知识见解从来不曾想到的。昔人说，学，然后知不足。我实应当说：学，然后知错误。近半月因写总结，有机会把自己一部分作品重新翻阅看看，才知道过去还以为对人民为有用有贡献的工作，现在看来在一个动的社会中，历史伟大的变革过程中，人民革命向前发展中，可以说毫无意义可言，是应当随同旧社会一齐埋葬，才不至于还有不健全影响的。

中国的民主学习，四十年已过去了，在这个改变过程中，有万千人流过血。这些人也都对于国家有热爱，对于个人或家庭有梦想，然而在这个苦难的时代里，都各在种种不幸中牺牲了。国家虽已新生，为了旧中国历史社会的沉重担负，还得经回更严重的试验；对国外，为应付美帝国主义的强大威胁和压力，对国内，则为收拾残破封建生产，及土改一大堆问题。国家向心力的形成，还待从各方面来推进，一切工作好的还要求“更好”一些。凡从种种痛苦中挣扎过来的，工作过来的，还需要将所有精力贡献出来。年老的也得老当益壮，事事示范，把年青一代造就得成为一种崭新的中国青年，来建设新民主主义社会。

想到这一点时，我自然就健康了许多，也单纯了许多。对于自己似乎也稍稍有一点新的认识了。五月时因参加北京市文代发起人会，有记者问起我的学习和工作，我曾写过一点意见答复。有几句话摘引出来，或可补充一下这个检讨所不及处：

> 从全个国家发展看，人民文化的普及，需要实在特别迫切。延安文艺座谈纪录，把文学极素朴的引到政治上去，使文艺面向工农兵，由普及再提高，……对国家明日建设实在极重要。因新民主主义的政治基础，如不建立于全中国广大人民思想、观念、情绪、精力的解放上，是不会坚固的。社会主义的基础，如不建立于劳动人民的政治意识的完全觉醒，使工业生产达到国家工业化程度，也是不可希望实现的。国内文学作家，能共同守住一个新原则：为人民服务，用工作推进国家建设和进步，对人民贡献必然是多方面的。

检讨个人工作，二十年来用笔，实不免和人民的要求与发展步骤游离，越来越远，笔下也就越写越零乱。小说则由明朗转成晦涩，在体裁上的试验，即小有成就，实无益于时代。个人工作且由负气自大而孤立，在许多问题上，和现实不接头，见小而失大，错误是显然的。

想想近三十年来万千革命者为国家争自由，为人民争民主，所有努力和牺牲，通过了多少困难，才把个新国家基础奠定，个人即不中用，也应当向他们取法，来重新学习锻炼，好好的学做一个人民勤务员，把所有一点点杂知识，交还人民，配合到国家发展需要上去。

国家真正的新生，是由万千沉默无言的工作者，充满虔敬和热忱，无私而忘我，从不断学习修正错误，并把点点好处扩大，各在异途同归意义上，完成工作任务的。这里有工农兵，也有科学家，和一切沉闷单调辛苦困难企业职务上的同志。学习靠拢人民，我得把工作态度向他们看齐，先学习沉默归队。

有人问我，你到革大学了些什么？我应当说，人在群体生活方能健康。从人和人的关系上，和有发展性的学习方式上，也从大厨房终日工作不息的炊事员同事工作态度上，都可得到不少启发，学会了单纯直率来检讨自己，再回归工作岗位，为万万勇敢单纯中国人民，在新时代参加建设战胜困难的过程和哀乐而服务，对于我实在十分自然。

自己来支配自己的命运

——在《湘江文艺》座谈会上的讲话

感谢各位同志。我离开家乡快有六十年了，十五岁就离开的。虽然前后我回过家里几次，最近一次应该隔二十年了，就是说，我的家乡一切都变化了，比我所想象的，过去所忧虑的，变得更快更好。

文学方面我没有资格说

谈到文学方面，我没有资格说，我只能来学习。这次我有机会出来，是先到广州，再到长沙，主要还是学习。至于文学方面我没有资格，事实上没有发言权，已经隔了三十年。我在解放以后，就转到历史博物馆，离开了学校，离开了创作界、文学界。

我转到历史博物馆做说明员。名分上我是做研究员，实际上我是做说明员。其目标我只想做十年的说明员，是不是能够最后达到做一个及格的说明员，谁知道。可能自己比较笨，学了三十年还始终自己确定不及格。做说明员不及格，所以又把我调开了，调到社会科学院历史所。

我是一个做说明员都不及格的，文学底子、历史底子都相当差，也可说严重的弱点吧。转到历史所来呢，也许说是不大相称的，而且肯定是做不出什么特殊的贡献，对于国家和人民做不出什么贡献，这是一定的。

这是一个幸运的地方

不过我到博物馆来做了三十年的工作，就是学到一点常识，关于文物上的常识。同时机会也很好，尽管在这三十年中我们各位都共同感受到的变化之大是历史上空前的。

到了北京已经有五十多年了，到现在北京话都不会说，还说我的老凤凰话——凤凰话也不会说！所以平时说话，自己以为绝对不像巴金那么四川腔，要是录音下来一听完全是四川腔。这个原因是我在四川的边缘、贵州边缘住了一年多，正是这个时候，学习的时候，十八岁、十九岁左右，到四川，所以总是带点儿四川腔。北京话一句也不会说，人家都听不懂。所以现在我这个职务哇是不让我说话。这是一个幸运的地方。

主要我是学呢，就是学了关于服装方面的，加上这个兄弟民族的艺术这一方面。我在博物馆久了，有些常识，恰好这一门又历来还是一个缺门，我这个常识呢，就有机会用得上了。特别是解放以后我机会比较好，工作转到历史博物馆以后，一天就在陈列室转，每一个特别陈列，我都参加，跟那个专家先学习，学会了，我就打起老脸、厚脸，这就做说明员。包含长沙的文物展览，安阳的文物展览，麦积山炳灵寺的展览，以及全国的文物展览，一大堆、一系列的展览，还有敦煌展览，一系列的展览，我都是从起始参加，到卷摊子为止，我都离不开这个陈列室。所以对于这些陈列呢，多半是同坛坛罐罐有关系，特别是历史博物馆多半是坛坛罐罐、花花朵朵，我因这个机会，对这方面的常识，好像比较，不能说丰富啊，就是常识多一点，比一般的常识多一点。

写历史绝对要重新写过了

这次我们去广州，主要是为周总理在的时候交办历史博物馆编一本书，就是关于服装的历史。因为我有这点常识，因为我在绸缎上的常识多一点，就让我们来试一试。这样我就完全在一种试探性中间，把这个工作进行下来。

那是一九六四年的事情。一九六五年就完成了，只有一年多的时间。因为主要当时要求不太多，要求是——因为周总理出国的时候，常常按照人家各个国家的习惯，总要看历史博物馆，看服装博物馆，或者是看兵器博物馆。看外国的多半是十六世纪到十八世纪的，没有什么看头的，但是礼貌上又非看不可，有的也是搞得很好的，总理就问文物局长王冶秋同志，是不是我们中国也可以搞一点这个东西，拿去送礼，出去送礼，是不是可以？王局长答应说：可以。

按照我们当时的体会，就是我们出土那么一大堆东西，简直是不能设想的。就以湖南为例，那就是中国打破中国文化史的布局情况，写历史绝对要重新写过了，都推翻了以前的想法，丰富了以前缺乏的内容。

最近的这件事更是惊人了，是河北的中山王墓，中山国墓，还加上信阳的二号墓，湖南的马王堆墓，江陵的楚墓，一出呢简直是在世界上都是一个大事情。对我们这些学历史的，那些事就更是大事情了。所以……[1]我在这方面，有点常识吧，当时就把材料……

因为齐燕铭先生，是在做文化部的第一书记，他就插一句嘴，说是……我在做。那么总理就说，那就交办我做吧。我因此就有机会得到历史博物馆的支持，帮我拨了三个人，就开始来做。

这就是我这几十年的工作

我记得是六四年的夏天，是个大热天，每天做几个说明书，就这个题目做说明，不要求太多，要求太多我也做不到，从材料出发来排队，按照次序来。你比如说商朝，有多少人，提出了一个什么问题。因为历来我们知道一个问题，从《舆服志》来说，历代的《舆服志》按说是最多的。中国这三千多年，二十五史中间，每一个时代都有《舆服志》。谈到这个礼服的还有《仪卫志》，谈到音乐的《礼乐志》，谈到军队的《兵志》，谈到兵的组织的，非常的充分。可是这

1. 全文标省略号处为原录音不清楚。

些东西没有用处，你挖出来的不是这个东西，你怎么解释呢？所以我们现在的一个方法，从唯物的出发，先把材料摊出来，就我们所理解的做一种解析，把种种解释再联系起来看问题，一看问题提出来了，不理解的拿文献来证它，文献是这么说的，这个是这样说的，至少是先知道个问题。文献说的多半属于礼仪的，礼节上的，实际上任何一代都是不会受礼仪所拘束的，总是突破了这个。他有各种突破的原因，他钱多一点他可以超过，他吝啬一点他可以不足，他子孙挥霍得多一点他就埋得多一点。他有各种各样的原因，往往就补充了不少的知识，我们从这里头一次就占了相当大的分量。

我本来预备是做十年做十本书，使这个问题比较明确地解决。可是我的知识有限。我们知道就在六四年年终，差不多一年还不到一年，就把第一本书的样本搞出来了。

主要的贡献是他们美工人员，他们有几十年的经验，我的解释呢，就是这个花纹反映到这上面同文献上有什么矛盾，启发了我们什么，不决定它文献上说什么现在这是什么，那个文献是什么。幸好呢，我有一点杂知识，到博物馆久了好像半瓶醋了，什么都不深入，什么都要懂一点，特别是做说明员的这三十年的考验。因此，这样的常识上的习惯，就引申得比较多。

这本书刚刚预备印，“文化革命”来了，当然就搁下来了，它不仅是搁下来了，还变成了歌颂帝王将相、才子佳人的毒草。因此，我一生特别抱歉，支持我的齐燕铭先生，特别把他绑起来到我们历史博物馆的小礼堂大骂了一天。那么他呢，晓得我——从红卫兵小将中间有知道我身体的人，晓得我心脏有病，他就让我陪批斗，绑到隔壁房子里听，整整地骂了他一天。骂的人都不知道所以然，因为大多数人都没有看过这本书，大多数人也看不懂这本书，因为它写的专门问题呀，你怎么看得懂。你比如说商朝，我们一块有三十多个人的样子，你摆到那，怎么知道它是毒草呢？它是按照挖出来的，那个是挖出来的。要否定它，你不能否定它的，所以就乱骂了，骂了一整天，上下午，八个钟头，七个多钟头，才把他放走了。所以一直到齐燕铭同志快死以前，到全国政协谈话当中，碰到一起，还问到过我这本书，说你那本书怎么样呀，还没出来呀，怎么样？结果他不幸过去了。

这个时候我有机会见到了刘仰峤先生，他是社会科学院的副院长，他就把我调到社会科学院里来完成这本书，主要完成这本书，帮我配了人力，还有物质条件，中间一个，就是挖马王堆的那个王㐨同志，可惜他今天有事情没有来。这个同志对挖马王堆是非常有贡献的，他亲自把马王堆这个老太太的衣服剥掉，一件一件地剥下来。因为他搞这个工作，在科学院里面做文物修复工作，搞了二十年修复，专修这个。现在再修这个，我们想把他当正式助手，这是不行，科学院很重要了，考古所只能（同意）做我一半的助手。事实上，我的工作呢，因为快到八十岁了，很快要把这个工作交到他的手上，他比我强。其次一个同志，叫王亚蓉，这本书要是出来以后，小图大家看来要还满意，大部分是她的贡献。

我就是只做点说明，说明呢肯定是不能完美，总会有错误的，不是这里就是那里肯定会有错误的。所以大家外面不知道，说我很快就要完成一个什么专书，什么了不得的专书，服装书。那是没有具体知道这个事情，事实上是个很初步的，实际上同我写小说一样，试笔，一个试探性的工作。第一篇创作就是试作、试笔，这样如果我再多活几年，可能呢，还会有第二本、第三本出来。看样子恐怕希望不太大了，因为人呢，表面上看我还很好，各方面还很好，虽然有点心脏病，还算是对付得过去。因为老病了，事实上就像一个零件，尽管是耐磨耐摔，但是零件绝对有毛病了，一不小心吧，就不办事了，这是必然的规律。这就是我这几十年的工作。

还不仅是一个服装史

这次来，我们是先到广东去校正这个图。这本书是在香港印的，相当大，很大的一本书，全是图，说明几乎不是占主要部分。图呢，充满了新鲜的问题，新鲜的问题过去没有碰到过的。其实这个工作，早应该有中国的专家学者耐心来做，一定比我做得好得多啊。或者是从美术方面说，或者是从历史方面说，或者是从制度方面说，我的知识都有限得很。这次能够完成，主要是得到各方的，像考古所、故宫、历史博物馆，以及各方面私人朋友帮忙、促成，特别是我近身工作合作的同志啊，帮的忙特别大。

这次我们把这个书初步校完，知道还缺少一些问题，特别到长沙来，再来学习，因为楚墓上的问题特别多，特别是马王堆的墓，出土的东西在世界上是了不得的事情。就是在我们搞服装史上也是了不得的事情。像这个老太婆穿的衣服啊，就是个大事情。襟是围绕而上，谁都不知道，过去没人、书上没提到过的，提到也不知道问题在什么地方，在什么具体处。其实我历来搞这个丝绸的印染问题的，什么时候有印花的，这个材料早就知道了，估计是在秦汉之际。我是搞锦缎的、刺绣的，锦缎刺绣我见到不少了。我到故宫曾经有那么一年多吧，在那里做丝绸顾问，它里面有四十多万绸缎，古代绸缎，外头都不知道的，各种各种的绸缎。所以有机会看到一些材料，更知道，现在长沙这份材料是更了不得的材料啦，说明了很多问题，过去都不知道有没有。

再有，长沙马王堆不但是出了这个，还出了两把扇子，一把半规形的扇子，这个过去也不大知道。那么一到“报告”的时候，“报告”没提到，就只讲大扇子两把，一把小的，一把大的。拿到展览的时候，我才问我们的同志，你这个东西怎么说明它。年轻同志不知道怎么说，“报告”上也没说清楚。我才把它理一理，从汉朝时开始，从二百多种汉朝石刻上一理呀，原来这个扇子并不特殊，它是从西汉到东汉末期，一直到三国，最通用的扇子形式。原来最通用的扇子只有半规形的，过去不知道。这个扇子出土后，我们从图像上发现印证了。

最近的发现更有趣味，就是到嘉峪关外的敦煌去，从兰州博物馆，看到嘉峪关外出了一个魏晋之际的墓，原来还有拿着扇子跳舞的。这是最新的一个材料。我就把它试理一理，这样就做了一个关于扇子的专题，才晓得扇子是怎么样子来的，中间有什么样的。这就像我们说一个笑话，马连良《空城计》拿的那个扇子太晚了。早期的扇子，假定诸葛亮拿的那个羽扇呢，应当是八个羽毛平列的一个扇子。你看起来现在不过瘾了，不满足的，你拿这个东西就晓得。

再就是这几十年我一面工作，一面又好事，就等于是开了一个修修补补的服务店，义务的服务店。凡是讲到服装的，讲到绸缎的，讲到地毯的，讲到烧瓷的，就来问问我们。我就按照我们博物院的研究制度，有三个义务：一定要为科研服务，为教学服务，为生产服务。我这三十年来，就在零碎的消耗中间就“服务”掉了。

再就是工作上，现在看来，很得到湖南博物馆方面的负责同志和文化局的侯局长各方面的支持，也看到了好多东西。但是我本来应当是把这工作完了，我才敢来拜会各方面、文艺界的朋友，来看看。现在不敢说，希望侯局长帮我保密。主要是因为一来呀，我也没什么话说，见面的时候，也怕劳动你们。

这些呢，就是我这三十年主要的工作，这工作一下恐怕还摆不脱，恐怕还剩这几年都要用到这个上。因为什么呢，为这一个工作打个底子，还不仅是一个服装史，等于是物质文化史，从物、实物、具体的物中间提出问题，这在方法上面很可能为物质文化史的研究提供点便利。所以我一下恐怕还摆不脱。

我非要靠着这一只手撑着活下去

现在说到文学了，我就随便谈谈吧。我的书呢，在一九五三年就烧掉了，再加上这多年的变化，我在这个文学方面是绝对没有发言权的，绝对没有发言权。

过去的呢，我当时动笔写作，我只想做一个好像打前哨的，小哨兵样子，来做些试探，探路子。路子通，大家都可以走上去，分头并进，可以共同形成一个效果吧。因为当时我离开家乡时，我的本钱就是小学毕业，资格就是小学毕业。所以大家知道我不能够考进北京大学，我怎么能考进呢，当然没有资格。想考进中学都不行，没有资格的，而且也没考。大家不知道当时情形，那么，我没有别的能力，我非要靠着这一只手撑着活下去，愿望尽管好像很伟大，工作能力很低。

觉得文学革命有道理

我之所以离开我家乡，离开军队呢，不是没饭吃，是我那个年龄，正是“五四”以后，得到一个长沙的工人，这个人叫赵奎五，当时认识到，现在看呢就是八十多岁，恐怕也过去了。我到青岛大学的时候，他到我那里去住了有半个月，这位先生，这位工人同志对我很有帮助。

我当时那个环境里头，就是在湘西，陈渠珍下头，一天看看《花间集》这些，看看什么“公文程式”、《秋水轩尺牍》、《随园诗话》，就是看这些东西，越看越有机会翻小说，主要是办公，当小书记，九块钱一个月。到了我们那个时候，各省军阀讲联合、联省自治的时候，长沙就是赵恒惕当省长的时候，有机会从这个赵同志手下看到许多新书。看了许多新书，引起了我的幻想，觉得文学革命有道理。当时只提文学革命，革命文学是晚了，革命文学快到三十年代才提出。

这个是二十年代初期，我是一九二二年到北京的，我受他这个书本的影响，看到我们湘西的很多事情，很多的人，都是在事变中间，莫名其妙地死了。特别一次，军队跟到来凤，在湘西边上，暴动的一次，五千多人都那么死了。我想啊，与其看到我们相熟的人都是在事变中，什么参谋长、副官，什么军师长、秘书长，什么都死光了，那么……来凤其实就是民变，人民反抗军阀。我幸好有机会，那次不去，不去我就回到家里了。我还记得清清楚楚，要去的人要得到家里许可，“你们这些小伙子，在这时候去是不保险的”。那时张容川，还有个安徽督军叫蓝天蔚，他要打进川东去。

我回到家里去，家里也没有办法，没法活下去，就仍然叫我参军，到军队里当一个小司书。到了时，军队已经开拔三天了，就到留守处。一天，我记得去帮吃鸦片烟的副官长，很快得到消息，我们那边全军覆灭了，死了。所以不到一个礼拜，我就领了遣散费，大约有十块多钱，又跑回家去。跑回家去也没有办法，我才又跑到芷江。在芷江做了一阵子屠宰收税员，这也没有办法，又亏帐了，什么乱七八糟，脑子也糊里糊涂。那个时候因为还不成年吧，就十几岁，就只想跑。又跑到常德，那里有个黄玉书，我们同乡的，我们亲戚黄永玉的父亲，是省二师范毕业的，他把我留下来，这就是我写湘西的《常德的船》的一个资本。因为一天没有事，就去看这个船，所以对湘西的船相当熟悉，大家说你怎么知道那么多的船，我一天就到那里，有半年每天看船。

再后头我又转到陈玉鍪手下做事，当时贺龙当一个警卫团的团长。也不怕重蹈覆辙嘛，又到这个酉阳、龙潭、川东，住了一阵也不成，又自己离开了，又回到陈玉鍪那。他对我很好啊，他很相信我，就让我管书，我就像个书僮了。我那个时候又有机会看书，看旧书。旧书看了，到现在还得用。为什么呢？那时候年龄是接受最丰富的时候。但是我很快就形成了一种不安现状了，说这样子下去，或者是打死，或者是什么都不行，那我与其这样子，不如自己来支配自己的命运吧，于是就到了北京。

很多朋友很值得纪念

到北京是充满了幻想，总是以为最不行可以去卖报哇，可以活下来。可又不能卖报，各个地方都有规矩嘛，像这么一个乡巴佬出去，说话人家都搞不懂，搞不清楚的，怎么能卖报呢？再不成去讨饭吧，那更难了，北京讨饭非常之严格，因为大都市有规矩，每个街道都有一个讨饭的头头，手里拿个棒棒。我到历史博物馆后还专门买这么一个收藏。这个有棍子，掌握权的，你也不能讨饭，随便不能讨饭的。

但是呢，真是奇迹啊，居然能够活下来，靠什么呢，就是在军队里头什么苦都吃过，说一切不在乎。饿还是饿的，没有饭吃就没有饭吃，饥一顿饿一顿是很平常的。当然啦，纯粹靠节食恐怕是抵不过消化这东西的。幸好我在清华大学、燕京大学、北京大学、农业大学这四个大学很快就结识了一些朋友，这些朋友都是在读书的，都是搞文学的，有的搞政治的，知识啊常识啊都比我丰富。大概勇气呢，妄想没有我的多。

他们这些朋友很值得纪念，前前后后都在这几十年中，大多数都是在大革命时代在武汉牺牲的；还有几个，是在这十年“文化革命”中去世的。特别是湖南的，农学院有十二个。我自己到现在只记得新化有一个姓向的，石门有一个姓詹的，花垣县有个姓汤的，只记得这几个人，其他的不大记得了。一到吃饭困难饿得受不了的时候，我就到那里去解决问题。农业大学在当时也很奇怪，就是好像是个家庭制的，有个农场，学生可以分白菜，每个月每个人可以分得大量的几百斤白菜，学这个园艺的；学家禽畜牧的可以分鸡蛋。所以我一到困难的时候，就到那里去吃饭。

燕京大学也是这个情况，那时在盔甲厂，现在北京火车站附近。很多朋友很值得纪念，大部分朋友在广州革命、武汉革命中都牺牲了。我起初不去那边也有个原因，一方面我人懦弱，身体都发育不全，小个子，打也打不过，骂也骂不过，本钱不够，认识也不够。

他主要是学校大门开放

谈到认识，虽然“三一八”的时候，我也跟他们摇旗呐喊啦，跟在前面走，拿一个小旗子，散传单，我也不懂传单内容，到东交民巷口都不能进去，只能远远地拿着传单向里边撒，就是说那时候没有什么结果。也有结果，很快革命就发展了。我很清楚记得天安门前那些讲演，都是临时从附近的司法部街茶馆里面抬个凳子去，站在上面讲演，讲演完了再把凳子退回去。参加听的人可以说老百姓是很少很少，大部分都是各大学的学生。但是这个意义深长得很，就是为什么武汉革命的时候，打到武汉以后北方就垮了，这就是大学啊文化方面宣传，有一定的贡献。因为当时这些刊物啊，《语丝》《莽原》《京报副刊》……出版也就是千把份，但是它的影响是全国的。

更重要的，大家都谈到这个问题，都称赞蔡元培先生，叫他“开门主义”，就是解放。教员不选资格，有能力就进来。最出名的故事就是梁漱溟先生的故事。他是考学校，考不取，但是过了三年以后呢，请他正式去当教授。这是我知道的历史上的佳话。实际上，根据我知道的，不是这样。他主要是学校大门开放，什么人都可以去听课。这个影响大了。

那个时候住在北大附近至少十分之三以上为非北大学生，有些因各种原因，或者他毕业了，要等到他的爱人、朋友同时毕业，他等在那里；或者他读完了这个系又换一个系，各种各种的原因。总的反映的是社会当时毕业即失业的问题。许多同学留在了公寓里头。

公寓有一个奇怪的制度，它可以欠账。北京这个留下来的制度是根据前清这个科举制度来的。前清科举候补的官，留在那里一候差就是几年，根本就没有办法活下去，而采取一个记账的制度，到了忽然他分发下来，他即刻还账，都是前清科考来的。所以这个事物上的辩证的问题，是十分复杂的。

在《晨报副刊》一个小的角落里面

我慢慢地，大概是在二二年（开始写作），其实我连标点符号都不知道。要做作家？根本不是的，不是这么打算的，不敢这么设想，只是说万一有一天，我的作品能够在报纸尾巴上发表了，那我就兴奋极了，就是天赐的恩惠了。

所以我头一次发表大概是在一九二四年左右，都两年多了；在什么地方？在《晨报副刊》一个小的角落里面，是小孩子的作品里面；得到多少钱呢，七毛钱，那是书券，大概是比当时抄稿子还要低一点。因为抄稿子当时是一块钱一千字，我那个大概不值一千字，得了七毛钱的书券。但是它对我一生的影响大，觉得有出路了，实际上隔着出路隔得远。

到后来，因为《京报》的变动……鲁迅先生离开了《京报》，孙伏园去厦门，《晨报》居然空出位子来了，没有作家做文章了。实际《晨报》当时虽然是千八百份，大部分却对中国启蒙有一定贡献。为什么呢？当时啊，罗素著名思想家哲学家，杜威美国的实用主义的教育家，孟禄教育家，泰戈尔是世界有名的诗人，所有的作品同讲演，大部分都在《晨报副刊》上发表。所以当时我的新文章作品，能在《晨报副刊》上发表，简直是高兴得不能设想了，真是做了王爷了，太高兴了。

但是我晓得我隔得太远，我的作品隔得太远，从任何角度出发看，都是很幼稚的，非常之幼稚的。

我还是看成一个习作

有点好处就是仍然利用我当兵的这个习惯，一切不在乎，你骂我也好，奖励我也好，我都不在乎。我能做的还远得很呢，就有十年八年呢。再就是我一直到三五年，我快写到近三十本书的时候，良友公司选一个作品的时候，我都写“习作选”，还是习作，小说习作选。一直到四九年。四九年解放了，在五七年我选的，我还是看成一个习作。为什么呢？我这个得到的好处呢，大概就是永远感觉到不满足。

刚才听到什么同志讲呢，讲严文井写篇文章，谈到我，提到有天我帮他改文章的事。其实我的那个文章，我还觉得最有趣味的，大家经常提到我的一个不成熟的《边城》小说，那是一九三三年秋天，那时候巴金正住在我家里，跟我住在一块，我刚结婚。他一个月就把《雪》那个长篇写出来了。我那时候其实写《边城》都是到院子里面写，他到我书房里面写。我写半年才写完，他一下写十万字、十二万字，我半年中间才写六万字。一方面也可以说我不善于写中篇，另一方面，我总是有那么一个认识，就是说写得好的恐怕不在字数多少。你要达到效果，明白它的效果，你明白文字的效果，又明白它的内容什么样子能够产生效果来，恐怕有几万字还是能够的了。

再就是另外一个原因了，就是我欢喜读旧小说。我历来对一些唐人小说，短篇小说最钦佩。唐人小说这些都是几千字，《李娃传》，几千字，写那么好，《柳毅传书》《列女传》，那也几千字，而且写得是那么荒唐的，也写得那么好。所以我对效果这方面的要求，抓得比较紧。我不怕失败，也不怕害羞，失败了就又重新再来。就等于好像你原先是一个小丑嘛，学杂剧嘛，翻筋斗。你这边翻完了又那边翻，两边翻完了，前后又再翻，都翻完了，我觉得还是再玩一个花样，再翻。所以在我这方面，我感觉骄傲？永远不会骄傲的，永远是感觉不够。越因为这样，越看书多，越感觉到不够。这是初期写作的一种心理过程吧。

一直到好像大家都称我为作家的时候，我实际自己惭愧得很，我从来没有想到过当作家，从来没感到过我是作家。我生平也没参加过公开讲演，从来没参加过，公开的集会我也很少参加。只有一次，“一二·九”的这些学生，北京各方面的负责人，他们在清华大学、燕京大学开了一个欢迎我们的会的时候，我是参加了那么一次。所以我写了那么多，好像我熟悉了那么多的人，实际上我对文坛的问题是完全隔膜的。

到了作家要排队的时候我就不大习惯了

我是关到房门里面来写，读书。到了学校以后就根本不同了，一天到晚谈的小说，写的是，教人家的是，帮人家改的是，整个是成天滚到短篇小说里头了。再呢，就是给我有个机会，能够活下去以后继续学习的机会。

但是当时毛病也看出来了。就是在这个时候，快到三十年代，文学革命转到革命文学。因为转到了实际的问题来了。另外我还知道文学革命是什么：自由写作，自己找出路，各自打天下。还有好处，在当时，可以说不管你李大钊先生也好，陈独秀先生也好，胡适之先生也好，鲁迅先生也好，那么多没有说是哪个第一，先排队的。纵然他是第一，上帝也不指定这个，没有人能指定这个，每个人一起始都是开步走。这个我认为好，能够鼓励年轻人朋友，不作兴哪个在先。这是对我们好。后来的发展，情况，不同的一点。这也许在我思想上是个包袱，到了作家要排队的时候，我就不大习惯了。我总觉得写嘛，是个职务，是个义务，不是个权力。这个写得好么，是必然的。写得好，写十年八年二十年，写几篇像样的文章，那是应当的。写得不好是你活该不中用，你努力不够的。这是我的想法。我总是有这么一个还是乡巴佬的想法，没有近代化的这种。

至于我在我的自传提到的湘西人呢，讲我们凤凰人啊，又讲到湘西，各自为战到外面打仗都相当能干，合力同功是顶差的，这个不是湖南了，这个限于湘西我所熟悉的一个范围。就当时做学问的，像向达先生、舒先生，都是湘西溆浦人。湘西出了那么多的大军官，一大堆，但是那么多人都是不合作。湘西出了一个宋教仁，一个熊希龄，两个人又不合作，就是独自为战时，都能够打仗，又能够吃苦；但是一到合力同功呢，用近代化的各种组织搞的东西，就不行了。这是我个人的看法了。但是有时恰好是看得正确了，我就是这个样的。我自己要做这个服装问题相当困难，我不在乎，我慢慢地摸，摸，慢慢地就搞出个东西。

我们的利用率太差了

另外一个最大的工作，是总理派我们编一个对苏联，编辑出一个“中国历史文化图录”，这二十万份的书都准备好了，结果编不成功。为什么？这还是三个和尚没水吃。这个书到现在还没有编，还在历史所停下来，由科学院拿去编。什么原因呢？那个事我知道是一个苏联的专家来看，我当时都……

大家都奇怪了，你怎么能够做说明员，还那么久地做了三十年，还做得那么高兴呢？也是受到鼓励的关系。虽然一般是非常之辛苦啊。因为当时的一个制度，苏联、东欧兄弟国家还没有分裂的时候，他们呢是来学中国的。他按照习惯就是来看历史博物馆，因为博物馆陈列得比较有条理。来看我就陪着他看，经常来看，看二十天是很平常的。再一个就是谢洛夫这个教授，是人民大学的一个教授，陪了他看四十天，当时也不知道为什么原因，他要看我就陪着他看了。他问到我这个是什么，要不够就马上到库房调一点来看。我们陈列室是混杂了，属于综合陈列，也有曹植的诗，也有小说，什么都有。恰好我这个材料，就是个混杂材料，都还能对付。他看了一看还很满意，他就向总理建议，就是按照我说的编一个图录，专为俄国的中学教员，教中国史的，或者是为俄国学中国史的大学生来看。目的就是这个样的，不要什么更深了，更深我们就吃不消。就这样。

结果啊，就是因为（指定的）这三个人！一个是只想把马列主义的句子加进去，那个行不通。为什么呢？因为那个人是教这行的，是人大教这行的，他是讲这个问题的。说引错了，他就偏要加，结果最后是吵下来了，就没有法子。实际是我们的疏忽，为什么呢，这个朋友也还是很有学问的，但是他肝病严重，我们不知道。谁也不知道他肝病严重，那么容易生气，本来不容易生气的，有他就生气，结果很快就死掉了。这个很可惜的，一个姓王的。

说的这个书呢，现在就转到社会科学院历史所，六个研究员专门编，但是没编完。是什么原因呢？就是这一行，就是像我这种杂家呢，看起来好像容易，实际上一具体，它这个就是糖，这个鸡蛋糕。这样子也就麻烦了，它很多事情不成。我历来欢喜漆器呀，陶瓷呀，绘画啊，这些丝绸啊，这方面比较容易说，容易有话说。因为缺少这个东西临时学是学不上的。这个是我们详细研究长沙这部分东西得出来的，向文联建议嘛。有些朋友，学美术的，很值得学。

我们不出去就不晓得，你一出去就晓得，世界上谈工艺图案哪，还是中国。尽管埃及，罗马，还有希腊，说得是了不得，一到工艺图案来比，我们中国恐怕水平始终是占第一的。但是我们的利用率太差了，太差了，还是需要许多人哪，需要这个古代的工艺图案，以及民族的工艺图案。

美国现在恐怕是世界上研究中国问题最多的一个

我这次到美国去就有一个感想，看到很多地方都设有民俗的一个文化部门，中国的也有。但是它杂七杂八的，一方面谈到彩陶，一方面里头还有个京戏场面，那个做得很丑的，因为他不懂了。这个里面，盗出我们东西很多的，他不知道，因为这个东西包含着很多相关的问题。

搞这一行，我们现在缺少的是相关的知识，搞这一行的太缺少了，在全国都有这个问题。我有机会在全国跑一跑，得到一笔预算，公家得到一笔预算，专让我们搞，主要就是到处宣传宣传嘛，就是到各个地方看看这个问题，这方面太缺少了，太缺少了。

这次到美国去，按照我自己的想法，我主要是看一看人家的博物馆。因为，我们来讲笑话，按照中国的法律制度呢，八十年的文物就不能出国了。我呢，要是按照文物工作者来说呢，也快八十年了，很快就不能出国了，所以一定要争取出来，来学习学习，看看人家怎么研究中国。

现在得到印象，简单地说说这方面的印象。美国现在恐怕是世界上研究中国问题最多的一个。人最多，占多数的，这是好处，很多地方都把中国看得很重。比如说吧，一个胡佛图书馆，原来一个总统的图书馆，它有一个特别的陈列室，它所有“文化革命”的材料都有。还有一个国会图书馆，那就更多了，我们想不到的材料都有。讲到学习问题的也是这样的，一直有把西南联大当作博士学位来念的，念“五四”的那就更多了。现在研究革命历史的，研究艾青、丁玲的，研究鲁迅的，研究萧军、萧红的，都有专家。这有两个原因。一个好处就是他们关心这个问题；另外一个，他们从实利出发，有学位同没有学位的完全不同，对学位这个东西是当作了一个资格考取了，是考秀才考状元这个样子的。有学位才能在正式的大学正式教书，一般的都是当教员不是当教授。

他要应用了，他要找出路，但是一般的没有出路。比如说他学习龟甲文，你给他更多的也有人，但是绝对不会多十个以上。为什么呢？没有出路，他学习没用处。学近代文学他方便，比较方便一点。

但是我们值得知道的，值得向同志谈一谈的，现在大部分就是我接触的这些作家，或者不是作家，教中国文学的，教中国文化的，除了老的像赵元任、李方桂这些老先生以外，其他年轻的大部分是台湾的，大部分是香港大学或者香港中文大学，这是我们值得注意的。讲中美文化关系要把它搞好，这点很值得注意。那就是说我们一定要争取一些人啊，到那边去的这个位置要占住。因为美国有个习惯，我也不太理解，这次亲戚到那边是耶鲁大学一个专家，而且是搞中文的，很多学生的博士学位都是他定的。他提到这个问题，就是太高，没有人学，太新的，比如说陈独秀有人研究。为什么呢？同他的出路有关系。很多毕业的，没有出路，现在有新的出路，去帮商人当翻译。他作的论文你要是看到，有的也是很可笑。前不久北京开了个史学会，中美交流史学会，就有他们的专家提出了"《金瓶梅》同荀子的关系"这样的题目。

是不是能先做记者

……实际上我真正没有发言权的。因为什么呢，隔了几十年啦。社会是明显变化了，整个变化了。所以他们出国的到外面去提了，有人提了这个问题，新的呀，总是有的地方看不习惯，他们也不晓得要怎么样写。台湾也提这个问题，台湾提出情况不同。我们听到有朋友这样说了——知道内幕的人说，它有关于台湾独立的问题，不相宜的——这是另外一个问题。再一方面我们想想过去呢，我写这一方面比较多，因为我比较熟悉；外面大社会呀，我呀比较隔膜，没有发言权，没有资格。这个我也不霸道。

这几十年，始终有朋友说我只想混到社会上层去，实际上我永远混不上去。我不是想那么混上去的，也没有能力。我只是想把这文字的实验，加点文学革命这个问题，包含一个文字本身的革命。要来代替旧的作品呢，它文字本身就是一个工具。一定要形成工具，对文字工具要让它发出效力。慢慢地，我认为对文字应当、值得革命。

其实，恐怕我是受契诃夫、屠格涅夫的影响。我总觉得写什么东西，写人事这个东西，把这个地方风景或者插进去写，人是在这里活动呢，容易出影响、出效果。所以这并不是我的长处，我只是从那方面得到点启发。我就尽我所知道的写，所以我的作品范围很窄。实在说，不值得学习，都是过时得很，都隔了三十年、五十年了嘛。而且这五十年我们新的文学要求不同。

我有个看法，要求不同，同样是这么一个东西，特别是短篇小说，都限定在三千字到五千字，你任何跳圈子都跳不到管人事的纠纷上的问题。你要使它写得生动活泼呢，文字还是一个要紧的。其实能够驱遣文字，还是不能放松的。但是一个事情呢，是它不容易产生雷同的问题。写一个雷同问题，不一定产生雷同的印象，还是要文字。文字在写法上要适当加上不同地区的背景呢，效果就出来了。所以我不一定是对这一方面内行，但是我这写法，是当时学习写作的过程中，始终是从契诃夫、从屠格涅夫的《猎人日记》上得到启发。我说的这个东西还是有道理的。再就是一个涉及主席说的一个生活问题了，要是依我这么想，这个我也是没有实际经验。让我要为这个东西去写下去呢，恐怕效果不太大。先深入到生活里面去熟悉这个问题，你再来写，效果容易点。

我曾赞成年轻一代的同乡作家，能够去跑，能够挨饿，能够不怕冷。是不是能先做记者，把笔下弄活它。记者呢，一方面反映现实，一方面他又熟悉冬暖夏凉这个四季的变化， 方面看到现实社会的种种。这个底子呢，比到学校去学文学有用处。

我们现在同乡有个萧离同志，古丈人，写点东西大家还是很认可的，特别最近写篇《追悼向达先生》，这篇文章大家认为对向达先生是写得好的。他写得好的原因就是他熟悉向达，同他非常要好。向达先生同我很熟，甚至政协多年都在一块，而且又是同行。但是我没有他写得好，就是有些问题，关于生活情况各方面的。

萧离先生写过好多文章，特别是过去写过关于楚国文物的介绍文章，人家都认为是我写的，实际上不是我写的，是他听到我说的以后他写的。他有记者的观察力。我记得我们到联大开课，教一年级学生，当时有个好办法，不管你是一级教授也好，二级教授也好，特级教授也好，都要参加教一年级的国文。指定二十本必读的书，这中间包含范长江、徐盈的报纸的通讯，很多同学得到启发。所以呢，以我个人看来吧，这些主席提了的，还是对的。但是哪，你不要指望他下去一个月就写一篇文章，这个没有用处。是不是有机会，大家好像万舸争流嘛，这样让他有机会放到那个环境去住一年。特别是写得不大好，也不要感到失望，写得好点也不特别急着去印它几十万本。这个比较危险。根据个人的浅薄经验来说呢，要是一个作家写到十本书以上、左右，他就统一上达到一个平衡，就站得住，而且在这个基础上他就可以更发展。

好像是一切不离开人情吧

在这方面，就有两个问题：一个现在同志们都愿意写长篇，一方面是因为有生活嘛，一方面还是容易成功，容易成名嘛！

写短篇是个费力不讨好的，在外国也是这样。你写短篇，那个畅销书很少是短篇的。但是根据我个人的经验，我觉得呢，乡土文学也好，要探讨一下乡土文学，用短篇来练手让它长一点，让它有一个试验时间啊，出到十本书以后再来考虑这个问题，让它生活比较安定了。

其次还是要读书，读书不必是受影响，是受启发。因为人家他写短篇这个东西就像跳舞，各种都要跳啊，他各种跳法。相反的也可以成立，一句对话没有也是可以成为小说，单纯是对话也是能成为小说，就是看在手法的处理。

处理问题，从看莎士比亚的戏一样，还是一个重要的问题。处理问题，他也不一定都是现实生活写生啊，不一定。我们看《聊斋志异》，许多问题上说鬼说狐，我们到现在还受感动，什么原因呢？它有个问题在里面，它处理的好像是一切不离开人情吧，它总是很接近人情的，它效果就出来了。

绘画也是这个问题，过分夸张同过分简略都不能达到目的的。所以能达到目的的，好像诗歌这些，总是恰到好处。所以对于我过去，就是文字上，这也是受批评的一个原因吧。

我总赞成这样文学革命，就是先把文字当成工具，先能够控制这个工具，自由运用这个工具。再一方面来写小说呢，话也就多了，而且也不会犯这个所谓抄袭呀。因为读书多了，他就不会抄袭了，他就晓得的，就好像去到山中，还有好多空山可以让你爬上去，都没有人探险过的地方，你都可以探险，文学可以探险。你说的全是一片胡说，假话，不是真的，不是所有的，他也能够适应。我看《西游记》就是这样的，哪会是真的？那鲁智深倒拔垂杨柳，那是不是真的呀，仿佛是真的。大家现在看到《红楼梦》的时候，就会想到，研究《红楼梦》的人真多，但是实际上《红楼梦》真正感人的呢，倒是看到刘姥姥什么的。尽管你在序言上包含一系列很长的论文，结果人家看的还是不是完全让你这个批判来调动，还是让他从作品本身来受感动，这个现在只能说是外行的想法。

改来改去我文字就通顺了

让我们年轻的朋友啊，在这个方面上发生兴趣，也得到些便利，就是我们领导上，不要因为他一篇写得好像碰巧好了，就觉得不得了。这个很危险。我们这几十年经验也是这些，所以有很多昙花一现的问题。另外一个写得不好，写错了的，也不必加重责备批评。因为这个事，要是全部好的那倒是奇怪了。要是偶然写得不好，或者是甚至居多不好，那倒是本来的。因为他总要经过训练嘛。一切都要经过训练嘛，我更相信这个。

大家讲我有才啊，那是天知道，绝对没有。我是相当蠢笨的一个人，我就是有耐烦，耐烦改。特别是改，这改大家不能想象一下，有朋友写道：巴金什么的说我“最耐烦改了”，因为我改来改去，改来改去文字就通顺了。我是标点符号现在还不通顺，还要我的老伴来帮我改。因为她到《人民文学》做编辑做久了，专门挑字眼儿，哪个文法不对了，哪个文法又不对了。因为我根本就不懂文法，我怎么对了？不能对的。

我记得主席也提到他不懂文法，不学文法，这是有道理的。事实上他的文字上有风格。其实我一点也没有，其实我很多是我们家乡的语言。现在我们知道一个问题是这样的，你太搞方言化了不行，受不了，走不通的。像我们凤凰那个“给个毛恰恰”也不行。但是有一个印象，好像是地方性的，不光是沙汀同志谈——也是个老朋友了——太方言化了走不通。你要是广东人，你要是去纯粹写广东话就吃亏，这方面也是个学习过程。你学要学得大家都感到这是个“技术”

了，也不容易学的。我不会说北京话，但是我懂得北京这个语法的习惯，什么什么的这个。所以方言文学我们主要是指地方这个东西嘛。

他自己是最细微的批评家

其实乡土文学，写地方当然应该轻车熟路，亲切感人。甚至于下去这个问题，我听到很多朋友谈到了，而且我两个孩子都是工厂的，到工厂做工，都是学工的。他们一看到下放来采访的这种，哪个作家来实践的，他就感觉到可笑。他学十年了，那些名词都还学不到，都根本是没法子学的，因为这些有些是你不混到生活里面根本没法子学的。而且矛盾呀，细微的动作呀，细腻的问题，这些不是刚派你下去就能够写的。

组织先行这问题比较难的，是不是？组织方面对这个年轻的小姑娘，让她稍微放松一点，放宽一点，要求不那么太严，反而效果会出来了。要求过严了，特别明显是稍微好点的，就了不得，这就不行，这个最容易毁人。差一点的呢，要正面告诉他这篇不太行。

其实呢，那个时候我最抵抗这个批评家，我总觉得一个作家到某种程度，他自己是最细微的批评家，少少的一句话，一个标点，都非常之掂斤拨两地在那里考虑。一个细心的作者，前后几万字，观察上哎，这个地方同前头有点矛盾，性格上或者他都考虑到。但这是从我们这些比较低能的学习者而言吧。有些聪明朋友那不是这样。聪明朋友像老舍、巴金他们，稿子烧掉以后他都能够复写一篇。我要假定被烧掉以后，人家问我，没目录我都不知道了。为什么呢，我是慢慢地凑拢来的，慢慢地凑呀！凑拢来的看起来好像很舒服，实际上很费功夫。所以这是两个方法。不一定是我这个对。

有的看看他的才气了，因为我编了一二十年副刊的稿子，所以这方面有些经验，或者可以作参考的地方。我就是按照他的长处来发掘他，而且改文章也是这样，总不让他丧气，总是应该永远让他有希望。而且稍微好点的，总该让他好的充分发挥。这个好像对一个工作——长久来看呢，还是一个比较好的经验。

这就不是乡土文学的问题啦，就是纯粹的乡土文学它也不行。像我们现在再回头去写，不行的，我最熟悉的也不行了，社会变了。社会永远在变，但是有些地方又不变，能够掌握到这个问题了，大概写小说就不会碰到问题了。

我原来是想学五十年

刚才讲我想混到社会上层，讲的不是裴文中，是冯文炳。冯文炳可惜了，那也是我一个很好的朋友，死掉了。他们都很好，许钦文老了，在家乡，八十多岁，在浙江，我前年才见到过他。我并不比他们高明，我就是比他们持久一点，他们很快又转了别的了，我就比他们久一点吧。

他们讲到我是多产作家，这在当时是批评多于褒奖，都是开玩笑的说法。你没有别的嘛，就是大量生产。他们不知道那个时候，我是完全当作学习来写的，学习过程总觉得是写来写去。这多呢，不是因为要露面的，那么这样子试完再这样子试，完全是个学习过程。但是这个社会变化太快，我原来是想学五十年，我也许有机会拿这个作品面对社会。但这个社会变化得太快了，不到三十年就变了。我是真正没有发言权啦，所以就不能不改业了。

现在我们湖南这几位还是条件好，有好多地方，特别是理论方面内行，知道这个问题，给年轻朋友各方面的便利，而且依我那么想呢，湖南还容易，你看出了那么多。之所以有些都是……像张天翼，他身体不好，立波同志也故去了。

这个是不是我们想想法子，将来出书的时候不一定多出。与其印几万本，它不太稳定啊，这个要求与变化太快，可能还要有变化，可能每次出两三千本，做试点本。假如效果好，把它再扩大。这也是提倡鼓励年轻朋友写作，看你肯学。实际上还是编辑要负责了，编辑要多费点耐烦，工作上就像一个家长一样，充满了热情来帮助，把年轻人扶起来。

我相信，这个我有点地方主义呀，那就是我们湖南一定有大量的好作品贡献给国家。特别是湖南有好多地方同北方不同，我到北方各省都走走，有些太枯燥，太枯燥。有些他没什么，就好像我们家乡那个叫得胜营，尽管两边相骂，轻轻的相骂都知道了，唱歌那更好了。但是一走要两三个钟头，那么下来上来。唉，这个你要写小说，会写到就好了。

致命的就是纯粹用方言

(提问：我向沈老请教一个问题。我非常喜欢沈老的作品，二十多年了，在沈老的作品的影响下开始创作。从沈老的作品中我感觉到一种很强烈的湘西味儿。我是湘西人，现在还没有离开过湘西。但是，我是从沈老的作品当中来了解湘西的。刘绍棠到湖南来也说，从沈老的作品中了解湖南，了解湘西。我觉得沈老的作品，仔细看好像又没有方言土语，没有湘西人的那个土话，不是靠这个来取胜。刚才沈老讲了不主张用太多的方言土语，又讲了文字革命。您的语言搞得这样好，想请您介绍一下。）

……其实也不太好，因为已经过时了。在美国我讲个笑话，谈到几个笑话也有这个问题。他们也要我谈，非要我谈谈这个，也是谈这个乡土文学。我就讲到大家都知道的屈原诗歌中提到的沅水，但是我比他不同的一点是，他没到过的地方我都到过，这个我比他占点便宜。

另外一方面我大概是还占了一个便宜，我能够看懂骈体文，就是最复杂的、麻烦的、没有趣味的骈体文，一直到现代文我都看。我欢喜看杂书，有一段时期又教过小说史前一部分，是讲语言的。又欢喜看这些杂七杂八的书，这个也占便宜。

对古文的应用啊，打个比方，像《世说新语》，几句话就解决个问题，给人个印象，这个地方我恐怕也受影响。不是光是方言。特别我是对绘画这些更是也不会画，但是我对绘画的理解有感情。所以我在绘画上，可以举个例，这位王同志王亚蓉画得是很好的，但是她要在我下头。我教她，大概是用这种方式画，效果会更好，她接受，结果效果是不同了，可见我懂。写小说恐怕也要这样的，语言上措辞呀，说话最忌讳、最致命的就是纯粹用方言。我们看《海上花列传》，没法子看下去，它方言太多，上海话太多。

（插语：鲁迅也反对这个。）

现在我们不是缺少语言的问题，而是缺少用它的问题。用它，我们另外也有个经验，这还是很少的经验。我写的《一个戴水獭皮帽子的朋友》，这是个真人，在常德开一个旅馆，我是他的小朋友。这个人不得了，他收了大量的字画，这是一个很有趣味的朋友。什么野话都会说，而且双关语说得头头是道，都是双关的，野话也是双关的。这些地方，大概我小小的就感兴趣，记得不知道有多少，有的我还不敢用，不好用这些。我觉得，要是懂得这个东西呢。有好多看起来写得很粗野的事情，也许使人感到真实的，诚实，没感到猥琐。

大概看书看得杂一点是很必要的

这就看到，暂时说个书呆子的话吧，看书多还是有好处的。一般时间来看书不免浪费了，同写作不免浪费一样的，同样必然会浪费了，有好多书看嘛。但是看坏书，你知道它坏，也有好处的。我写坏了我知道这个办法走不通，我换一个方法，不断地换。不是天生啊，我这句话就是我天生说出来的？不是。至于天生的那个，我太熟悉底层的那种人，特别是我们凤凰的，原来有这个绿营制度，养下许多吃闲饭的。但是对于生活丰富，多了，经验多极了。这种人，是讲爷，老讲爷，这种人了不得，得到他的好处太多了。

风景画要懂美术了，懂绘画，比较懂得多，懂得高。等于我们绘画，有的画半天，画的不得效果；有的稍稍勾一下，它就出来了，这个还是注意的问题。我最不相信有天才，但是事实上有天才，但不是我。我就是学习，就是耐烦，唯一好处就是耐烦。

现在学这个东西，新的这一套，对我说真的难了。纯粹客观的东西一定靠记忆力，就是看。大家都觉得可笑了，因为什么呢，你一天到晚花花朵朵坛坛罐罐的有什么意思呢。学进去了就不同了，原来花花朵朵不同，原来我们看外国人，外国人看中国人，都是一个样子。我看洋人鼻子高高的都是一个样子；我们中国人看我们自己家里的人，哎，这是老大，那是老幺，一看就晓得。这个你要懂了，你写人性一下子就写出来了，性格就出来了。按照年龄上来，性格都不同。这个说得好像玄妙，实质上不是。

大概我另外占一个便宜，我的一个亲戚是燕京大学学心理学的，姓夏的，也死了，也是在美国教书的，姓夏叫夏云。他给了我一些书看呢，给我启发了。这个东西是心理学上的问题。大概看书看得杂一点是很必要的。

看杂的，有些书上仿佛迷信，就像是“佛经”。你看起来它有些都是迷信，好像是没用，但它好些都是小说，好多小说。里边的小说巧极了，印度人设想小说妙不可言。“道藏”里面更深奥了，真是有思想性。就是我们讲，比如说我现在是也可以说有职业病吧，一谈话一天就不晓得什么累了。大概看书太多啊，这个里边，平时好像不大用脑子，一到看书就钻进去了，看书多了，也不知道累了，也理解一些问题，它是这么个说法。一个是刘祖春，是我们凤凰人，在北京市委当书记，第二把手。他有个儿子，小小的，是在“文化大革命”期间长大的，十几岁就能看旧书，看《庄子》，看汉魏百家丛书。他提了几个新问题，为什么历代谈政治的建议什么的，内容都差不多呢？这个提法很好了，证明他能看懂了。为什么，因为它封建社会嘛，要向皇帝进谏总是差不多了，就是好坏的问题：甲就说得好，乙就说得坏一点。其实它这社会就有一个共同的。

让我自己脑子里的命令来写

我从来欢喜看书，诗歌我也看。我不能记，我不像我这老伴，她都能背的，我总是似是而非的。但是，我有用处的时候就来了。为什么？我可以用它的意思。说这个我赞成啊，写小说是个综合的。

现在大家讲到写戏剧是个综合的，其实写小说比戏剧好像还要复杂一点。为什么呢？你又要懂唱懂演，又要帮助他穿衣服啊，又要布置他喜怒哀乐，最重要是恰到好处，这是最主要的。

有好多朋友，大概李健吾就用“刘西渭”的笔名批评我，批评得比较深刻，他就提到这些问题，他有两篇文章写得很好的，到现在为止还没有超过他的。还有这个金介甫，他对我的评论有些地方也是很中肯的。他说我的生命总的来说分三段，这段做了，做的时候就拼命做，一放下就绝对不做。大概还是说得对。搞文学的时候是拼命地做。在军队里头按照当时的习惯呢，我本来应该是混到军队里头，因为慢慢得到陈某某的信任，他对我的印象很好。我要是按照他这样混下去，一定是做小绅士，做几年知县，讨几个姨太太，结果吃吃鸦片烟了事。这是按照规律说来是。但是我一摆脱他，那么穷困的时候，我一个钱都不要他们的。他本来想让我跟他，要多少钱他都会给我的，特别是我！他晓得我的性格，我不要就什么都不要。我有机会到熊希龄身边去做事情，那是我们中国的一位总理了，又是我的亲戚。他是对我好的，我自己偷偷又跑了，又离开了。

我就是，我自己只想写小说，而且只想独立写小说。再就是也有弱点的地方，就是难以为继的地方，我只想写小说呢。我还有一个重要的，是不能够让命令来写，你得让我自己脑子里的命令来写，才能写出来。你当命令来写，就变成一道命令啦，恐怕假了。这个假是另外一种假，也许写得好，也许不怎么样，总是要归我自己来处理吧。总是觉得这个东西也有弱点啦，很显然的弱点。

晓得生命这个东西的表现方式

大概你大量地看书，没有事情就看书，它就给你一个印象：小说这个东西呀，你以各种方法都可以写，你都可以写得很逼真的。哪怕你没有死亡的经验，你写死亡，写得是非常俨然。因为什么？因为人有一个共通性，痛苦有一个共通性。其实现在大家写得不满意，一写死亡就大哭大喊，没用。我看到的死亡，就我身边，我看到杀了五千人。我看到在旧社会最严重的一次，是在沅州这个地方。这是滇军、黔军有一营人叛变被发现了，全部枪毙到沅州的一个河滩上。看到一营人过去，后头一团人压下来，许多年轻军官站得整整齐齐。当时不知道什么原因，我也好奇跟去看。原来他把这一营人放在一块，这一团人就做预备姿势，就宣布他们的罪责，没有一个人做声说话。结果不是开枪，而是吹一声哨子就拿刺刀捅死。我亲自看见的。结果给我一辈子影响很深。我就了解痛苦这个东西，不一定是大喊大叫，它可以以各种方式使你写得很真实的。在这个地方，写小说的恐怕懂得这个也是很有好处的。等于好像我最高兴的也不一定，我看到了有几个人要死的时候，你问问他，他笑一笑，你好像比他大哭大喊使你还更加难过。

这个东西又说玄了，可意会不可言传。实际上也简单，是人就是这样的：只要你生活经验一多了，你就晓得生命这个东西的表现方式，你要写它，很多很多方法来写，不是我们所想象像吵架一样互相骂去吧，不是这个问题。这个就是学问。你像托尔斯泰写《战争与和平》的时候，真正写打仗的只写几章啦，那么大规模的问题，烧莫斯科，结果几章就完了，但是写得永远使你感觉到生动。你也不参加，他也不参加，结果写得很生动。

他呢，生命一个共通性，一个差别，你懂了，共通性你也懂了，你写小说就顺了，你想写什么就是什么。比如说骂娘话，我真正到了按照骂娘话写，那我也写不成了。一开口就骂娘，那，哈哈哈，我们跑船工还真是这么样的，一开口就骂娘。

1981 年 4 月 10 日

无从驯服的斑马

我今年已活过了八十岁，同时代的熟人，只剩下很少几位了。从名分上说，我已经很像个“知识分子”。就事实上说，可还算不得正统派认可的“知识分子”。因为进入大城市前后虽已整整六十年，这六十年的社会变化，知识分子得到的苦难，我也总有机会，不多不少摊派到个人头上一份。工作上的痛苦挣扎，更可说是经过令人难于设想的一个过来人。就我性格的必然，应付任何困难，一贯是沉默接受，既不灰心丧气，也不呻吟哀叹，只是因此，真像奇迹一般，还是依然活下来了。体质上虽然相当脆弱，性情上却随和中见板质，近于“顽固不化”的无从驯服的斑马。年龄老朽已到随时可以报废情形，心情上却还始终保留一种婴儿状态。对人从不设防，无机心。且永远无望从生活经验教育中，取得一点保护本身不受欺骗的教训，提高一点做个现代人不能不具备的警惕或觉悟。政治水平之低，更是人所共睹，毋容自讳。不拘什么政治学习，凡是文件中缺少固定含义的抽象名辞，理解上总显得十分低能，得不出肯定印象，作不出正确的说明。卅年学习，认真说来，前后只像认识十一个字，即“实践”，“为人民服务”，和“古为今用”，影响到我工作，十分具体。前面七个字和我新的业务关系密切，压缩下来，只是一句老话，“学以致用”。由于过去看杂书多，机会好，学习兴趣又特别广泛，同时记忆力也还得用，因此在博物馆沉沉默默学了三十年，历史文物中若干部门，在过去当前研究中始终近于一种空白点的事事物物，我都有机会十万八万的过眼经手，弄明白它的时代特征，和在发展中相互影响的联系。特别是坛坛罐罐花花朵朵，为正统专家学人始终不屑过问的，我却完全像个旧北京收拾破衣烂衫的老乞婆，看得十分认真，学下去。且尽个人能力所及，加以收集。到手以后，还照老子所说，用个“为而不有”的态度，送到我较熟习的公共机关里去，供大家应用。职业病到一定程度下日益严重，是必然结果。个人当时收入虽有限，始终还学不会花钱到吃喝服用上去。总是每月把个人收入四分之一，去买那些“非文物”的破烂。甚至于还经常向熟人借点钱，来做这种“蠢事”。因此受的惩罚也使人够受的。但是这些出于无知的惩罚，只使我回想到顽童时代，在私塾中被前后几个老秀才按着我，在孔夫子牌位前，狠狠的用厚楠竹块痛打我时的情形，有同一的感受。稍后数年，在军队中见那些杀戮，也有个基本相同的看法，即权力的滥用，只反映出极端的愚蠢，不会达到他们预期的效果。

使我记忆较深刻且觉得十分有趣的，是五×年正当文物局在北都举行一次全国博物馆工作会议时，或许全国各大博物馆文物局的负责人和专家，都出了席。我所属的工作单位，有几位聪明过人的同事，却精心着意在午门两廊，举行了个“内部浪费展览会”，当时看来倒像是很有必要的一种措施。事先没有让我参加展出筹备工作，直到有大批外省同事来参观时，我才知道这件事。因为用意在使我这文物外行丢脸，却料想不到反而使我格外开心。我还记得第一柜陈列的，是我从苏州花三十元买来明代白绵纸手抄两大函有关兵事学的著作，内中有一部分是图像，画的是些奇奇怪怪的云彩。为馆中把这书买来的原因，是前不多久北京图书馆刊正把一部从英国照回来的敦煌写本《望云气说》卷子加以刊载，并且我恰好还记得《史记》上载有卫青、霍去病出征西北，有派王朔随军远征“主望云气”记载。当时出兵西北，征伐连年，对于西北荒漠云气变化，显然对于战事是有个十分现实的意义。汉代记载情形虽不多，《汉书·艺文志》中，却有个“黄帝望云气说”，凡是托名黄帝的著述，产生时间至晚也在春秋战国时已出现。这个敦煌唐代望云气卷子的重要性，却十分显明。好不容易得来的这个明代抄本，至少可以作为校勘，得到许多有用知识，却被当成“乱收迷信书籍当成文物”过失看待。可证明我那位业务领导如何无知。我亲自陪着好几个外省同行看下去，他们看后也只笑笑，无一个人说长道短，更无一人提出不同意见。于是我又陪他们看第二柜“废品”，陈列的是一整匹暗花绫子，机头上还织得有“河间府织造”几个方方整整宋体字。花绫是一尺三左右的窄筘织成的，折合汉尺恰是二尺宽度。大串枝的花纹，和传世宋代范纯仁诰敕相近。收入计价四元整。亏得主持这个废品展览的同事，想得真周到，还不忘把原价写在一个卡片上。大家看过后，也只笑笑。我的上司因为我在旁边不声不响，也奉陪笑笑。我当然更特别高兴同样笑笑。彼此笑的原因可大不相同。我作了三十年小说，想用文字来描写，却感到无法着手。当时馆中同事，还有十二个学有专长的史学教授，看来也就无一个人由此及彼，联想到河间府在汉代，就是河北一个著名丝绸生产区。南北朝以来，还始终有大生产，唐代还设有织绫局，宋、元、明、清都未停止生产过。

这个值四元的整匹花绫，当成“废品”展出，说明个什么问题？结果究竟丢谁的脸？快三十年了，至今恐还有人自以为曾作过一件绝顶聪明，而且取得胜利成功伟大创举。本意或在使我感到羞愤因而离开。完全出于他们意外，就是我竟毫不觉得难受。并且有的是各种转业机会，却都不加考虑放弃了。竟坚决留下来，和这些人一同共事卅年。我因此也就学懂了丝绸问题，更重要还是明白了一些人在新社会能吃得开，首先是对于“世故哲学”的善于运用。这一行虽始终是个齐人滥竽的安乐窝，但一个真正有心人，可以学习的事事物物，也还够多，也可说是个永远不会毕业的学校。以文学实践而言，一个典型新式官僚，如何混来混去，依附权势，逐渐向上爬，终于“禄位高升”的过程，就很值得仔仔细细作十年八年调查研究，好好写出来。虽属个别现象，同时也能反映整个机构的……[1]

1. 本文未完成。

自剖提纲

性格内向型，能思考工作，不善于和人打交道。

一生忧患多，挫折多，十分胆小怕事。

嗜好少，外务少，书本消耗了大部分生命。除了廿岁以前在小乡城长大，生活转徙流离，明白部分乡村和内地小城市人事。到大都市后，和人事接触，即限于知识分子范围。十分狭窄。懂的文学知识，除工作实践，即从书本得来。

不懂政治，怕在政治上犯错误。无向上爬野心和能力。对人无能力，不善于在不同业务、不同意见群众中进行工作。处理家务能力也不强。

搞工作不怕困难，不怕失败，还能持久耐烦。也无什么事业上的野心。想的只是一切尽力作去，会慢慢克服困难，取得进展。搞短篇小说，只是照五四白话文学运动的理想和目的，如何努力掌握文字，接近语言，能不受旧的格式、思想拘束，反映新的社会种种。不考虑什么“成名成家”。只希望能在这一部门工作中，进行学习试探，搞个三几十年，作个“打前站的尖兵”。也多少有些幻想，那就是比契诃夫、莫泊桑工作，搞得更扎实一点。（照“五四”当时从事写作的说来，还不可能有“职业作家”，契诃夫和莫泊桑，又算是世界上写短篇故事较著名的，用他们成就作为对象，想超过他，已算得是十分大胆妄想。）

由于长期写短篇小说习惯，所以在工作中小有成就，不会“自满”，工作失败，也不“灰心”。总是继续作去，并且不断在摸索中改正错误。这种工作方法和工作态度，也影响到后来搞文物研究。有得有失。

由于不曾受过正式中等教育，思想方法、工作方法，和一般出身于大学文史系搞创作、搞研究的人多不相同。可能大不相同。所得进展和结果，因此也显著不同。

在任何环境中都不免有孤独感。

对生活要求不高。到大都市五十年，旧社会大都市里各种娱乐事，就通通没有学会。作品中写到许多事情，都并不是从实践中得来，只是想象推衍联系。

写作花样多，作人和过日子，实在极其简单。脑子用到工作上，极其复杂，也能应付。人事上最怕复杂，最怕在小事上争论，在不相干问题上争论。

自我评述

我出生在湖南西部边远地区一个汉苗杂处的小小山城。小时因顽劣爱逃学，小学刚毕业，就被送到土著军队中当兵，在一条沅水和它的支流各城镇游荡了五年。那时正是中国最黑暗的军阀当权时代，我同士兵、农民、小手工业者以及其他形形色色社会底层人们生活在一起，亲身体会到他们悲惨的生活，亲眼看到军队砍下无辜苗民和农民的人头无数，过了五年不易设想的痛苦怕人生活，认识了中国一小角隅的好坏人事。一九二二年“五四”运动余波到达湘西，我受到新书报影响，苦苦思索了四天，决心要自己掌握命运，毅然离开家乡，只身来到完全陌生的北京。从此就正如我在《从文自传》中所说，进到一个永远无从毕业的学校，来学习那课永远学不尽的“人生”了。

我人来到城市五六十年，始终还是个乡下人，不习惯城市生活，苦苦怀念我家乡那条沅水和水边的人们，我感情同他们不可分。虽然也写都市生活，写城市各阶层人，但对我自己作品，我比较喜爱的还是那些描写我家乡水边人事哀乐故事。因此我被称为乡土作家。

自订年表

出生年月日	一九〇二年十二月二十八日
籍贯	中国湖南凤凰县
性别	男
笔名	岳焕，懋琳，上官碧，窄而霉斋主人，甲辰，小兵
父	沈宗嗣，医生
母	黄英
配偶	张兆和
结婚年月	一九三三年九月九日。(已退休)
子	沈龙朱。*一九三四·十一·二十*
次子	沈虎雏。*一九三七·五·三十一*
学历	仅受小学教育，无任何学位，无党派，无宗教信仰
住址	北京前门东大街三号五〇七室
工作单位地址	北京建国门内大街五号中国社会科学院历史研究所
文学代理人	中国社会科学院历史所

简 历

一九一七—一九二二	当兵
一九二四—一九二八	写作（职业）
一九二八—一九三〇	（吴淞）中国公学讲师
一九三〇下半年	武汉大学讲师
一九三一—一九三三	青岛大学讲师
一九三四—一九三九	（北京）编中小学国文教课书
一九三九—一九四七	（昆明市）西南联合大学副教授、教授
一九四七—一九四九	北京大学教授
一九二八—一九四七	业余写作，曾编《大公报》《益世报》等文艺副刊
一九五〇—一九七八	（北京）历史博物馆文物研究员
一九七八—	中国社会科学院历史所研究员
会籍	国际笔会北京分会会员， 中国作家协会、美术家协会、历史学会会员

文学著作

《鸭子》	北京北新书局 一九二六
《蜜柑》	上海新月书店 一九二七
《入伍后》	北京北新书局 一九二七
《老实人》	上海现代书局 一九二八
《好管闲事的人》	上海新月书店 一九二八
《不死日记》	上海人间书店 一九二八
《阿丽思中国游记一卷》	上海新月书店 一九二八

《阿丽思中国游记二卷》	上海新月书店 一九二八
《雨后及其他》	上海春潮书店 一九二八
《篁君日记》	北平文化学社 一九二八
《神巫之爱》	上海光华书局 一九二九
《旅店及其他》	上海中华书局 一九三〇
《男子须知》	一九三〇
（一名“在别一个国度里”）	
《一个天才的通信》	上海光华书局 一九三〇
《沈从文甲集》	上海神州国光社 一九三〇
《旧梦》	上海商务印书馆 一九三〇
《石子船》	上海中华书局 一九三一
《从文子集》	上海新月书店 一九三一
《一个女剧员的生活》	上海大东书局 一九三一
《记胡也频》	上海光华书局 一九三二
《泥涂》	北京星云堂书店 一九三二
《都市一妇人》	上海新中国书局 一九三二
《一个母亲》	上海合成书局 一九三三
《阿黑小史》	上海新时代书局 一九三三
《月下小景》	上海现代书局 一九三三
《游目集》	上海大东书局 一九三四
《沫沫集》	上海大东书局 一九三四
《如蕤集》（小说）	上海生活书店 一九三四
《从文自传》	上海时代书局 一九三四

（北京人民文学出版社　一九八一）

《记丁玲》	上海良友图书公司 一九三四
《边城》	上海生活书店 一九三四
	(江西人民出版社　一九八一)
《八骏图》	上海文化生活出版社 一九三五
《从文小说习作选》	上海良友图书公司 一九三六
《新与旧》	上海良友图书公司 一九三六
《湘行散记》	上海商务印书馆 一九三六
《废邮存底》	上海文化生活出版社 一九三七
(沈从文、萧乾)	
《一个妇人的日记》	上海晨光书局 一九三八
《记丁玲　续集》	良友复兴图书公司 一九三九
《昆明冬景》	上海文化生活出版社 一九三九
《主妇集》	长沙商务印书馆 一九三九
《湘西》	长沙商务印书馆 一九四〇
《烛虚》	桂林文化生活出版社 一九四〇
《春灯集》	桂林开明书店 一九四三
《黑凤集》	桂林开明书店 一九四三
《春》	桂林开明书店 一九四三
《云南看云集》	重庆国民图书出版社 一九四三
《长河》	上海开明书店 一九四八
《沈从文小说选集》	北京人民文学出版社 一九五七
《从文散文集》	香港时代图书公司 一九八〇
《沈从文小说选》	湖南人民出版社 一九八一
《沈从文散文选》	湖南人民出版社 一九八一

《沈从文文集》（十二卷本）	香港三联书店、广州花城出版社 一九八一——一九八五（已出八卷）
《沈从文散文选》	北京人民文学出版社 一九八二
《沈从文小说选》（一、二集）	北京人民文学出版社 一九八二
《沈从文选集》（五卷本）	四川人民出版社 一九八三

文物论著

《中国丝绸图案》王家树绘图	中国古典艺术出版社 一九五八
《唐宋铜镜》	中国古典艺术出版社 一九五八
《明锦》	沈从文、张仃、雷圭元、吴劳合编 一九五九
《战国漆器》	荣宝斋出版（北京）一九六二
《龙凤艺术》	作家出版社（北京）一九六〇
《中国古代服饰研究》	商务印书馆香港分馆 一九八一

现正在写作中	《中国扇子发展》
个人兴趣	爱好中国文物书画艺术品，西洋古典音乐，不懂英语
介绍本人文章	黄永玉 《太阳下的风景》《花城》一九八〇年第五集（黄永玉文附在中国文学杂志社英译沈从文“The Bor · der Town and Other stories”后译为“My Uncle Shen Congwen”）。